金牌虎妻

2

橘子汽水 著

目錄

第二十七章

晨間出發，午時後便到了平江。

進了家門，蘇婉深吸一口氣，感嘆道：「還是自家好。」

喬勐在一邊揚起頭。「那是自然。」

「娘子，二爺，您們累了吧？快去歇歇，我再做些飯來。」白果開心地跟在蘇婉身後。

蘇婉他們回來，並未提前告訴留在喬家的人，所以白果也不知道，沒有多做飯。

「去吧。」蘇婉點頭，看喬勐將帶回來的箱籠搬進來，便帶著笑咪咪的蘇妙和一臉拘謹的蘇二郎回了主屋。

一會兒後，喬勐剛回到主屋，屁股往凳子上一坐，瞄到還黏在蘇婉身邊的蘇二郎，立即站起來，招招手，帶他出去。

「二郎，來，我帶你去外院看看，你挑間屋子，我讓人收拾出來。」

「乳娘，妳跟去幫忙吧。」蘇婉可想不出喬勐能收拾什麼屋子，連忙吩咐姚氏一句。

姚氏也是看著蘇二郎長大的，小時候沒少帶過他，連連應聲。「好好好，這下咱們家裡更熱鬧了。」

蘇婉聽了姚氏的話，不由搖頭失笑，家裡本來就夠熱鬧的。

「妙姐兒，來，跟姊姊玩。」蘇婉帶著蘇妙走進內室，打開箱籠新取了件衣裳，替她換下，又領著她到妝臺前重新梳頭，只是她這手藝比不得姚氏，蘇妙呼疼了好幾次。

好不容易幫蘇妙紮好團髻，白果來請用飯，蘇婉又讓她趕緊去前院叫喬勐他們回來。

飯吃到一半，聽到消息的銀杏和蓮香也回來了，還有蝨子他們。

「娘子！」

「師父！」

「二爺！」

幾人一齊進門，滿心歡喜喊著蘇婉和喬勐。

「還好嗎？」蘇婉放下碗問道。

蘇二郎和蘇妙好奇地看著來人。

「挺好的。」

「嗯，繡坊生意還可以。」

聽了她們的話，蘇婉放下心，對她們笑笑。「辛苦了，自己找張椅子坐。」

「不辛苦。」蓮香與銀杏互視一眼，同時道。

另一邊，喬勐只管吃著飯，蝨子眼巴巴站在門邊，也想得到他的問話，可惜喬勐此刻只對盤子裡的菜感興趣，蝨子有心想說話，又怕打擾了他。

看著蓮香、銀杏和蘇婉說話的樣子，蝨子心裡感覺有一絲絲受傷。

蘇婉的眼角餘光瞥見一臉幽怨的蝨子，不由笑了出來。埋頭苦吃的喬勐這才抬起頭，看了她一眼。「娘子，怎麼了？」

「沒事。」蘇婉擺手示意他繼續吃，努力忍笑，因為蝨子的臉又垮了下去，實在不忍，只好出聲。「蝨子，你吃過午飯了嗎？最近生意怎麼樣？」

蝨子聽到蘇婉問他，連忙打起精神，道：「回婉娘子，我吃過了，最近天氣太熱，生意沒之前那麼好了。」說完撓撓頭，有些不好意思。

「沒事，趕明兒咱們再研究研究適合這個時節的吃食。」蘇婉安慰他一句。

喬勐聽了，抬頭看蘇婉一眼，隨後又看蝨子，有點不高興的樣子。「你很閒嗎？閒的話，就去幫爺打聽打聽街上有哪處鋪子要賣。」

蝨子並沒有被喬勐的語氣傷到，反而很高興，二爺給他指派差事了，說明他家二爺還是很看重他的！

「是！包在蝨子身上，定給二爺打聽得妥妥的！」他說著，一溜煙就跑出去了。

過了一會兒，蝨子又跑回來了，抓抓臉道：「二爺，我是來送帳本的。」剛剛光顧著看喬勐，差點把這事給忘了。「我把帳本放在前院了。」

喬勐點點頭，確實該到盤帳的時候。

蝨子離開後沒多久，蘇婉他們用完膳，蘇婉帶著蘇妙，又將銀杏和蓮香招進內室，坐到窗邊榻上說話。

喬勐則帶蘇二郎去前院看帳本。

不待蘇婉問話，銀杏便將自己的帳本交給蘇婉，上面簡單記了哪幾家在她們繡坊訂了繡品，單價幾何，訂金幾何。又有哪幾家的訂單已經出了，收支及一應開銷等等。

這是蘇婉在開繡坊後匆匆趕出來的粗製記帳簿，所幸蓮香識字，能勉強記帳。

蘇婉看了有些凌亂的帳本幾眼，便擱置一邊，細細問起繡坊和最近平江城裡的情況。

兩人一一說與蘇婉聽，說得最多的，莫過於新上任縣令趙子辰的事，說他又斷了幾件陳年舊案，城裡大戶找他喝酒，被他拒絕，還訓了一頓等等的事。人人都說他剛正不阿，眼下看著是個好官。

蘇婉只當個趣聞聽聽，屋子裡人多，索性不睡午覺了，想著蓮香好歹認她當師父，也得傳授些技藝才好。

於是，她一邊聽著銀杏嘰嘰喳喳、一邊挑了塊布，在上面繡了朵桃花。

「看出我的針法了嗎？」蘇婉問蓮香。

蓮香點頭。「這是亂針？」手法好快。

蘇婉點頭，隨即又用了幾種針法，各繡出四、五朵桃花。蓮香也算是個師傅了，依舊看得得眼花撩亂，有幾種手法是她沒有見過的。

「拿去，妳照著這幾種手法練習，繡什麼隨妳。」蘇婉直接布置了功課。

蓮香欣然接過，對於蘇婉沒有手把手教並無不喜，畢竟她已經是個成熟的繡娘，有些東西反而是自己領悟來得好。

「大姊，桃花好好看，妙姐兒也想玩！」一直乖乖待在蘇婉身邊的蘇妙突然出聲。

蘇婉愣了一下，笑著摸摸她的頭。「妙姐兒，這個一點都不好玩，很辛苦的，手會疼。」其實，為了趕曹三姑娘的嫁衣，這會兒她手指上還裹著紗布。

「可是妙姐兒覺得好玩。」蘇妙說著，目光盯在蓮香手上，看著她手指間的起起落落。

最後，蘇婉沒拗得過蘇妙，同意讓她繡花玩，但是也跟她明說，若是繡不好，或是嫌累了，就要停下。

與此同時，臨江的曹家二房裡，鄭氏將繡補好的嫁衣取出，掛在衣架上。

原本坐在椅子上，手裡搖著團扇的曹二太太立即站起來，走到嫁衣前，眼睛一亮，情不自禁地摸上嫁衣。

「這……這是被剪壞的那件？」曹二太太不敢置信，回頭去問鄭氏。

鄭氏在蘇家時便見識過了，當時的神情比曹二太太鎮定不到哪裡去，笑著點頭應道：「太太，確實是那一件。」

曹二太太循著記憶，摸上破損的地方，仔仔細細、小心翼翼地又摸了一遍。「這蘇氏的繡工真是了不得，一點都看不出痕跡來。妳看，這花紋繡得和三姐兒一模一樣，這……」

曹二太太一邊說著、一邊驚嘆。她也是從小養在富貴窩裡的姑娘，見識自然是廣，若單單只見了這嫁衣，還未必這麼驚訝，可再看她手上的團扇，不由要讚嘆蘇婉的好繡工。

「這下，三姑娘該高興了，您也能睡個安心覺了。」鄭氏扶著曹二太太坐下。

「是啊，我這心算是落地了，明兒妳再派人去平江送上餘下的銀子和一些布疋。反正，這錢有人替咱們出。」曹二太太心裡也存著一股惡氣，原本擔心嫁衣的事，沒心情跟那邊計較，這會兒事情解決，自然要計較起來。

「太太莫氣，往後的日子長著呢。」鄭氏低聲勸慰。

這時，曹三姑娘的聲音在外頭響起。「母親，母親！」

「讓她進來吧。」曹二太太搖著扇子，對鄭氏說道。

曹三姑娘模樣明豔高眺，性子也是個活潑的，拎起裙襬跨進屋，一眼就瞧見她的嫁衣，立時快步過去，連給自家娘親請安都沒顧得上。

「母親，這是孩兒的那件嫁衣嗎？哇，簡直好像沒壞過一樣！」曹三姑娘也同曹二太太那般，翻來覆去地看。

「是，這是婉娘子親手補好的。」

曹三姑娘也有一柄蘇婉繡的團扇，喜歡得不得了，經常在姊妹面前顯擺，尤其是毀了她嫁衣的那個小賤人面前。

「母親，我的嫁衣回來了。」曹三姑娘愛不釋手地理了又理嫁衣，突然紅了眼眶，哽咽起來。

「哎喲，這是怎麼了？怎麼哭起來呢，這不是該高興的事嗎？」曹二太太和鄭氏互相看了一眼，不解地說道。

「我……我是高興。」曹三姑娘哭著哭著，笑了起來。

這下，她總算可以安安心心嫁人了。

曹二太太憐愛地拍拍她。「妳這孩子。」

曹三姑娘擦乾眼淚，挨著曹二太太坐下。「母親，女兒還想請那位婉娘子繡些香囊與荷包等小東西，日後帶到夫家打賞用。」

「家裡不是給妳準備了嗎？」曹二太太說道。

「那些哪有婉娘子繡得好。」曹三姑娘噘嘴。她見過好的，自然瞧不上以前那些了。

曹二太太見她這般，看向鄭氏，鄭氏有些為難道：「這小東西……婉娘子未必會接。」

「母親……」曹三姑娘抓著曹二太太的胳膊，撒了撒嬌。

曹二太太也覺得蘇婉未必肯接，人家原本就不想接這嫁衣，是她們藉著通判家的名頭，半強迫她的。

「哎呀，我忘了一件事，我在水烏時，聽婉娘子的乳娘說，她們在平江開了家繡坊，現在蓮香師傅拜在婉娘子門下，由她坐鎮繡坊呢。」鄭氏拍手道。

「蓮香的繡工也是不錯的，要不這樣，妳再去趟平江，若婉娘子肯親手接，那是最好；若是婉娘子不願意，交給她的繡坊，也是好的。」曹二太太取了個折衷的法子。

曹三姑娘低頭玩著繫在腰間的絡子，聽完曹二太太的話，突然抬起頭。「母親，我也想去，讓我和鄭嬤嬤一起去吧。」

「這哪行。」曹二太太一口拒絕。

「哎呀，好母親，您就依了我吧！」

最後，曹二太太被纏得實在沒法子了，便說請林三奶奶陪著她去。

曹三姑娘這才高興地回院子收拾東西。到了晚間，家裡的小姊妹們，都知道她的嫁衣恢復如初了。

聽說，剪壞她嫁衣的大房姑娘，在自家房裡砸了好些東西。

晚間，外出幹活的蘇大根、蠻子、蘇長木、九斤、蝨子都回來了，再加上陳三思、喬勐與蘇家人，還有繡坊裡的蓮香和繡娘們，屋子裡根本坐不下，索性在院子裡擺了兩桌晚飯。

蘇婉看著熱熱鬧鬧的一院子人，突然覺得，家裡似乎擠了點。

她站在廊下，用手肘拐了下在一邊樂呵的喬勐。「二爺，你覺不覺得，咱們家好像有點小了？」

喬勐順勢往吵鬧的人群看去，在心裡數了數，點了點頭。「確實。」

「那二爺好好努力，今年給我換間大房子怎麼樣？」蘇婉睜著水靈靈的眼睛，滿臉期盼地看向喬勐。

喬勐能怎麼辦呢，當然點頭，心中澎湃，誓要為大房子大幹一場！

蘇婉露齒一笑，美得連月牙都比不上，喬勐看得暈乎乎的。

她拍拍他的肩。「二爺，你真好。」說著做了個喬勐看不懂的加油手勢，便往人群那邊去了。

「婉娘子！」

大家見她來了，連忙站起，親熱地同她打招呼。等到喬勐走出來時，這熱情少了三分，但喬勐也不惱，照樣言笑晏晏。

他們都不知道，剛才他家娘子對他的笑有多好看，他美著呢！

用過晚膳後，蘇婉留了蓮香她們幾個在屋裡說話。喬勐帶著蝨子、蠻子還有蘇大根他們去前院盤帳，蘇二郎自然也跟了過去。

「這些日子，還習慣嗎？」蘇婉坐在榻上，讓銀杏搬了幾張凳子給她們坐下，關心地問了一句。

「習慣的。」幾人一起回道。

「那就好，有什麼事，儘管告訴銀杏，讓她幫妳們辦。若是她辦不了，就來找我。」蘇婉指了指銀杏，銀杏連忙點頭。

幾個繡娘連連應是。

話了一會兒家常後，蘇婉把蓮香招到跟前，道：「蓮香，我想著，日後在咱們家的繡品上做個標記，讓別人一看就知道是我們家出的。」

蓮香想了下。「是像之前毓秀坊那樣的印章嗎？」

蘇婉搖搖頭。「這種很好仿冒的，還是要用獨一無二的標記。」

唉，這個時代沒有品牌商標的版權保護，若是做得太簡單，別人很好模仿的。再者，若是設計得太複雜，現在沒有機器，是純手工，豈不是增加繡娘的負擔？

蘇婉有點頭疼，大家商議後，一時也沒有好法子，便暫時擱置。

「還有一件事，咱們繡坊也開了些時日，卻一直沒有正式開業，連個名字都沒有。」蘇婉又拋出個問題。

大家我看看妳、妳看看我，開始苦想起來，還是蓮香第一個開口道：「師父是想著，找個日子正式開業嗎？」

蘇婉點頭。「那是自然的，所以咱們先把名字想好，我讓二爺去訂製匾額，到時候請些人來熱鬧熱鬧。」

她話音剛落，有個繡娘道：「叫百花坊如何？」

她這一說，另一個繡娘跟著出聲。「也太俗氣了些。」

「不如就叫喬娘子繡坊怎麼樣？」又有繡娘提議。

「不行不行，太難聽了，我覺得應該叫婉繡坊。」

大家吵來吵去，沒個定論，蘇婉只是微笑地看著她們，手裡教著蘇妙怎麼拿針線和一些刺繡的方法。

蘇妙仰著小臉，滿臉專注地聽著，突然對蘇婉道：「大姊，為什麼不能叫蘇繡坊呀？妳不是說妳經常繡的就是這個，咱們還姓蘇。」說得天真又認真。

奶聲奶氣的聲音落下，爭論的幾人也停住了，拍手道：「對呀，咱們繡的多是蘇繡，叫蘇繡坊也不為過，婉娘子又姓蘇，正正好呢！」

蘇婉跟著點點頭，說她會考慮，隨後問了繡娘們有哪些刺繡上的疑問，或者解決不了的難處，可以問她。

繡娘們欣然說出問題，蘇婉認真回答，不由忘了時辰，等大家發現夜深時，還有些意猶未盡。

「不早了，我讓九斤送妳們回去。」蘇婉站起來，讓姚氏去前院叫九斤。

趁著九斤來之前的空檔，蘇婉又給繡娘們布置了些功課，蓮香也不例外。

眾人應下，跟著九斤出去時，個個面帶笑容。

第二十八章

「娘子。」

蘇婉送繡娘們到院門口時，正好遇上歸來的喬勐。

「二爺回來了？帳盤得怎麼樣？」蘇婉同喬勐並肩往回走，隨口問了句。

「嗯，理了大半，明日就差不多了。」喬勐興致不高，臉上隱有怒色。

「怎麼了？帳有問題？」蘇婉有些擔心。

「沒有啊。」喬勐詫異地看了她一眼。「怎麼這麼問？」說著輕輕攬了攬她的腰。

「看你臉色不太好的樣子。」

「蝨子那邊結了些錢，說想挨著咱們家買個院子，好像還不太夠，想跟我再借些。」喬勐轉了話題，說起蝨子的事。

蘇婉回道：「這是好事啊，買房子是大事，應該支持，他們也不能一直住那個破廟裡。」以前他們自己手裡也沒多少銀子，想幫也沒辦法，現在有能力了，自然要幫一幫。

「嗯。」

「那你為什麼不高興？」

喬勐停下腳步，收起臉上的不豫，轉頭將蘇婉被晚風吹亂的髮絲勾到她耳後，又用手背輕輕碰了碰她的臉頰。

「沒有不高興，只是一直在想咱們火鍋店的事。」

蘇婉狐疑地瞧著他，想從他臉上找出蛛絲馬跡，只是這會兒喬勐恢復了他一貫吊兒郎當的表情，讓她看不透。

「有什麼事就要說知道嗎？千萬別一個人放在心裡，然後淨瞎琢磨壞主意。」蘇婉不放心地告誡道，就怕這傢伙又動粗解決，然後被人找上門告他黑狀。

喬勐臉色一正，一臉妳家官人是這樣的人嗎的表情。「娘子，我為人這麼正派，哪裡會有壞主意！」

他說著，還變了臉，開始委屈起來，走進內室後，就把臉湊到蘇婉肩頸處，蹭了又蹭。

蘇婉實在受不了他這哈巴狗的黏糊勁兒，只好拍拍他的臉。「別得寸進尺，起來！」

「娘子親一下就起來。」

「二爺，家裡的雞毛撢子好久沒用了，我感覺都沾灰了。」

這話一出，喬勐飛快將蘇婉撲上床榻，狠狠親她一口，再立即跳起來，溜出內室。

「我去洗澡了！」

蘇婉用力抹了一把臉上的口水，拿起床上的枕頭，向喬勐砸過去。「喬勐！」

「娘子叫我的名字真好聽，再多叫兩聲！」喬勐在窗外笑道。

蘇婉氣著氣著，也跟著笑了出來。

姚氏見狀，默默帶著蘇妙去了側室。

一夜無夢。

「娘子，二爺帶著二郎和蝨子他們出門了，說是去看鋪子和院子。」姚氏將幔帳勾起，對還躺在床上的蘇婉說道。

蘇婉翻了個身，身子仍有些痠痛，不想起來。「乳娘，妳讓我再睡一會兒。」

「快起來吧，不是說今日要叫牙行的人來嗎？」

「那晚點叫好了。」蘇婉嘟囔著，把臉埋進被子裡，心裡暗罵了喬勐一句禽獸。

喬勐可能是怕今早被她罵，這才早早溜了。

姚氏見實在叫不動蘇婉，只好退出去，吩咐白果溫著早飯，晚些再端來。

「姚嬤嬤，師父還未起身嗎？」

姚氏剛吩咐完，蓮香就被銀杏領進來，看看姚氏身後，沒見著蘇婉，便小聲問了一句。

「是啊，鬧著要睡回籠覺呢！」姚氏笑道，自然曉得蓮香為何而來。去臨江前，蓮香也是日日登門來服侍她家娘子的。「用過早膳了嗎？若是沒用，過去廚房吃些。」

蓮香連忙說用過了。「我先去練手，師父醒了，還請嬤嬤來叫我。」說著便去了現在闢出來當繡房的西廂房。

蘇婉本就醒了，剛剛只是想賴床，這會兒聽到蓮香的聲音，不得不爬起來。她這個做師父的，總得要有師父的樣子。

等她穿戴整齊後，姚氏和銀杏聽到動靜，趕緊進來服侍。

蘇婉打個哈欠，瞥銀杏一眼，問她。「妳怎麼沒去繡坊？」

銀杏愣了一下。「娘子回來了，我為什麼還要去？」她的職責是服侍蘇婉呀。

「去把蓮香叫來。」蘇婉坐到妝臺前，由著姚氏幫她梳頭，嘆口氣吩咐銀杏。

銀杏不明所以，只得去叫蓮香。

蓮香很快就過來了。「師父，您叫我？」

蘇婉指了張凳子，讓蓮香坐，直接說道：「繡坊以後就由妳和銀杏負責，怎麼樣？妳管理繡娘，銀杏當管事。」

「啊？師父，我不行的，我只會做繡活，幹不了其他的。」蓮香立刻站起來，連連擺手，滿臉窘迫。蘇婉不在這幾日，繡坊就夠她勞累的了。

蓮香的話剛落下，銀杏也反對。「娘子，奴婢也做不了……」臨時幫著看顧幾日沒問題，真要做管事，她肯定不行，光是記那些訂繡品的人家就難得要命，因為她不識字。

蘇婉放下胭脂，轉頭看兩人一眼，想了想，說道：「沒關係，誰也不是天生就會這些，以後慢慢學就好。」

「我……」銀杏和蓮香互看一眼，都從彼此臉上看到猶疑。

「什麼妳啊我的，我也沒開過鋪子啊。」蘇婉打斷兩人想要再次拒絕的話。「咱們家的情況，妳們應該也大致知曉，二爺不喜詩書，興許也不準備考功名了，勢必要做商戶。」

蘇婉來自後世，並不覺得商人低賤。大和商業發達，雖然依舊是士農工商，但商人可考科舉，也可捐官，地位不是很差。

「我和二爺能信任的人不多，就妳們幾個，難道還不能幫我們分分憂？」

蘇婉這話一出，銀杏便跪了下來。「娘子，奴婢不是不想為您分憂，實在是奴婢沒這個能耐，怕給娘子丟人。」

「這話從何說起？我不在平江這些時日，妳不是將繡坊管理得挺好嗎？」蘇婉連忙起身去拉銀杏，誇讚了一句。

「哪有，是娘子事先做好安排。」銀杏搖頭，轉而囁嚅。「再說，奴婢也不識字。」

「原來妳在擔心這個啊。」蘇婉彈了下銀杏的額頭，眼中帶笑地說道。

「師父，我識字也不多。」蓮香跟著說出自己的顧慮。

「這個不要緊，我自有主張。」蘇婉擺手。「趁著還沒正式開業，鋪子還不怎麼忙，正好多琢磨琢磨怎麼管理繡坊。」

「這兩日我準備繡幾件大件，到時候擺進繡坊去。」蘇婉說著，又點了下蓮香。「下午我會去繡坊一趟，到時交代一點活兒給妳們做。」

蓮香欣然應下。

接著，蘇婉講了些如何籠絡人心，和一些管理淺談的話給在場的幾人聽，見時辰不早，便讓銀杏和蓮香去照看繡坊。

「對了，蓮香，妳的功課好像還沒交上。」蘇婉戴上珍珠耳墜，突然想起，說了一句。

蓮香腳下一頓。「我……我下午就交。」說完，拉著銀杏飛快跑了。

蘇婉沒太在意，吩咐姚氏去叫牙行的人來，她要挑幾個人放在家裡。

牙行的人前腳剛走，蘇婉正準備同留下的小廝、廚娘還有丫鬟說話，後腳蘇大根便匆匆忙忙跑了過來。

「娘子，二爺又跟人打起來了！」他在西坊街做生意，起先見到喬勐帶了幾個人看鋪子，沒太在意，後來不知怎的，聽客人說，喬勐跟別人打起來了。

他趕緊和蠻子過去，發現確實是他家二爺，兩邊打得很激烈，他鮮少在平江見到能和喬勐打成平手的人。

蘇大根見情況不對，而蠻子已經衝進去幫喬勐了，只好回來找蘇婉。他知道蘇婉不喜喬勐跟人打架，但更不喜別人欺負喬勐啊！

等蘇大根喘著粗氣說完，蘇婉忍不住扶了扶額頭，她家二爺為什麼總是愛打架呢？不是別人打他，就是他打別人，這次乾脆互毆了。

「乳娘，妳留在家裡教教他們規矩，我去看看。」蘇婉起身，說著就要跟蘇大根走。

「娘子，還是我陪您去看看吧？」姚氏不放心，但知道蘇婉肯定要去，也不留她，只說要跟。

「不用了，到時候肯定亂，別傷著妳了。妙姐兒還在家裡，不能沒有人看著。」

「我跟娘子去吧。」白果連忙道。

蘇婉胡亂點頭，白果連忙跟上，三個人快步往門邊走去。

趕至門口，蘇長木也說要跟去，同樣被蘇婉拒絕了。

新來的幾個下人，木然盯著腳下，一聲也不吭。

姚氏目送蘇婉他們，回頭嘆息一聲，見新來的人一副老實樣子，不由點頭，開始教起規矩來。

蘇大根帶著蘇婉和白果到了喬勐與人互毆的鋪子時，門口圍觀的人已經散了不少，巡街衙役正在問話。

喬勐嘴角破了，眼青鼻子腫地坐在門口的破椅子上，臉色冷冷地盯著地面。

九斤跟蠻子他們都不在，連蘇二郎和蝨子也不知道跑哪裡去了。

蘇婉見喬勐這副模樣，心忽然疼了起來。此刻的喬勐，孤獨又脆弱。

「二爺！」她大聲喊道。

喬勐動了動耳朵，好像聽到什麼，緩緩抬起頭，茫然看向蘇婉，當目光落到蘇婉身上時，眼睛驀然有了神，亮了起來，神情似有滿腔委屈，站起身，朝她走去。

蘇婉也快步走向喬勐。

「娘子！」喬勐抱住蘇婉，把臉埋在蘇婉肩膀處，低低叫了一聲。

他沒有等到蘇婉哄他，而是被扯著後衣領拉開，然後耳朵在他娘子的控制下，直接被連揍帶罵一頓。

「你是傻子嗎？打不過，不知道跑嗎?!」俊俏的娃娃臉上滿是傷痕，看著實在氣人！

「哎喲！娘子，我身上有傷，妳輕點！」喬勐一邊躲、一邊叫著。

「現在知道疼了？剛剛打架的時候，怎麼不知道?!」

「剛才也疼啊，不過爺打贏了，沒有輸！」喬勐自然不認輸的，揚著脖子，朝隔著幾尺遠的蘇婉嚷道。

「呸！喬勐，誰輸了？要不咱們再來打！」同樣被打得鼻青臉腫、穿著錦衣的小郎君癱坐在椅子上，聽到喬勐這句話，立時跳了起來。

蘇婉停下腳步，瞇著眼睛去看此刻正在叫嚷的豬頭。「就是你和我家二爺打架的？」

「怎麼，妳就是喬二家的母夜叉？」豬頭上下打量蘇婉，很不客氣地道。

母夜叉？蘇婉的眼睛瞇得更細了。

「姓羅的，你罵誰母夜叉呢？你見過這麼好看的母夜叉嗎！」喬勐跳腳，往豬頭身上撲，兩個人又打了起來。

「住手，住手！」巡街衙役傻在一邊，什麼辦法也沒有，只能乾巴巴地叫著。

「好個羅四兔子，今日讓你見見爺的本事！非打得你哭爹喊娘，連你爹娘都不認得！」

「喬二狗子，以為我會怕你？小爺我今天非把你這娃娃臉揍成胖胖臉不可！」

兩人拳腳淨往對方臉上招呼。

蘇婉在心裡嘶嘶了好幾聲，聽著兩人說話，看來是認識的，不過再這樣打下去，她家二爺真要變成胖胖臉了，這可不行。

兩個男人又打了一回合，終於停下來。

「娘子，我贏了！」喬勐揉著右臉，朝蘇婉笑，那笑容簡直慘不忍睹。

「誰說我輸了？喬二狗子，你讓你家母夜叉看看，到底是誰贏了！」小郎君羅四圖也說話了，卻是口齒不清。

不過，蘇婉還是沒漏掉他那句母夜叉。母夜叉個鬼，誰家小孩欠收拾啊！

「母夜叉？你是在說我嗎？」蘇婉拎起一條被兩人砸壞的椅子腿，向羅四圖走去。

喬勐一見，立時連滾帶爬地起身，將兩個巡街衙役攆出去，然後把鋪子門關上。

「啊！妳這潑婦！

「快住手，看在妳是女人的分上，我不跟妳計……嗷！別以為我不打女人，疼！

「婉娘子，我錯了，嗚……妳不是母夜叉，我才是母夜叉，我全家都是……」

一會兒後，蘇婉放下椅子腿，掐著腰抹了把汗，朝蹲在角落裡的兩個豬頭道：「說吧，你們怎麼打起來的？」

「娘子，上次砸傷我的就是他！」喬勐率先說道。

「我都說了，不是我，我只是在樓上看熱鬧，結果有人塞凳子給我，又推了我一把！」

「呸，你再編！就那麼準，人家一推你，椅子就砸在我頭上了？」喬勐才不信。

羅四圖翻白眼。「我哪知道就那麼準，砸中你了！」那天還真邪門，那凳子真落在喬勐頭上，害得他剛來平江玩，就灰溜溜地溜回臨江了。

他太了解喬勐這個人了，睚眥必報。看吧，這次被他逮著，自己就成現在這樣子了。

「你嫉妒我，又不是一日、兩日，那日定是尋著機會，伺機報復！」喬勐一邊說著、一邊倒吸著氣，他一說話臉就疼。

蘇婉聽完，嘆口氣上前，兩個豬頭一齊往後退。

「幹麼，我又不打你們。」蘇婉見他倆這模樣，有些好笑。

「那就好。」兩個人又同聲道。

「你幹麼學我說話?!」

「是你學我！」

兩個豬頭說著，又要打起來，蘇婉趕緊分開他們。

「好了，別鬧了！」

喬勐和羅四圖只得收手。

「二爺，你怎知是這位公子砸你的？」蘇婉有些納悶地問喬勐。畢竟喬勐被砸的事，也是一樁懸案。

喬勐覺得他可能壞了一顆牙，捂著腮幫子，甕聲甕氣地道：「是趙知縣問出來的。」

「我真不是故意的，我要打，也是光明正大地跟你打，怎麼可能做這種小人之事！」羅四圖連忙解釋，他又不是打不過喬勐，怎麼會使偷襲的招數。

上次他心虛跑了，真的是失策，他本來要和喬勐說的，但當時有人道了句。「這個娃霸發起瘋來，誰都不認，他家娘子也是個不講理的母夜叉，你要是認了，肯定會被纏上！」

他一聽，想起他對喬勐的了解，怕還沒來得及解釋，就要被他拿刀滿城追殺，所以就趁亂溜了。

這下好了，留了隱患，現在喬勐肯定不會信他的話了。

「哼。」喬勐冷哼一聲，眼裡淨是冷漠，突然低聲問：「先前你對我說的話，是誰告訴你的？」

羅四圖心一驚。「就……就前段時日陪我娘去臨江的毓秀坊，無意中聽坊主和不認識的人說的。」

「我、我不是故意要惹你的。」這會兒，羅四圖陷入了心虛，他真不是故意要拿喬勐的身世來刺激他。吵架嘛，說話總是不經過腦子，不該說的話，一下就說出來了。「誰讓你一見到我，就喊我兔子！」這麼娘的外號，他聽著就來氣。

「你們在說什麼？」蘇婉扶起喬勐，皺著眉問他們。

喬勐搖頭。「沒什麼。」

蘇婉見他不想說，沒有勉強，用帕子擦了擦他嘴角的血。「先起來吧。其他跟著你的人呢？二郎去了哪裡？」又看看哼哼唧唧的羅四圖。「你沒事吧？要不先叫個大夫來？」

現在她也不知道兩人的事要怎麼解決，不過先治傷再說吧。

「沒事，等九斤他們回來，我們就回家。」喬勐故作虛弱地半倒在蘇婉身上。

「那你們……」蘇婉指了指羅四圖。

「今夜子時，等你。」喬勐在蘇婉的攙扶下，走到羅四圖跟前，低聲道。

羅四圖神色一凜，幾不可見地點了點頭。

第二十九章

片刻後，蘇婉打開門，發現外面又聚了不少人，但九斤他們回來了，攔住圍觀的百姓，沒讓他們靠近鋪子。

「媽的！爺下次見你一次，打你一次！」喬勐跟在後面罵罵咧咧，還乘機又踢了羅四圖一腳。

羅四圖氣急，趁喬勐不備，一個掃腿絆倒他。

砰！喬勐故意摔得很大聲。

蘇婉急忙回頭，狠狠瞪了羅四圖一眼，去扶喬勐。「二爺，你沒事吧？」

羅四圖又縮回角落。

「疼，娘子，疼。」喬勐也跟著哼哼唧唧起來。

九斤和蠻子他們也趕緊進門來扶喬勐。

「你……你是我姊夫嗎？」跟在他們身後的蘇二郎睜大眼睛，看著眼前的豬頭，一時不敢認人。

蘇婉噗哧一聲笑。

喬勐兩眼一翻，氣暈過去。

圍觀的人一驚，娃霸被人打暈了！

這消息立時在平江傳了開來。

回到喬宅，大家剛將喬勐放到床上，原本暈過去的喬勐立時轉醒。

喬勐這一暈，可把覺得是自己氣暈姊夫的蘇二郎嚇得不輕，一路哭喪著臉，這會兒見他清醒，才鬆口氣。

蘇婉見喬勐精神尚可，又見九斤、鑾子他們不離開，知曉他們定是有話要說，便起身出去吩咐蘇長木，讓他去請大夫過來。

「我和鑾子分頭追了那兩個人，一個進了客棧，一個進了彭家，都是生面孔。」等蘇婉一走，不待喬勐發問，九斤率先說道。

今早出門，他們便發現被人跟蹤，後來喬勐與羅四圖打架時，發現兩個可疑的人在人群裡看了一會兒，就匆匆離開。得到喬勐眼神示意的九斤，便拉著前來助陣的鑾子去追。

「彭家？」彭縣令都死了，彭家怎麼還陰魂不散，難道是彭縣令死前有留什麼關於他的東西？

喬勐側躺在床上，眼眸裡閃過一絲陰冷，撚了撚手指，低聲沈吟這兩個字。因著臉腫，一時讓人看不出神色。

「這事太蹊蹺了。」鑾子跟著道了句。

等蠻子話音一落，等在旁邊的蝨子迫不及待地開口道：「二爺，我按照您的吩咐，去了其他昨天看中的鋪子打聽。昨天我走後，果然也有人去問，店家說那些人是生面孔。」

昨日得知砸傷他的人是羅四圖後，喬勐心裡一直覺得不對勁，今日又在想買的鋪子裡見到羅四圖，更覺得不對勁了。

羅家與大和皇族有些關係，在臨江也是顯貴人家。雖然不少人知曉他和羅四圖素來不和，見面就愛打架，但不知道他們私下交情並不差。

那會兒，他便讓蝨子帶著蘇二郎避開，順便幫自己證實一下猜測。

果然，背後有人要搞他。

喬勐想著，整個人頓時像被籠罩在陰影裡，陰惻惻的。

蘇二郎見狀，心裡頓時發毛，當時他是莫名被蝨子拉走的，不然也會幫他姊夫打架啊。

現在這個豬頭臉姊夫，真可怕！

他轉而又想到，蘇婉揍喬勐的樣子……

他們夫妻都好可怕，他有點想回家。

另一邊，蘇婉對守在外面的蘇大根道：「大根，你把攤子收回來，今天別做生意了。」

蘇大根應了一聲，想再說些什麼，見蘇婉神色疲憊，便沒有開口，轉身出去。

蘇婉又讓白果去熬些湯水來，在門口等了一會兒，才走進內室。

她一進去，蝨子的話剛說完不久，九斤在問喬勐下一步怎麼做。

九斤見到蘇婉進來，閉上了嘴，喬勐趕緊遮住自己的豬頭臉，有些含糊地道：「娘子，我暈……」

蘇婉沒理他，看看屋子裡的人，見蘇二郎神色不定，怕他嚇著了，便走到他身邊道：「二郎，去西廂房瞧瞧妙姐兒吧。」這時蘇妙應該在西廂房玩針線。

「啊？」蘇二郎抬眼看了蘇婉一眼，什麼話也不敢多問，趕緊溜了。

「呃，二爺好好休息，我再去找找城裡的兄弟，看看能不能尋出什麼線索來。」九斤看著落荒而逃的蘇二郎，又看看自家威武霸氣的娘子和虛弱可憐的二爺，立時開口道。

他說著，腳下立時轉了方向。蠻子跟他當了多年兄弟，連九斤什麼時候要放屁都知道，見狀馬上抓住他，嘴裡嚷著。「等我，我跟你一起去！」

「婉娘子，二爺，我們先走了！」只留下全副心思放在喬勐身上，卻沒有眼力的蝨子。

蘇婉無奈一笑。「別出門了，去廚房幫白果做午膳。」

九斤和蠻子腳下一頓，趕緊往廚房走。

「沒事的，你家二爺傷得不重，蝨子也去幫忙吧。」蘇婉摸摸蝨子的腦袋，將蝨子也打發出去。

蝨子不想走，但見喬勐沒留他，也只好走了。

等屋子裡的人都走光了，蘇婉坐到喬勐身邊，將他遮擋臉的被子拿開，仔細端詳一會兒，開了口。

「二爺，你這樣子，真醜。」

喬勐心頭宛若中了一箭。

然而，他家娘子是不會這麼輕易放過他的。

蘇婉起身，拿了柄銅鏡過來。「你看看你現在的樣子。」

「不看！」喬勐守著最後的倔強。

蘇婉扒開他的眼睛。「不看也得看！」

喬勐心痛，鏡子裡出現一張略微模糊的臉，那張臉原本俊俏非凡，如今腫得像加了顏色的麵團。

喬勐內心五味雜陳，咬牙想著怎麼撕碎羅四圖。

蘇婉見他已經深刻見識到自己如今的樣子，便放下銅鏡，語重心長地說：「二爺，你說說你吧，也就這張臉讓人心悅了，如今變成這般，以後可怎麼辦喲？」

她是成心逗他。

「娘子，我覺得我養個幾日就能好了，我從小被打慣了，恢復很快的！」喬勐心想，他家娘子果然就是看上他這張臉，後悔啊，早知道就斷胳膊斷腿了，好保住英俊的臉龐。

他又來裝可憐這一招，蘇婉瞥喬勐一眼，雖然知曉他是在對她裝可憐，但聽到那句從小被打慣了，還是止不住心疼他。

她輕輕撫摸喬劭的臉，語氣放柔道：「以後少打架知道嗎？也不能讓人打臉了。」

「呃，好。」喬劭看著忽然溫柔起來的娘子，背後突然有點涼。

「乖。」

喬劭更加不自在了。

片刻後，大夫來看喬劭的傷勢，只說是些皮肉傷，無大礙，休養一陣子即可。

蘇婉送走大夫，又讓蘇長木帶著藥方去抓藥，她回屋餵喬劭吃粥，要他躺下歇息，順便又下了禁足令。

接下來，蘇婉接手喬劭目前手上的活兒。

原本約定了下午去繡坊的事，蘇婉派人去通知蓮香和銀杏，今日就不去了。

接下來，蘇婉去偏廳，見了今日買來的廚娘。

「家裡的廚房，使得還習慣嗎？」

這個廚娘約莫十七、八歲的樣子，模樣端正秀麗，但雙手粗糙，一看就是幹過活。不像有的一看就是不知在哪個富貴人家犯了事發賣出來，手上連個繭都沒有，之前怕是來紅袖添香用的。

「回婉娘子的話，使得慣。」廚娘低聲道，還不太敢看蘇婉的眼睛。

蘇婉並不在意，雖說今日被她打發去廚房的人多，不過聽白果說，這廚娘攬下大部分的活兒，是個手腳麻利的。

飯菜麼，廚藝比以前的白果好上不少，這也就夠了。

蘇婉點點頭，又問小丫鬟梨子，還問她為何叫這個名字？

梨子很活潑地說，因為她娘生她的季節，正好是梨子可以吃的時候。

蘇婉莞爾，遂給她改了名兒，叫梨花，小丫頭歡天喜地地應下了。

在一旁的姚氏，嘴角忍不住抖了抖。

最後問的是小廝，小廝名喚來福，蘇婉覺得這個名字不好，改成來財。

姚氏無言，這區別在哪兒？

來財抓抓臉，見自己的新主子很認真，也只得認了。

「這些日子，你的差事就是看緊二爺，不許他離開這個宅子，知道了嗎？」蘇婉吩咐來財，隨後臉色一正。「如果被我知道他偷跑出去，唯你是問！」

來財只得唯唯諾諾應下，暗嘆自己命實在不好，又落到一個惡霸手裡，不，不是一個，是兩個。

蘇婉可不管來財有什麼想法，只是嚇唬嚇唬他，讓他盡心些，以後別被喬勐帶偏。

接著，她又說了些讓新下人們安守本分之類的話，便讓他們下去了。

「妙姐兒和二郎呢？」蘇婉問姚氏，打了個哈欠。這兩日她總感覺全身無力，沒什麼精神，但眼下還有好多事得做，只得站起來，活動一下身子。

「在西廂房呢。」姚氏回道。

蘇婉點點頭。「都叫來吧。順便將大根、蝨子、九斤、蠻子他們找來，也帶上帳本。

「對了，等會兒先讓白果把妙姐兒送去繡坊，讓蓮香幫我帶，這幾日我大概沒有空了。」蘇婉揉了揉額角，叫住姚氏，又吩咐道。喬勐這個不省心的，整日淨折騰事兒給她做。

姚氏應好，便出去了。

沒一會兒，幾個人帶著帳本過來了，蘇婉讓九斤和蠻子先坐到一邊，她帶著蘇大根和蝨子理帳。

這帳本亂七八糟的，以前蘇婉沒過問喬勐他們怎麼管帳，這時才發現帳目亂得很，也不知他昨日怎麼盤帳的。

「這帳是誰記的？」蘇婉想起來，蝨子是完全不識字的，蘇大根雖然識字，但也不多。不過他爹蘇長木會算點帳，莫非是他爹記的？

蘇大根搔搔腦袋。「這是蠻子哥記的。」

原本在打瞌睡的蠻子，一聽有人提他的名字，立即睜開了眼。「是！」

蘇婉納悶地看他一眼，擺了擺手，示意他繼續睡。

「我也是請蠻子哥記的。」蝨子小聲道。

「好吧，這事先不說了。」難怪亂成一個樣子。

蘇婉看帳看得一個頭兩個大，花了整整一下午，才把大致的帳目理清。其間，醒來沒找到娘子的喬勐也聞聲尋來了。他上完藥，紗布將臉裹得只露出一雙眼睛和一張嘴。

眾人見著，想笑也不敢笑，唯有蘇婉訓了他兩句。

「大熱天的把傷口裹成這樣，是不想要臉了？」

喬勐無法，只得將豬頭臉重新露出來，反正這裡也沒有外人。

「對了，二爺，既然這段時日你出不了門，不如在家教他們識字吧。」蘇婉收拾好那一堆爛帳，靈光一閃，派了差事給喬勐。

她一說完，眾人的目光全落在喬勐的豬頭臉上，似有疑慮，又帶著幾分期待。

喬勐指了指自己，又指指其他人，一臉懷疑地道：「我教他們識字？」

蘇婉淡定地點頭。「嗯，還有銀杏、白果、蓮香她們。」

「沒興趣！」喬勐想都不想，直接拒絕。

「嗯？」蘇婉將正準備端起解解渴的茶碗放下，瓷碗碰在桌上，發出清脆的聲音。

喬勐沒來由打了個冷顫。

「咳咳，那個，既然娘子都這樣拜託我，我就勉為其難地答應吧。」喬勐眼神閃閃爍爍地說完這句話。說的時候，還不由用手擋了下臉。

要不是屋裡還有不少人，蘇婉見狀，險些笑出聲來，趕緊拿帕子壓了壓唇角。

「娘子，我們回來了。」這時門外傳來銀杏的聲音，她帶著蘇妙還有蓮香回來了。

姚氏收到蘇婉的眼神，快步往門口走去。「在這兒呢。」將她們領進門。

「大姊！」蘇妙一見到蘇婉，便撲了過去，蘇婉連忙起身接住她。

銀杏和蓮香一進門，見大家都在，又看到只能依稀可辨面容的喬勐，頓時有些慌亂。

當初繡坊的位置選在靠近衙門的靜處，且她們今日都待在繡坊後院，自是不知今日發生的風波。

蘇婉沒多解釋，摸摸蘇妙的頭，讓姚氏帶她下去洗漱。

等蘇妙跟姚氏出去後，蘇婉便對蓮香和銀杏說起讓喬勐教他們識字的事。

兩人妳看看我、我看看妳，又看向雖然不情願，卻沒反對的喬勐，連忙應是。

喬勐托著腦袋，百無聊賴地看著蘇婉，撇了撇嘴，嘴角才動，便連聲抽氣，疼啊！

「好了，這件事就這麼定下了，以後每日卯時至辰時上課，大家不可懈怠，我會抽空檢查的。」蘇婉說著，目光在喬勐慘不忍睹的臉上打量一圈。

喬勐立即坐正。「娘子，我做事，妳放心！」

蘇婉直接給了他一個就是因為你，我才不放心的眼神。

所有人見狀，低頭努力憋笑。
喬勐自是敢怒不敢言。
「不過，咱們每日來上課，吃食攤子可怎麼辦？」蘇大根問。
蝨子也連連點頭，雖然可以日日見到喬勐，可是他也捨不下生意。
蘇婉點點頭，說出她考慮了一段時日的事。「你們暫且停下攤子的生意，先跟著二爺上課，可不光要學書本上的字，還有其他東西。我會同二爺再商量，到時候你們就知道了。」
她說的事，還沒和喬勐商量過，本來等他們今天看過店鋪，她就想找他談談，結果喬勐受傷，這下勞心勞力的事全落到她頭上。
蘇婉在眾人面面相覷間，緊接著又補了句。「明日呢，我就讓二爺開庫房，將賺的錢分給大家。拿了錢，也能安心些。」
「不不不，娘子，我們不是要錢，我們……」蘇大根連連擺手。
「大根哥，我知道，你先聽我安排。大家應該知道，二爺有意開店。」蘇婉點到為止。
蘇大根是個聰明人，當然明白這話的意思。蝨子迷迷糊糊，但他相信喬勐，便也相信蘇婉；九斤和蠻子本就是喬勐的人，自然不會有意見。
喬勐不知道自家娘子有什麼主意，不過他當然是服從的啊。
「嗯，就聽你們婉娘子的。」喬勐拍板定下。
蘇婉吁了口氣。「好了，大家下去用膳休息吧。」

第三十章

一會兒後，屋子裡的人陸續離開，最後只剩下蘇婉和喬勐，還有蓮香。

蓮香是來交功課的，將繡品遞給蘇婉。「師父，您看看，還有哪裡需要改進？」

喬勐本要起身，見兩人都沒走，便留下來，滿臉幽怨地看著他家娘子。

蘇婉沒理他，接過蓮香的繡布，仔細看繡紋和針腳。「嗯，妳的基本功很紮實，針腳細密，只是妳看這裡，走針轉得很生硬，應該用錯針法……」細細跟蓮香說起哪裡不足，蓮香不時地點頭。

喬勐心裡似有貓爪在撓一樣，看著他娘子認真的模樣，他都想化身成那繡花了。

「還要多久啊？」又等了一會兒，見兩人沒有要停的意思，喬勐實在忍不住，有氣無力地拖著長音問道。

蘇婉這才抬起頭，看看窗外，發現時辰不早了。「今天就到這裡吧，」說著，突然想起一件事，起身道：「對了，前些日子我畫了個花樣子，拿給妳看看。」便帶蓮香去內室。

被冷落的喬勐徹底無言，見沒人理他，只好默默跟上了。

進了房間，蘇婉拿出幾幅畫著水果和蔬菜的花樣子給蓮香，又遞給她一本小冊子。

「喏，就是這個。這些日子，妳得空就和繡娘們把這幾種做出來，做法寫在這裡了。」

蓮香接過，翻看了下，一臉驚喜。「這些，好……」有些說不上來。

「很可愛是不是？」蘇婉笑道。

蓮香眼睛一亮。「對對對！」

這些花樣子，有蘋果上長著笑臉的、有一瓣一瓣的橘子，還有會跑的大白菜等等。

「這是要繡在什麼上面的？」

「我打算做一些小孩的罩衫，和布娃娃。」蘇婉是經由這段日子和蘇妙相處，還有在蘇家和吳氏說話時得來的靈感。

蘇婉又把其他花樣子遞給蓮香。「這幾張，妳親自來做。」這些是可愛的小動物。

蓮香鄭重接過，小心收起來，又和蘇婉說了一會兒話後才離開。

她一走，蘇婉身後就響起浮誇的呻吟。

「哎喲，娘子我疼，妳來幫我吹吹。」

蘇婉眼波流轉，轉身緩步向喬勐走去，笑吟吟地問：「你哪裡疼啊？」

「咦?!娘子，有話好好說……」

最後，喬勐直接被武力鎮壓。

用過晚膳，蘇婉交代明日上課須自備筆墨紙硯，眾人紛紛應聲後，各回各屋。

回了房，她陪著蘇妙說了兩句話，問她今日在繡坊裡做些什麼事，才讓銀杏將她帶下去休息。

這時，屋裡只剩下蘇婉和喬勐，她坐在榻邊，朝躺在床上的喬勐招招手。

「二爺，來。」

「怎麼了，娘子？」喬勐一聽召喚，頓覺臉上的傷都不疼了，立即起身爬起來，來到蘇婉跟前。

「你還疼不疼了？」蘇婉托著他的下巴，左右看看他上過藥，卻依然腫著的臉。

喬勐看見蘇婉眼裡的關心和擔心，壓下了本來想說疼的話，搖了搖頭。「不是很疼了。妳家二爺是什麼人，這點小傷，對我來說算得了什麼！」

「你確定？」

「確定，就是難看些罷了。」

聽到這裡，蘇婉才放下心。「那就好，我本來還擔心，你的傷會耽誤明日教課呢。」

喬勐傻了，敢情他家娘子只是擔心那幫傢伙明天能不能習字？

「對了，你有想好明日怎麼教了嗎？是先學《千字文》，還是《百家姓》？」

喬勐不高興了，別過臉，不想回蘇婉的話。

「你怎麼了？」蘇婉伸手摸上他的額頭。「怎麼突然變傻了？」

剛剛因為自家娘子這個舉動，打算理她的喬勐，頓時又把臉背過去。

「好啦，你乖一點，過兩日我給你繡一件衣裳。」蘇婉直接塞一顆甜棗給喬勐。

「真的？」喬勐眼睛瞬間一亮，但想到蘇婉最近很忙，有些不忍。「還是別了吧，娘子這麼忙，我不想讓妳太辛苦。」

「哎呀，我們二爺長大了。」蘇婉笑著，探身碰了碰喬勐的頭頂，帶著促狹的欣慰。

喬勐嘆息一聲，直接躺平在榻上。

蘇婉沒在意，同他說起蘇大根和蝨子他們帳本的問題，討論一會兒後，她才知道，那個亂七八糟的記帳法子，是喬勐教給蠻子的。

蘇婉眉心微蹙，想了想，拿了紙和筆，簡單向喬勐講起她所知道的簡易版複式記帳法。畢竟她不是財會出身，只因為自己也需要記帳，所以學過一些。

這種法子講起來有些費勁，不過喬勐腦子向來轉得快，又聰明，她只是粗略講了講，他便能舉一反三。

這會兒，喬勐也不躺著了，接過蘇婉手裡的筆，又抽了張紙，自己嘗試繪製帳本。

「看來不只要教他們識字，還要教算術啊。」喬勐咬著毛筆頭，皺著眉對蘇婉說道。

「嗯嗯。」

「可我算術也不是很好……」

「那你正好補一補，要不要我也給你請個先生？」

「不用不用，我想起來了，其實我算術學得還不錯……」

蘇婉笑著托腮看喬勐，燭光映在他的側臉，使原本有些稚嫩的五官深刻起來。幾縷青絲掛落額前，添了幾分不羈。

她的心突然飛快跳動，有些亂，偷偷呼了幾口氣才平靜下來。一時發覺，認真的男人確實很有魅力，即使現在是張豬頭臉。

「娘子，妳看我這個弄得對不對？」喬勐收了筆，抬頭就見到他娘子一瞬不瞬地瞧著他，頓時勾起嘴角笑，一不小心牽動傷口，不由皺眉捂嘴。「嘶……」

他捂著嘴，很興奮地將他的作品拿給蘇婉瞧，眸子亮晶晶的，好似在等誇讚。

蘇婉好笑地接過，看了看，發現確實不錯，毫不吝嗇誇起來，末了又加一句。「我們二爺這麼聰明、這麼厲害，明日一定會是個好老師的，對不對？」

喬勐臉上的笑容一點一點消失，啪地又躺平了。

夜深人靜，子時至。

「二爺，人來了。」窗外傳來九斤低沈的聲音。

屋內原本昏昏欲睡的蘇婉一下驚醒過來。

「知道了，這就來。」喬勐倒是有精神，一直在研究帳本，還沒有睡。

「去哪兒？」蘇婉拉住正要下榻的喬勐。

「去外院。」

「我也要去。」

「啊？」

蘇婉直接下榻，取了一件長披風披在身上，轉身見喬勐還愣在原地，似乎在想著怎麼樣才能讓她不要涉及此事。

「二爺，你忘了我曾經和你說的，我們是夫妻，是一體的話了嗎？」

喬勐擰了擰眉心，最終還是點了頭，帶著蘇婉去前院。

羅四圖的人正守在院子裡。

「喬和正，你這院子未免也太破了吧？」這會兒羅四圖已經坐在前院待客廳裡，見到喬勐，便嘴裡漏風地嚷嚷起來。

「爺那叫勤儉持家！」喬勐扶著蘇婉落坐，隨口對羅四圖說道。

「我看啊，那就是窮！」羅四圖直中喬勐要害。

「喂，羅兔子，你知道我家娘子現在一套繡品賣多少銀子？爺像是缺錢的人嗎？」喬勐不高興了，直接吹噓起自家娘子來。「要是不知道，你回頭問問趙老三，他最清楚不過。」

羅四圖聽喬勐又叫自己羅兔子，氣不打一處來，這兔子兔子的，一是太娘了，二是他總覺得喬勐是在叫他兔兒爺。

「呸！喬二狗，你再叫我兔子，看我不打得你滿地找牙！」

「我怕你不成，來啊！」

兩個人針尖對麥芒，只一會兒工夫，又吵起來要打架，真是不省心。

「好了，二爺，該談正事了。」蘇婉出聲打斷兩人。她晚上不睡覺，不是來聽他們吵架的，雖然經過他們這一吵，她的精神好了許多。

喬勐和羅四圖悻悻地坐下，不看對方一眼。

蘇婉見了，推了推喬勐。

過了一會兒，喬勐才開口。「路上有人跟著你嗎？」

羅四圖聽他這話，臉色一正。「有，不過被我甩了。」因為這點，他終於確定事情不對勁，他失手砸傷喬勐的事，絕對不簡單。

「你確定甩開了？」喬勐擰眉，有些不放心。

羅四圖擺擺手。「護衛說甩了，肯定是甩了。」

喬勐聽罷，點點頭。羅四圖是羅家小兒子，平日得寵得很，羅家又是高門，養些有能耐的人，不足為奇。

「對了，這到底怎麼回事？到底是誰要借我的手，將你置於死地？」羅四圖追問。

要是那時他真失手砸死喬勐，那麼很可能會引起羅家和喬家的紛爭。但他是羅家嫡子，而喬勐只是喬家庶子，背後之人定是看中這點，才想借他的手。

以他的警覺心，當日怎麼沒注意到，還任人擺布？

突然間，他想起來，當時身邊好像有一縷幽香傳入鼻間，覺得挺好聞，多吸了幾口，想著是不是哪家姑娘在樓上，正要找佳人時，他手裡就被塞了張凳子，之後的事便是那般了。

「我要是知道，就不會找你了。」喬劭沒好氣道：「我在明，他們在暗，他們認得我的人，我查都不好查。他們又是生面孔，平江每日來來往往的人有多少，無疑是大海撈針。」

「我來查！敢算計小爺我，真是活膩了！」羅四圖一拳捶在桌面上，咬牙切齒道。

蘇婉聽著兩人一來一往的話，心裡暗暗琢磨著，喬劭最近有得罪過哪些人，會不會跟製冰和去上京有關？

不對，喬劭第一次出事，是在去上京前。

那會是什麼事呢？

她在腦海裡將知道的、喬劭幹的破事都拉出來想了一遍，最後——

「會不會是彭家？」

喬劭一聽，眼睛立時危險地一瞇，他當然知道這件事和彭家脫離不了干係，很有可能還跟蔣家有關，但是他覺得，肯定不只這兩家。

除去彭縣令的事，還有什麼值得這些人大費周章置他於死地？

「彭家？哪個彭家？」羅四圖不解地問。

「原來的平江縣令，蔣家的人。」喬劭跟羅四圖解釋了下他和彭家的恩怨，說的自然是明面上的事。

「這彭家也太欺負人了，回去我就稟明父親，定要給彭家一個教訓！」羅四圖很生氣，他說的雖是彭家，表達的卻是對蔣家的不滿。蔣家的手伸得越來越長，是要敲打敲打了。

「嗯。」喬勐沒有反對，他要借羅家，探一探彭家和蔣家。

接下來，蘇婉沒有再說話，都是喬勐和羅四圖在商量，怎麼將幕後之人引出來。

過了一會兒，外街傳來四聲鑼鼓聲。

「四更天了。」蘇婉捂著嘴，打了個哈欠。

「娘子，妳睏了吧，趕緊回去休息。」喬勐回頭，看看眼眶冒出淚花的蘇婉。

「沒關係，我等你一起回去，你們繼續說。」蘇婉拿著帕子壓壓眼角，示意喬勐繼續。

羅四圖也打了個哈欠。「喬勐，要不今日就說到這裡，我也睏了。」

「行。」喬勐點頭，兩人都是傷患，確實要休息。關鍵是，不能讓他家娘子陪他熬著。

「誒，對了，你說讓我問趙老三你家娘子繡品價值多少，莫非趙老三給他岳父的賀壽禮，四君子摺扇的扇套，就是你娘子繡的？」羅四圖正要走，忽然想起這件事，聯想到那讓眾人讚不絕口的扇套，停下來問喬勐。

喬勐嘿嘿一笑，驕傲地揚起腦袋。「就是我家娘子繡的！」那得意模樣，跟是他自己繡的一般。

羅四圖有些不可置信，連連打量蘇婉好幾眼，實在不敢相信，是眼前這個母夜叉繡的。

那繡件，他母親在趙老三母親那兒見過，回來後讚不絕口。

她母親就愛精美的物件，不然出身勛貴的她，也不會下嫁給當時只是個小小武將的羅父，只因羅父生得好。

「你得意什麼，那是你娘子繡的，又不是你繡的。」羅四圖看不慣喬勐那得意得要翹上天的嘴臉。

喬勐毫不在意，依舊笑嘻嘻地道：「那也是我娘子繡的。」著重在我這個字上。

羅四圖直接送喬勐一個白眼，轉身走了。

等他走後，蘇婉和喬勐也回去歇息不提。

清晨，晨光微露，喬家小院已經喧鬧起來，奴僕們早早起身，洗衣做飯，打掃院落。

今日喬勐的小課堂就要開了，學生們早早過來，蝨子還帶了跟他一起做生意的兄弟。

蘇婉知曉後，便起了身，本想拉著喬勐同她一起起床，但見他睡得正香甜，像個孩子似的，便沒忍心叫他。

她悄悄起身後，安頓好蘇妙，點了點人頭，帶他們去前院收拾出一間閒置的屋子，又搬些桌椅進去，各自找好座位，放好筆墨紙硯。

看看大家準備好的粗糙文具，蘇婉這才發覺昨日所說所想，有些想當然耳了。

因為沒有書啊！

「二郎，你可從家中帶了書本來？」蘇婉問前來湊熱鬧的蘇二郎。

跟著姊姊、姊夫來平江，就像畢業了再也不用念書的蘇二郎一下子愣住了，腦袋搖得跟博浪鼓似的，表情驚恐，他姊不會也要他跟著上課吧？

「你這孩子，出門在外，怎麼能不帶書呢？」蘇婉故意斥責他一句，隨後道：「去叫你姊夫起來。」

「姊夫還沒起床？他今日可是要做老師的人啊，我這就去叫他！」蘇二郎拔腿就跑。

等蘇二郎離開，蘇婉又看看屋子，吩咐銀杏、白果將屋子的犄角旮旯再清理一遍，她去書房找找，看有沒有適合啟蒙的書。

蘇婉在書房找了一圈，啟蒙書沒找到幾本，倒是找到好幾本香豔的話本，翻開看了看，在心裡暗暗唾棄喬勐幾聲，直接沒收。

接著，她在書房裡發現了幾本遊記，好奇地打開看了看，竟然在某一奇聞裡發現了一樣東西，頓時激動起來，仔細辨認一番，又從文字描寫裡確認是何物。

這東西可是寶啊！

蘇婉平復心情，收起遊記，將啟蒙書拿過去，對眾人說：「你們先去用早膳吧。」

大家應聲而去。

第三十一章

蘇婉回到內室時，小廝來財正扒在內室門邊，蘇二郎在床邊拉扯著賴床的喬勐，嘴裡嘟囔著。

「姊夫，快起床啊，你再不起來，我姊就要拿家法棍過來了！」

他這是聽蝨子和蠻子他們說的，說是蘇婉有一根家法棍，專治喬勐。

「不起來，你姊夫我現在是病人，你姊才捨不得打我！」喬勐早就醒了，只是一想到今早要去做什麼老師，心裡頓時彆扭起來，不想去，只好裝睡。

「是姊姊讓我來叫你的，大家都在等著你呢。姊夫，你快起來，我聽我娘說，人睡多了，臉會腫，你現在可不能再腫了，我姊會嫌棄你的！」蘇二郎循循善誘，臉上也一本正經，因為他賴床時，他娘真的是這樣跟他說的。

喬勐聽罷，立時麻溜地爬了起來，一起身就發現他娘子站在門邊，饒有興致地看著他和蘇二郎。

「娘子，呵呵，妳什麼時候來的？」

蘇婉沒應他，讓蘇二郎先去用飯。

「爺早起了，剛剛是跟二郎鬧著玩。」喬勐飛快穿好衣服，握拳抵住唇，咳了兩聲。

蘇婉點頭應聲，往前走兩步，拿下擱在案桌上的家法棍，握在手裡，掂了兩下。

喬勐一見這架勢，閉上嘴巴，立即喚來財打水給他洗漱。

感覺娘子的心情不太好，他還是少惹為妙。

「你列個適合啟蒙和學算術的書單，我讓人去買回來。」蘇婉拿著家法棍，坐上榻，隨後把棍子放在身旁，摸了針線，隨手在繡繃上繡起小花。

「啊？喔，對，今日多少人啊？」喬勐也想起來了，家裡沒那麼多啟蒙書，突然有點緊張，偷偷瞥蘇婉一眼，見她做起繡活，才就著洗臉巾，緩緩吐了口氣。

「七個，蝨子帶了兩個人來。」蘇婉頭也沒抬地道。

「還好嘛，人不是太多。」喬勐喉結微動，拿開洗臉巾。

「嗯，今日暫時不教識字了，咱們把繡坊和火鍋店的事說一說。」蘇婉手上不停，看看收拾好自己的喬勐。

「娘子，妳是不是又有什麼想法了？」

「確實有一些，你過來。」

喬勐卻後退了一步。「嗯？」

「我又不打你。」蘇婉眼皮微抬，見他不肯上前，微笑說道。

喬勐只得過去。

蘇婉先幫他上藥，那個千金膏都快被喬勐用完了。隨後，蘇婉取出遊記，指著某一頁的圖畫道：「你可知此物？」

「嗯？這不是番椒嗎？聽聞從海外番邦傳過來的，羅四圖他外祖家就有。不過此物有毒，顏色越豔，毒性越大，只能觀賞，不可食用。」喬勐回道。

「有毒？」蘇婉愣了一下，這玩意兒明明就是辣椒嘛，怎會有毒？

「對啊，有人吃過，吃完後舌唇發腫，咽喉腫痛。」

蘇婉傻了，這可是個寶貝啊，怎麼能生吃呢？

不過後世的辣椒都經過改良了，流傳到大和的，按照書上所說，應是朝天椒，屬於巨辣的那種。

「那你能不能同羅四圖要一些番椒和它的種子來？」

「娘子要這個做什麼？」喬勐防備地問，怕蘇婉是用來對付他的。

「我自有用處，到時候你就知道了。」蘇婉準備到時候給他一個驚喜。

就算不怎麼吃辣的人，對火鍋的辣，也是沒有抵抗力的。

本來她都打算用老法子，只用芥菜和胡椒熬製辣鍋底料，現在有了辣椒，就可以做很多美食了！

「你到底能不能弄來啊？」

「能能能，平江也有些人家種呢，不行我就給妳偷些來。」

「喬勐，你出息了，還想偷東西？」蘇婉揪住喬勐耳朵，疼得他嗷嗷叫。

兩人鬧了一會兒，又嘀咕了其他事，等眾人用過膳後，他們才出去。

蘇婉進了充當教室的屋子，坐在正上方長桌的右手邊，對下面坐著的十個人開了口。

「剛才我已經告訴大家，今日暫時先不學字，要說一些事。想必大家對停掉小吃生意這事，有些疑惑。」

此時，姚氏夫妻被她派去買書和上錢莊取錢去了。

「娘子。」蘇大根趕緊喚了一聲，話未說出，就被蘇婉用手勢壓下。

「我知道的，你別急。錢嘛，當是你們的，就是你們的。」蘇婉說著，又看喬勐。「二爺，你說呢？」

坐在左邊的喬勐正襟危坐。「婉娘子說得對。」

蘇婉點頭，將目光轉到蝨子身上。「你不是說要買宅子，安頓你那幫兄弟？要是錢不夠，儘管同二爺說，讓他幫襯幫襯你，總是住在破廟裡，也是不妥。」

蝨子眼眶微紅。「謝謝婉娘子，謝謝二爺！那間廟，我們現在收拾得還不錯，暫時可以住人。婉娘子和二爺不是要開店？手頭肯定很緊，我的那份，二爺不妨先拿去用。」他說得言懇意切，倒是真心為喬勐著想的。

只是，跟他來的兩個人，臉上有些不豫，聽了蝨子的話，欲言又止，面帶焦急，蘇婉和喬勐全看在眼裡。

「我也是！」蘇大根跟著說道。

「我的也是！」蠻子附和，反正他光棍一條，不要緊。

「喊什麼？爺是缺你們那點錢用？」喬勐指著三人，一臉不高興地道。

「好了，二爺知道你們的好意，我替二爺謝過，但是親兄弟也要明算帳是不？」蘇婉笑著安撫三人。

「婉娘子……」

蘇婉擺擺手，對喬勐咳嗽一聲。

喬勐收起臉色，朝蝨子招招手，蝨子屁顛屁顛地跑去，喬勐在他耳旁說了幾句話。

蝨子點點頭，將他帶來的兩個兄弟領出去。

過了一會兒，蝨子一個人進來了。

「二爺。」蝨子低下頭，不知所措。

「你既已入我喬家，有些事，你就要掂量掂量了。」喬勐淡淡開口道。

其他人一臉不解，只有九斤和蠻子互相看了眼，若有所思。

「他們都是我的兄弟……我……」蝨子快哭出來。

「他們是你蝨子的兄弟，又不是二爺的兄弟！」九斤趕在喬勐開口前，搶先說道。

這話不能讓喬勐說，不然就要傷了情分。

「可、可是……」

蘇婉看著，幾不可見地搖搖頭，蝨子與喬家合作生意，帶著兄弟可以；來喬家上課，帶著也可以；但她讓人通知今日不上課，家裡人要談生意上的事，他還帶著兄弟，就不行了。

蝨子和蘇大根不一樣，他不是家生子，自己雖入了喬家，但他那幫兄弟沒入。再者，幫蝨子做活計的兄弟，喬家是提前預支銀錢給他們花用，所以喬家並不欠他兄弟什麼。

喬勐一臉漠然。

「蝨子，現在你是我們喬家的人了。」蘇婉想了一會兒，起身走到他面前，撫了撫他的臉，道：「而且啊，你怎麼能一直叫蝨子呢，等會兒我讓二爺給你取個新名字好不好？」

白果和銀杏互看一眼，鬆了口氣，幸虧蘇婉不是要自己命名，看看梨花和來財，取了跟沒取差不多，現在還是習慣喊小ㄚ頭梨子啊。

蝨子原本委屈得眼淚都要掉出來了，聽到蘇婉這句你是喬家人，是和喬勐一個姓的喬，眼淚立時落下，顫著哭音，抬頭去看喬勐。

「真的嗎？」是因為他是喬家人了，他們不是，所以……

喬勐最不喜哭哭啼啼的男人了，不過念在蝨子還小的分上，不耐煩地點點頭。「你出錢養他們，我不管，那是你的事。但像今天這種場合，以後莫要帶來了。」

他能信任蝨子，可不信任其他人，而且最近出了不少和他們攤子口味差不多的蓋飯，他早懷疑蝨子那邊出問題了。

「嗚……二爺，你是我的再生父母！」蝨子好想叫喬勐一聲爹。

喬勐被他這句再生父母喊得雞皮疙瘩都起來了。「別了，我可生不出你這麼大的兒子！」我想把你當兄弟，你卻想當我兒子?!

「我……」蝨子癟了癟嘴，一臉受傷。

其他人頓時低頭悶笑。

「好了，我們還是談正事吧。」蘇婉鬆開蝨子，退回座位。

其他人立時收斂笑意，正色起來。

蘇婉坐好後，環顧眾人。

「大家應該也聽說，二爺要開火鍋店的事了。這次，我們會和蘇家還有趙三爺合作。」

現在計劃投銀一千兩，喬家出配方、鐵鍋和帶人，占四成半股；蘇家出人管理，再入三成的錢，占一成半股；趙立文出七成錢，占四成股，不管理，但要負責人脈疏通。

不過，蘇家出人出力，暫時都要先給蘇婉教導，趙立文與喬勐並沒有意見。

「我們和二爺不會直接出面，暫時先開一家，掌櫃由二郎來做，廚房到時讓白果負責。」蘇婉直接說出兩個任命。

蘇二郎是知道的，但白果不知，驚慌地站起來。「啊？娘子，我……」

「別怕，到時候還是要請廚子的，妳要負責的是廚房採買和監工。」蘇婉笑著解釋。

白果自是知曉採買一職的關鍵，這個活計的油水很大，她家娘子竟然就這樣交給她，可見對她的信任。

她原本想著，銀杏都去繡坊做管事了，心裡還有點羨慕呢。

「我怕我做不好……」給娘子丟人。

「無事，若是真做不來，我就會把妳換掉，反正到時候丟的是妳家娘子的臉。」喬劭在一旁懶洋洋地說。

白果急忙道：「我一定不會給婉娘子丟臉的！」

蘇婉乜喬劭一眼，拿出小本子，幫白果標注了下。

接著，她將目光落在在座其他人身上，大家立即挺直腰背，期待被點名。

「接下來，就是招人了，這事九斤熟，由九斤來辦。要找家世清白，手腳麻利的，嗯，年歲最好在十五、六歲左右。」

蘇婉點到了九斤，九斤連忙站起來。

「婉娘子預計要多少人呢？這是要找跑堂的夥計吧？」九斤想了想，問道。

蘇婉用指甲在本子上劃了劃，心中算了一遍。「大概要三到四個夥計，兩個切菜工。夥計要嘴皮子索利些，人伶俐些的，其他人老實些便好。若是有力氣大的女娃，也是可以。」

九斤在心裡默念一遍。「好，我記下了。」

「再找個可靠的廚子。」

「是。」

「你得事先同他們說好，需要跟我們簽十年的契約，還有保密契約。」喬勐撐著頭，在一旁補充道。

九斤應下，蘇婉又在小本子上記了一筆。

「二爺，趙三爺真將籌劃的事全交給你了嗎？」蘇婉不放心地問了句，總歸要派個人來監管銀子花去哪裡了吧？

在他們離開臨江時，趙立文就把七百兩紋銀交到喬勐手上了。

「放心吧，妳只管說。」這些也是他們討論過的，現在說的都是店內人手安排，其他的事，等會兒他跟蘇二郎再商量。

「行，那我繼續了。」蘇婉放心了。「這些人招回來，還是要教些規矩。這兩日我會和二爺寫出章程來，到時候二郎和白果一起負責教。」

「是。」白果和蘇二郎應聲。

「蓮香，銀杏。」蘇婉接著點名兩人。

兩人立即站起來。

「上次本來說近期要讓繡坊正式開業的，現在看來是不成了。從今天開始，繡坊減少接活，妳們理一下手裡還有哪些繡活，儘早繡完。」

「啊？這是為何？」蓮香有些不知所措，好好地，怎麼要減少接活？

「火鍋店的人招好後，咱們要替他們趕製一套東西，比如統一的服飾、圍裙之類的，具體樣式，等會兒我們再來商議。」

「是。」蓮香和銀杏倍感壓力，昨日蘇婉拿給蓮香的花樣子，也說要盡快做出來，難怪要減少繡坊接活。

之後，眾人又聊了些細節，比如火鍋店的標記、鐵鍋樣式、用的肉類跟蔬菜等等。

說來說去，蝨子、蘇大根有些急了，怎麼現在還沒說到他們的安排？但又不敢去問喬勐和蘇婉，只得默默等著。

兩人等了好一會兒，等來了蘇長木夫妻抬錢來分帳，只得打起精神，各自領銀錢。

喬勐分到的錢，連邊都沒摸到，就讓蘇婉借給蝨子了。當然，蝨子要寫借條的。

等蝨子畫好押，蘇婉這才點到蘇大根和蠻子的名。

「我這裡還有個方子，是做麻辣燙的，你們且學了去做。」

她想著，既然大和有番椒，就可以教蘇大根做麻辣燙了。原本她想著讓他去做熟食滷味，不過也可以連帶著一起做。

只是，大和的滷味也不差，要做得新穎，才能出頭。

「啊？麻辣燙，這是什麼？」蘇大根一頭霧水。

「過兩日二爺將番椒弄來，你自然就知曉了。」蘇婉賣著關子，然後又道：「這樣吧，反正我和二爺要買鋪子，買一個是買，兩個也是買，我們出配方和鋪子，你出人和食材，咱們按照老規矩，六四分成，你看如何？」

「啊？」蘇大根還是有點懵。

「如果你出錢租鋪子也成，那就七三分帳。」蘇婉又換了提議。這麻辣燙配方畢竟不是什麼難的，很容易被人模仿。

其他人頓時羨慕地望著蘇大根。

姚氏為難地看著蘇長木，一時不知道說什麼好。

「爹，娘，你們看？」蘇大根想選第二種，但是他不敢擅作主張。

「婉娘子，您看呢？」蘇長木問蘇婉。

蘇婉笑了笑。「不急，你們慢慢考慮。」

蘇大根鬆了一口氣。

吩咐完這一遭，蘇婉他們又把話說到火鍋上，可把蝨子急著了。

「婉娘子，那我呢？」

「你啊，」蘇婉看了眼蹺腿吃茶的喬勐。「你家二爺應該是另有想法，等等你們再聊。」

喬勐悠哉悠哉地點點頭。

蝨子聽了，那顆懸著的心才落回原處。喬勐不是厭了他，是要對他委以重任啊。

第三十二章

談了一會兒，其他人各自退下幹活，屋裡只留下蓮香、銀杏、白果還有蘇二郎。

蘇婉要談的是繡坊和火鍋店的合作，她的繡坊可不會白給火鍋店繡東西，畢竟是兩份生意，要明算帳的。

喬勐當然明瞭，而且蘇婉想的這些法子，他想了想，確實可以當作引客手段，可是聽聽，她開的價錢竟然那麼高。

「不行不行，咱們是什麼關係，妳這設計費是什麼鬼？」

「我幫你們設計衣物，當然要設計費了。人家寫話本的，不也要給潤筆費？」

她的繡坊將來可是要分出設計部來的，若現在不把帳算清、算明，兩個人的生意搞在一起，以後還得了，就是一筆筆爛帳了。

「妳這不是左手到右手？」喬勐不滿道。

「怎麼會呢？你要知道，你那火鍋店是三方合夥，以後還不知道會有多少人摻和進去，我這繡坊可就是咱們家獨一份的。」蘇婉反駁喬勐。

喬勐一想，也是啊。

「不可，不可！」蘇二郎會過意來了，跟著講價。

蓮香同銀杏現在歸屬於繡坊，當然要站在繡坊這邊，也同蘇二郎辯駁。一時，屋子裡吵吵鬧鬧，喬勐的頭有點痛，因為他兩邊都是人，又兩邊都不是人。吵了一上午，好在都是一家人，各退一步，先將樣式和圖標製出來。蘇婉讓銀杏和蓮香回去好好想，給她們三日，拿出幾套來供喬勐挑選。

沒有經驗的兩個人，一籌莫展，可這是蘇婉給的任務，必須去做。會刺繡的，多半會畫花樣子，即使畫得不怎麼樣，也能畫幾筆。

午後，喬勐在家曬太陽，順便寫下蘇婉同他說的如何管理夥計，以及他自己的想法，等人招來，好依照這些來教。

蘇婉則是出門，帶人去挑選鋪子了。

連著出去幾日，蘇婉終於幫喬勐他們相中了兩間鋪子。兩間鋪子對門而立，都在鬧市。其中一間落在蘇婉名下，是喬勐付的錢。喬勐雖然肉疼，但也得到蘇婉的獎勵——下次他再犯錯，可以免打一次。

喬勐美美地想著，多好。

定下鋪子後，蓮香和銀杏這才勉強將功課交上去，畫的東西自然不行。最後喬勐並沒有用她們的，而是選了蘇婉親自設計的，當然也是要付一筆設計費。

這不是喬勐一個人訂下，而是趙立文來了，他倆一齊決定的。為此，趙立文沒少罵他們夫妻黑心。

這次，趙立文不僅帶來吳氏說好要給蘇婉的茶葉，還有羅四圖外祖家的番椒和種子。因喬勐說番椒越多越好，趙立文在臨江到處尋，好不容易湊了二十來個。聽聞這玩意兒有毒，雖好看，但種植的人家並不多。

後來，為著火鍋店的名字，趙立文和喬勐還打了一架，最後自然是喬勐勝了——火鍋店名定為平江火鍋店，標記是一簇火焰下三條波浪，火焰代表火鍋，三條波浪就是平江。

說到這個，蝨子的新名字，喬勐也取好了，叫喬平安。

眾人聽了，覺得喬勐和蘇婉不愧是夫妻。

這日，喬勐同趙立文還有蘇二郎去衙門登記火鍋店，以及三方契約。

蘇婉則是帶著圖樣去了繡坊。

這幾日忙著畫圖樣以及火鍋店的事，她有些日子沒來繡坊了。

剛到繡坊門口，她便遇見一位塗紅戴綠、上門訂繡品的婦人。

「婉娘子！」來人一眼就認出蘇婉。「哎喲，你們家最近怎麼老是趕客呀，是不是下面的繡娘偷懶不肯幹活？繡娘整日待在後院，還老是打扮得花枝招展，是要去做妾啊？」

這人應該是剛剛被繡坊婉拒了，正巧遇上她，來告黑狀了。

「妳這人說的是什麼話？」

蘇婉定在原處，皺著眉頭聽那位婦人的污言穢語，尚未開口，銀杏便先喝斥了婦人。

「我說的是真的，為何說不得？」

婦人絲毫不覺得自己有錯，這繡坊有什麼了不得，不就是靠著別人不敢惹娃霸嘛，但她家老爺可是趙縣令的表舅，要不是聽聞平江有頭有臉的人家都用她家繡品，她才不肯來呢。

「呸！妳根本是胡說八道，信口開河！」這段日子銀杏學著管理繡坊，又跟著讀了幾天書，人也變得潑辣自信起來。

婦人聽到銀杏的話，不由惱羞成怒，甩著染了濃郁香粉的帕子，指著她，恨聲道：「妳這小賤蹄子，我跟婉娘子說話，哪有妳出聲的分兒！」

蘇婉一把握住那婦人揮著帕子的手腕，那帕子不知染的是什麼劣質香粉，味道很是刺鼻，蘇婉被嗆得忍不住別過臉，胃裡一陣翻絞。

她捂住口鼻，強壓下噁心，對婦人道：「我的丫鬟自有我來教，不用別人指手畫腳。」

「婉娘子，妳這就不對了。現在我知道這些人為何這般不成體統，全是妳慣的，要是我家的人，早被我拖出去打了。」

婦人依舊喋喋不休，一副妳教不好下人，我來替妳教的架勢。

蘇婉直接翻個白眼，鬆開婦人的手。「與妳無關。說完就滾，我可不想聽狗吠了。還有，我家繡坊不會再接妳一單生意，請妳以後不要再踏入這裡半步！」

因著這些日子的忙碌，蘇婉極為浮躁，脾氣也有些壞。在外人面前，她還是能克制，就是喬勐這幾日過得是苦不堪言，水深火熱。

「妳……」婦人驚疑不定地看著蘇婉，不相信蘇婉會趕她走。「妳怎麼能罵人？果然，妳跟娃霸不是一家人，不進一家門，對我擺起威風了？妳家娃霸就是個潑皮無賴，我看妳也好不到哪裡去。」

婦人更加怒了，自從趙子辰來臨江當縣令後，他們舉家跟過來，遇事只要搬出趙縣令的名頭，還沒人敢對他們不客氣，今日卻在這繡坊丟了大臉面。

蘇婉握了握拳，她對這婦人一忍再忍，現在竟然又說起她家二爺，火氣騰地起來了。

「銀杏，把她打出去！」

「好！」銀杏立時進鋪子裡找了雞毛撣子，攆起那位婦人和她的僕從。

「妳瘋了，妳知道我是誰嗎，竟敢這樣對我？啊！妳個殺才竟然打我，我跟妳拚了！」

婦人被銀杏的雞毛撣子掃到，頓時嚎叫起來，捋起袖子朝銀杏撲去。

正在後院趕繡活的蓮香和繡娘們，聞聲也趕了過來，但銀杏和對方已經扭打在一起，蘇婉站在她們身後。

只見蘇婉一個跨步，拽起那個仗著體胖，將嬌小的銀杏壓在身下的婦人的後領。

啪！婦人感覺身後有人拽她，不由轉過臉，孰料迎面就是搧到她臉上的一巴掌。

「啊？」

「娘子！」

蓮香和繡娘愣在原地。

蘇婉一個大力，把被打暈的婦人推到一邊，頭也沒回地高聲道：「還不快過來幫忙！」

蓮香回過神，趕緊讓繡娘們制住清醒過來、掙扎著又要撲到蘇婉身上的婦人。

「還有沒有王法了?!小蹄子，妳死定了，我要去縣衙告妳們！」婦人形象全無，衣衫凌亂。

跟她來的僕從早偷偷躲在一邊，這會兒聽到婦人嚎叫，趕緊往縣衙奔。

「若非妳口出惡言，我家娘子怎麼會打妳？」此刻銀杏也是狼狽不堪，臉上和脖子上被婦人抓出幾道血痕。

蘇婉心疼極了，這惡婦真是歹毒，招招故意往銀杏臉上撓，姑娘家的臉多重要，她是故意要害銀杏破相的。

「呸！妳們仗著人多勢眾，欺負我一個手無縛雞之力的婦人！快放開我，妳們這些只配給人做妾的骯髒貨，我要讓縣太爺狠狠治妳們的罪！」

「好啊，咱們就去衙門，讓縣太爺評評理，到底孰錯孰對。」蘇婉一甩寬袖，怒聲道。

婦人憤怒不已，但她才不怕，她可是有恩於趙縣令的親戚。

趙子辰本是趙家落魄旁支家的子弟，家裡一貧如洗，從小吃百家飯長大，後因天資聰穎被大宗栽培，才有了如今的官位。

這個百家飯裡，就包括了這位婦人的夫家。

蘇婉見她這般，冷笑一聲。「現在妳可是落在我手裡。」又轉頭吩咐。「蓮香，等會兒要是她再罵一句，就給她吃這個。」

蘇婉拿出一粒番椒遞給蓮香，她還帶了種子來，準備在繡坊院子裡種上一些。至於番椒，她是打算拿來給繡娘們改善伙食的。

蓮香不知道番椒是什麼東西，只覺得挺好看，好奇地湊近聞一下，有股說不出的味道。

那婦人是因為趙子辰得道而升上天的雞犬，本是鄉下婦人，罵起人來污穢不堪，所以她就成了平江第一個吃到番椒的人。

「啊！殺人啦！」

很快，那個逃走的僕從將衙役帶過來了。

衙役一見到是蘇婉，頓覺頭大。誰不知道平江城裡大名鼎鼎的娃霸夫妻？縣令的表舅母李氏，怎麼惹上他們了？

衙役嘆口氣，這個月不知道第幾次給李氏收拾爛攤子了。

衙役一進門，只見蘇婉坐在鋪子裡吃茶，而惹事的李氏，正被人壓著坐在地上，嘴巴紅腫，淚流滿面。

他倒吸一口寒氣，娃霸家的娘子真真了不得啊，看來惡人就得惡人磨！

「婉娘子，這……」衙役看向李氏。

蘇婉輕笑道：「只是嫌她嘴太髒，給她洗洗。」

衙役無言了。

幫銀杏上好藥後，蘇婉闕了繡坊，帶著其他人及李氏，去了縣衙。

李氏趾高氣揚，已經在心裡想著，等會兒要怎麼讓蘇婉對她跪地求饒了。

正巧，眾人到了縣衙時，喬勐他們剛好辦完事出來，見到蘇婉，十分意外。

喬勐納悶地看大家一眼，目光掃過銀杏臉上的傷，心不由揪了一下，趕緊拉過蘇婉查看，確定她沒有受傷，才鬆了口氣。

「怎麼回事？銀杏怎麼受傷了？娘子有傷著哪裡嗎？」

蘇婉搖搖頭，指了指李氏，說明來龍去脈。

喬勐聽了，惡狠狠地瞪著李氏，李氏不由打了個冷顫，不過轉頭一想，這已經是縣衙的門口，她是縣令的恩人，這人再凶，能凶得過平江的父母官嗎？

「你看什麼看，小心我讓趙縣令把你眼珠挖出來！」嘴再痛，李氏也要罵人。

「無知婦人。喬二，你無須跟她計較。」趙立文拉了喬勐一把，覺得李氏的舉止很奇怪，平江城是有不怕喬勐的，但敢這麼跟他說話的，也是很少。

「你罵誰呢？你這小白臉……」李氏腫著嘴，含糊不清地罵著趙立文。

趙立文氣結。

蘇婉按了按額角，勉強撐著，渾身無力，怕是當時打人太用力，現在有些乏了。不過事情還沒有解決，她得打起精神。

喬勐立即發現她的小動作，連忙扶著她。「娘子，妳是不是不舒服？要不妳先回去休息，這邊我來應付。」

蘇婉見喬勐滿是擔心的神情，拍拍他的手背，表示自己無事，不需要擔心。

喬勐還是不放心，給跟在身邊的九斤使眼色，讓他找個大夫過來。

九斤馬上去辦。

在縣衙門口短暫交鋒過後，大家便一起去見趙子辰了。

與此同時，送走趙家本宗郎君後，趙子辰才喘口氣，又聽說他那位表舅母被人欺負，要來討公道。

趙子辰罵了句髒話，讓人去請他夫人來，等會兒定要讓夫人好好說說李氏。

等趙子辰到了前頭的衙門時，才發現，這事沒以往那麼好辦，李氏捏了不少軟柿子，終於踢到了鐵板。

「辰兒啊，你快救救表舅母，這個潑婦想要毒死我啊！」李氏一見到趙子辰，便哭訴起來，讓他看自己紅腫的嘴巴。

「這……」趙子辰連驚堂木都敲不起來了，命人把眾人帶到後堂。

這時，李氏有點慌了。

「三叔，這是怎麼回事？」到了後堂，趙子辰立即問趙立文。

按照趙家輩分，趙立文比趙子辰大一輩，一個大宗，一個旁支。私下裡，趙子辰喚趙立文，是叫叔叔的。

蘇婉詫異一下，隨即明白了過來。

喬勐扶著她，自顧自地找張椅子坐下。

很囂張的李氏一聽趙子辰的稱呼，臉色立時變了。她不是真蠢，原來是仗著有大腿抱，現在發現，大腿好像不太對勁了。

趙立文便請蘇婉來解釋。

蘇婉將事情的來龍去脈說給趙子辰聽，趙子辰聽完，臉色頓時沈了下去。

「表舅母為何要去婉娘子的繡坊訂繡品？」趙子辰一下子就抓住了關鍵。

其他人也是一愣。

「我……我聽說用她家的繡品，比較有面子。」李氏捂著嘴，眼神閃爍，語焉不詳。

「撒謊！」趙子辰逼近李氏，身為縣官的氣勢，壓在她頭頂上。

「我……辰兒，當年你沒得吃、沒得喝，是我和你表舅省出一口飯菜給你吃的，現在你怎麼能這麼對我？那個小蹄子說的話，你就全信嗎？我不活了！反正他們都給我下毒了，你也是沒良心的，對表舅母見死不救！」

李氏一屁股坐到地上，哭鬧起來。

趙子辰身為父母官的氣勢一下子萎了，尷尬至極。

不僅他尷尬，在場的人都尷尬。

「婉娘子，她的嘴為何這般，是何藥物造成的？可否先給解藥解毒？」趙子辰被李氏吵得實在頭疼。

唉，清官難斷家務事，說得一點都沒錯。

「縣令大人說笑了，小婦人怎會有那惡毒心腸給人下毒，那只是小婦人家的一味調料罷了，以清水漱口幾日即可。」蘇婉淡淡說道。

喬勐附到蘇婉耳邊，悄聲道：「該不會是番椒吧？」

蘇婉微微點頭。

喬勐和趙立文互看一眼，這玩意兒真的能做菜嗎？

「辰兒，你別信她，她胡說，她就是要毒死我！」李氏現在真的害怕了。

「我娘子要是真想毒死妳，還能由著妳在這裡蹦躂這麼久？」喬勐按下正要回她的蘇婉，搶先道：「再說了，要不是妳嘴賤，我家娘子何至於要這樣對妳，妳看看妳壯得跟頭熊似的，可別把我家嬌弱的娘子嚇著了。」

他站出一步，將蘇婉擋在身後。

眾人神情冷漠。

李氏面容扭曲，這個「嬌弱」的女人打了她幾巴掌的模樣，她還記著呢！

「我不活了，你們都欺負我一個婦道人家！辰兒，你是要逼死你表舅母啊，早知如此，你小的時候，我就不應該救濟你啊！」

「夠了！我只吃過表舅母家一口飯，還是原本要給狗吃的剩飯，煩勞您記了半輩子！」

趙子辰心中極其厭惡李氏，可人在官場，一個忤逆長輩、忘恩負義的名聲，就能讓人萬劫不復。

第三十三章

「這是怎麼了？吵吵鬧鬧的？」一道宛若黃鶯的女聲從門外傳進來。

原本坐在地上的李氏立即爬起來，手足無措地找了張椅子，匆忙扒兩下頭髮，坐下來。

「娘子。」趙子辰鬆口氣，總算把李氏的剋星搬來了。

「官人，你的衣領為何皺了？我今早不是才讓人打掃過，地上為何這麼髒？」縣令夫人王氏一進門，擰眉不悅地看著趙子辰。

「娘子……」趙子辰趕緊整理衣領，隨後向王氏介紹喬勐等人。

「請三叔安。」王氏認得趙立文，轉而又對喬勐和蘇婉見了禮。

這會兒，蘇婉乏得很，只想快點把事情解決。「縣令大人，民婦別無他求，只想讓令舅母道歉，賠我家管事的藥錢。您看看，這如花似玉的臉被抓成什麼樣子了。」

她說著，讓銀杏站至眾人面前。

原本因王氏到來而當了鵪鶉的李氏急了，趕緊道：「我也受傷了，還被打。」

「我也可以賠。」蘇婉對她說道。

李氏眼睛一亮。「我要一千兩，外加讓我打回來！」

喬勐直接呸了一聲。「妳作夢呢！」

「好啊，那我這邊要價一萬兩，順便也把妳抓得毀容，妳看如何？」蘇婉動了動身子，慢聲細語。

「妳這是在訛人！」李氏尖聲叫道。

「輕聲！」王氏對李氏喝道，喝斥完，發現自己失了儀態，便放緩了聲音。「今日表舅母儀容為何如此不整？這般出去，豈不丟我趙家的臉面？來人，快服侍表舅母更衣潔面。

「還有，表舅母，坐椅只能坐三分，不可滿坐。另外，我家官人出自清貧廉潔之家，身為他的表舅母，豈可整日穿金戴銀？您不為平江百姓著想，也該為官人著想……」

此刻李氏的臉像個調色盤一樣，很想反駁，或者罵罵這個外甥媳婦，但她不敢，現在她就靠著人家手裡漏一點油水給她吃用。

丫鬟似乎也習慣經常幫李氏整理了，輕車熟路地上前為她理妝。

「表舅母，誰讓您去婉娘子的繡坊訂繡品的？」王氏說了李氏一通後，話鋒忽然一轉。

李氏不由接話。「是來福樓的夥計。」說完，她捂著嘴，驚恐地看著眾人。

果然有蹊蹺。

「她要訂三百套鴛鴦戲水的繡件、兩百套花軟帽、七百條帕巾……」蓮香說道。這些東西雖小，但是量很大，她便沒有接這種奇怪的單子。

「表舅母是想要做什麼？」趙子辰聽到這裡，也發現事情不簡單。李氏怎麼會有錢訂這些東西？

「那個夥計說，城裡的夫人們都用她家繡品，我要是也能有一件，肯定有面子！

「我……我本來是想，就去買個小擺飾，回來跟……」李氏看王氏一下。「顯擺顯擺，但那個夥計後來又說，繡坊最近不接生意，不過如果是像我這樣的……」又看王氏一眼。

王氏道：「表舅母大可放心說。」

「夥計說，我是辰兒的表舅母，婉娘子自是會給我面子。後來從來福樓回去的路上，有人找我，說是想請我找婉娘子的繡坊訂貨，只要事成，就會給我一百兩銀子。」

這時，李氏的腫嘴消了不少，說話漸漸索利。

蘇婉嘆口氣，一時不知道說什麼好。那個找李氏訂貨的人，目的應該也不單純。

「若是訂不了呢？」蘇婉問道。

「那就鬧一場，讓辰兒惱了娃——呃，喬二郎，然後會給我五十兩。」李氏說著，脖子都快縮進腦袋裡，再無半分囂張。

「妳認得那個人是誰嗎？」喬勐出了聲。

「不認識，但是個未出嫁的小娘子。」

未出嫁的小娘子？蘇婉和喬勐同時看向對方，想起一個人來，那就是——彭大姑娘。

突然，蘇婉腦子一陣發暈，眼前一黑，暈了過去。

蘇婉醒來時，窗外天色微暗。

她一睜眼，便瞧見了一直守在她身邊的喬勐。

「娘子，妳醒了啊？」喬勐見她睜眼，滿臉欣喜。

「嗯。」蘇婉看了下四周，鬆口氣，這是自家房間。「我怎麼了？怎麼回來了？」

「娘子醒了。」送湯藥的姚氏瞧見蘇婉醒來，立即把藥碗放到桌上，雙手合十地念叨。「謝天謝地。」

蘇婉見狀，不由笑了笑，想起身，身子卻沒什麼力。看向喬勐，只見喬勐清亮的眸子一直瞧著她，隱隱還有種幸福感？

「二爺，你沒事吧？怎麼變得這麼傻？」她伸手摸摸喬勐的額頭，經過這幾日的休養，他的臉也消腫了不少。

喬勐抓住她的手，心快要幸福地飛起，見他家娘子一醒來就關心自己，心情更好了。

「娘子，我沒事。」

「那你傻樂什麼呀？」

「我……我要當爹了！」

喬勐激動地說出這個消息，將蘇婉的手放到臉邊，親了親手背，溫柔地說：「娘子，妳要當娘了。」

蘇婉有點懵，不由用另一隻手去摸現在仍是平坦的小腹，那裡正孕育著一個孩子。

她和喬勐的孩子。

她的心情有些複雜，喜悅、困惑、擔心，統統湧進她的腦海裡。

「恭喜娘子，恭喜二爺！」姚氏實在太高興了，沒有察覺蘇婉的異樣。「大夫說，娘子最近太勞累了，所以才暈倒，快把安胎的藥喝了。」

喬勐倒是感覺到了蘇婉的不對勁，心裡一驚，她為何不高興？是不想要孩子，還是不想要他的孩子？

他害怕。

蘇婉深吸一口氣，勉力坐起來，要去接藥碗。手伸到一半，藥碗被喬勐接過去，順手在蘇婉身後加了個靠墊。

「我來餵吧，妳去看看廚房燉的湯好了沒？」喬勐支開姚氏。

姚氏看看蘇婉，發現好像有點不對勁，欲言又止，最終什麼也沒說，退了出去。

「小心燙。」喬勐舀起一湯匙藥，在嘴邊吹了吹，還是不放心地叮囑了一句。

蘇婉喝一口，瞧他一眼，取笑他。「我們二爺也會照顧人了。」

喬勐手上一頓，看著蘇婉的眼睛，認真道：「以後，我一定會認真學著怎麼照顧妳。」

蘇婉沒在意，打趣他。「呀，看來我是母憑子貴了？」

喬勐聽見這話，登時急了，立即站起來，急切地解釋。「不是的，爺不是因為孩子，是爺以前不知道。反正，爺以後一定會對妳好的！」話說得顛三倒四。

「快坐下，我的藥都要被你灑了。都要當爹的人了，還這麼毛毛躁躁，跟個孩子似的。」蘇婉趕緊拉住喬勐，讓他坐好。

喬勐聽了蘇婉的話，更加沮喪。蘇婉一定是覺得他現在這樣，會照顧不好她和孩子。

「娘子，以後我一定少惹事。」喬勐低聲，還有點委屈地說道。

蘇婉一口湯藥進嘴，差點吐出來。

「咳咳咳，你幹麼呀？有了孩子，高興傻了？」

「妳好像有點不高興？」喬勐拍拍蘇婉的背，還是問了出來，不然他這心就像一直浮在雲端，落不下來。

蘇婉驚訝，她剛剛短暫的迷茫，竟被喬勐發現了。

「二爺，你喜歡我嗎？」蘇婉喝完藥，重新躺下身子，直直看著喬勐的眼睛問。

喬勐沒想到蘇婉會問這個問題，兩頰飛快染了一層紅暈，有些不好意思，又覺得大老爺們，怎麼去說喜不喜歡？

但他望著蘇婉專注看他、期盼答案的神情，一顆心怦怦跳著。

「喜歡。」心跳聲有點大，他快聽不見自己說的這兩個字。

蘇婉聽見了，卻沒有太高興。

「你是從什麼時候喜歡我的？」蘇婉的糾結，在於喬勐喜歡的是原主，還是她。

喬勐微怔，好像明白了什麼，努力回想，是在什麼時候對蘇婉真正動心？

好像是她揮著棍子來找正在玩鬬撲的他，問他一百五十兩銀子和她，他選誰的時候。也許更早，他記不清了，但一定是她摔了頭之後。

「好像就是……我想想啊……」喬勐起身去拿了盤蜜餞過來，順手塞一顆進蘇婉嘴裡，故意裝出冥思苦想狀。

蘇婉一看他這樣，就知道他故意在逗她，哼了一聲，將後背留給他。

「哎，怎麼還生氣了？人家都說懷了孩子的女人，脾氣會陰晴不定，看來真是這個樣子。我現在終於知道，為什麼前些日子，妳總是看我不順眼了。」喬勐一拍額頭，解開心中多日的謎團。

「你是說，我現在無理取鬧嘍？」蘇婉背對著他，聲音裡聽不出起伏地問道。

「沒有，不是，妳冤枉我！」喬勐趕緊搖頭。

「哼！」蘇婉在偷笑。

「別啊，娘子，我說……」喬勐俯首到蘇婉耳邊，說了一段話，說完立即起身。

蘇婉一把抓住他，轉過身來看著他。

「你……」

她的話還未說完，喬勐便打斷她。「我不管妳以前是什麼，現在妳是爺喜歡的女人，是爺的娘子，是爺孩子他娘！」說完就跑了。

蘇婉愣了下，發出一聲長笑。不管她是什麼？喬勐不會以為她是妖怪吧？笑死她了。

蘇婉擦了擦眼角的淚，結果越擦越多，最終把自己包進被子裡，任憑眼淚肆意流出。

她在這裡不是一個人，她會過好這一生的。

喬勐一口氣跑出屋子，蹲在已經結果的石榴樹下，摘了一顆，用力一掰，分成兩瓣。剔透的石榴果粒出現在他眼前，他小心地剝了一粒嚐嚐，很甜。

他把石榴收好，又摘了兩顆。他不吃，他要拿回去給他娘子吃，他娘子早想吃這樹上的石榴了。

其實，他早發現現在的娘子和以前的娘子不同。他曾向替蘇婉治傷的大夫細問，蘇婉確實斷過氣，後來不知怎的，竟醒了過來。

他對蘇家好，也有自己不為人知的心思。

以前的他得過且過，打起架來有一股不要命的狠勁，因為他知道自己爛命一條，死了也沒人難過。

可是現在不一樣了，他有娘子，還有孩子要守護。

他要變得強大起來，不能讓他們受到傷害。

喬勐在外面遛達一圈，回了內室，見蘇婉又睡著了，幫她理了理蓋在肚子上的毯子。屋角放著冰盆，房裡不會太熱。

喬勐摸了摸蘇婉的臉，離開了內室，正好遇見送雞湯來的姚氏，噓了一聲。「睡著了。

等她醒來，再讓她喝吧。」

姚氏應道：「好，那我放回廚房溫著。」

喬勐點點頭。「行。」

「娘子，二爺，你們沒什麼事吧？」姚氏不放心地問了一聲。

喬勐笑笑。「沒事了。」說完，嘴角的笑容忽然消失。

他沒問他家娘子喜不喜歡他，太失策了，他好想回去把他家娘子搖醒啊！

他轉過身，停下來，嘆了口氣，又轉身走了。

守在一邊的小廝來財趕緊跟上。

姚氏看得雲裡霧裡，只好感嘆，也許是第一次當爹，喬勐太興奮，以至於有點失常。

這會兒，繡坊的人除了蓮香和銀杏，都已經回去了。

兩人正在西廂房陪蘇妙玩耍，等著蘇婉醒來。

趙立文和趙子辰還待在外院，由蘇二郎陪著。

喬勐從內院出來後，便去找他們。

「二爺，婉娘子醒了嗎？」九斤正蹲在外院屋簷下，和蠻子、蘇二郎說著話，一見到喬勐，兩個人都咧開嘴笑，彷彿喬勐要當爹，他們也與有榮焉一般。

蘇二郎的心情則有些複雜，一是高興自己要有外甥或外甥女了，二是感嘆，他姊姊真是別人家的了。

這兩天，蝨子正忙著搬家，而蘇大根不是在廚房學做麻辣燙，就是在家學算術，所以不在這裡。

「醒了。對了，最近把彭家盯緊了，再找些人給他們家鋪子找點麻煩。」喬勐進屋前，對九斤吩咐一句，又對二郎和蠻子道：「你們去叫桌席面回來。」

「好，包在我們身上！」今日九斤待在喬勐身邊，自然知道發生了什麼事。

蘇二郎和蠻子也立即應聲。

喬勐點點頭，正了臉色，命來財守在外面，推開門，走了進去。

此時，趙立文正在和趙子辰議事，兩人見喬勐進門，一同看過去，只看了一眼，又繼續說了起來。

喬勐也不打擾他們，靜靜坐在一邊，想著彭家、蔣家、喬家，還有他受傷的事、羅四圖的事，想抓住其中的牽連，找出到底是誰在背後搞他。

等趙立文和趙子辰說完，已經過了快一刻鐘。

「喂。」趙立文回頭看喬勐，見他沈思的樣子，喊了一聲。「喬二！」

喬勐回神，瞟他一眼，懶聲道：「你們談完了？」

「嗯，對不住，二郎。」趙子辰起身向喬勐說了聲。

喬勐連忙起身。「縣令大人折煞小民了，是您的表舅母惹事，跟您無關。」

「放心，我家夫人定會讓我那表舅母給你們一個交代。」趙子辰自信地說道。

喬勐突然想到王氏那端正的樣子，不由打了個顫，晃晃腦袋，頓時覺得，還是他家娘子天下第一好。

「瞧瞧，要當爹了，樂著了吧！」趙立文調侃道，心裡也為兄弟高興。

「那是自然！」喬勐大方承認。

「恭喜二郎了。」趙子辰跟著道賀。

喬勐自然收下。

他這次來和兩人談的，是關於趙立文要將他那火鍋店四成股轉一成給趙子辰的事。原本趙立文提的時候，他並沒有答應，因為不希望他的店變得複雜，但經過蘇婉懷孕，和身邊暗不可見的危險，他決定讓趙子辰參與進來。

趙子辰一開始是拒絕的。

「子辰，不是我說你，你那俸祿一年才多少？新皇剛登基三年，正是整肅吏治之時，你敢搞其他的嗎？難道要一直靠著你家娘子的嫁妝？你那表舅母為何不怕你，反而懼怕你家娘子，你想過嗎？」

趙立文的話直擊趙子辰要害。

趙立文勢必要拉趙子辰下水，因為想替喬勐拉一面旗，他遠在臨江，有時候很多事鞭長莫及。

喬勐乘機道：「今晚趙大人留在我家用飯吧。」

趙子辰應允，而後又讓人回去告知王氏。他這舉動惹得趙立文一陣取笑，不過隨即遭到他和喬勐的攻擊了。

第三十四章

蘇婉再次醒來時，月牙已高高掛起，屋裡只有一盞微弱的油燈，喬勐不在身邊。

「乳娘？二爺？」她喚了聲。

她的話音剛落，守在外間的姚氏立即走進來。「娘子，您醒啦，餓了吧？」

蘇婉摸摸肚子，想起肚裡現在有個孩子了，而且這會兒肚子也在抗議，唱起了空城計。

「是有點餓了。二爺呢？」

「趙立文和趙縣令留在家裡，二爺在前面陪他們吃酒呢，二郎也在。」姚氏回道，又去撥了撥燈芯，將油燈挑亮些。「娘子想吃些什麼？我讓廚娘去做。」

「不知道想吃什麼。乳娘別擔心，我現在沒什麼感覺的。」蘇婉見姚氏擔心自己的樣子，安撫一句。

姚氏扶起她，喊了銀杏和白果，讓她們吩咐廚娘，熱一下灶上溫著的飯菜再端來。兩個丫鬟原本守得迷迷糊糊地，趕緊站起來應聲去辦。

「家裡這陣子實在太忙了，我都沒注意到您癸水未來之事。」姚氏還是有些自責，覺得自己沒照顧好蘇婉，讓她累到了。

「乳娘，我自己都忘了這事，哪能怪妳。」蘇婉抱著姚氏的腰，蹭蹭她。「乳娘，我要當娘了。」

姚氏摸摸蘇婉的頭髮，感嘆道：「是啊，我們姑娘都要當娘了，時間可過得真快啊。」

蘇婉癟了癟嘴，撒嬌道：「可我覺得自己還小呢。」

「您啊，在乳娘心裡，永遠都是那麼大。」姚氏比了比蘇婉五歲時的樣子。

「乳娘，我有點害怕。」蘇婉莫名恐慌，這個時代的生育實在不保險，而且當了母親，意味著得負更大的責任。

她不知道自己有沒有做好妻子，就要當母親了，也不知道自己會不會是個好母親。

「別怕，有我呢。不會的地方，我教您。」姚氏撫著蘇婉的背，輕聲安慰她。怕是自然的，她也是從害怕走過來，她會幫蘇婉的。

「乳娘，有妳真好。」

姚氏陪著蘇婉說了一會兒話，銀杏和白果便將晚膳端進來了。

「娘子。」兩個丫鬟見到蘇婉沒事，心安定下來，笑嘻嘻地瞧著蘇婉。

蘇婉招來銀杏，仔細打量她的臉。「看過大夫了嗎？還疼不疼？」

銀杏摸摸撓痕，搖搖頭。「沒事，不疼了。」

「櫃子裡還有些千金膏，拿去塗了，妳知道用法的。」

銀杏連連擺手。「不用不用，那個太貴重了。」

蘇婉直接示意姚氏拿給銀杏，自己舉起筷子，開始用飯。

銀杏吶吶地站在原處，心裡滿滿都是感動。她一個賤命的丫頭跟著蘇婉，不僅識了字，還能做繡坊的管事。遇見蘇婉，真是她三輩子修來的福分。

「妳們用過飯了嗎？」

兩個丫鬟齊齊答用過了。

「我暈倒後，有發生什麼事嗎？」蘇婉一邊喝著湯、一邊問銀杏。

「您暈過去後，可把二爺和我們嚇壞了，還是縣令夫人有主張，立即讓二爺把您抱到後宅，正好九斤請的大夫也來了，大夫把脈後，說是喜脈。」銀杏說起後續的事。

「那個什麼表舅母呢？」

「她呀，當時我們和二爺哪裡顧得上，不過縣令夫人在我們離開時，同二爺說，會給我們一個交代。」

蘇婉想起了王氏的行事，李氏大概也沒什麼好果子吃。

「後來二爺雇了轎子，把娘子送回來，還不放心，又請了別的好大夫再看一次。」銀杏見到喬勐著急的模樣，著實為蘇婉高興。

「咱們二爺，別看平日裡挺凶的，您不知道，當時二爺……」她把喬勐差點要撕了李氏的樣子繪聲繪色說給蘇婉聽。

蘇婉聽得津津有味，心裡癢癢熱熱，等銀杏再無可說，才讓她和白果都去休息，其他的事，等明天再說。

蘇婉用過晚膳，洗漱一下後，有些微醺的喬勐回來了。他本想先去洗澡的，但心裡掛念著蘇婉，便悄悄撩開內簾，探頭進來看看，正好對上蘇婉的目光。

「娘子，妳醒了啊？」喬勐舔了舔唇，嘿嘿笑一聲。

「嗯，喝酒了？」蘇婉瞥他一眼。

喬勐一聽，趕緊溜了。

等他把自己洗得香香的回來後，發現蘇婉已經閉眼入睡了，只好輕輕躺到她身邊，側了身，盯著她的秀顏看了半天，腦子裡亂七八糟，什麼想法都有。

他伸出手，慢慢放到蘇婉的小腹上，勾唇笑了起來。

他要有一個完整的家了。

喬勐慢慢閉上眼，突然間又睜開，想到一件事——

他家娘子到底喜不喜歡他啊?!

為著讓蘇婉靜心安胎，喬勐連同姚氏給她下了禁足令，起先總是喬勐被禁足，這次終於讓他翻身了。

蘇婉見不得他得意的模樣，在後院闢了一塊地，要他種起番椒來。

喬勐忙得團團轉，要負責火鍋店的開業，每日上午還要開小課堂，連帶著繡坊那邊的整修、進料子等事宜，都是他去辦。

不能出門，蘇婉便待在屋裡，開始構思她的鎮店之繡，不過她現在做繡活的工夫，也被姚氏嚴格管著。

她上午做做繡活，下午陪著白果、蘇大根他們試做火鍋鍋底和麻辣燙湯底。那二十來顆番椒被他們用掉一半，其餘的都吃了。

起初，大家都是抗拒的，可真的嚐到番椒加入菜餚的滋味後，那只能用真香來形容。

這日，前院小課堂正在上課，喬勐出了一道算術題，大家正在埋頭苦算。

蘇婉閒著無事，帶著蘇妙去後院看才種下兩天的番椒。昨日沒有澆水，她便讓梨子去澆一澆。施肥的法子，她已經告訴喬勐了，由他來做。這個年代沒有化肥，所以也只能施一些人工肥。

走到石榴樹下，她不由摸了摸肚子，笑笑摘了兩顆石榴，順手掰一顆給蘇妙吃。

溜達完，她帶蘇妙回了屋裡，拿起一件繡金祥雲紋的黑色勁裝，這是昨天蓮香根據她的設計圖，剛趕製出來的火鍋店夥計服。

她坐在榻邊，繼續繡著火鍋店的火焰和波浪標誌。這件是按照喬勐的尺寸去做的，算是一件樣品，看看做出來是什麼樣子。

繡了一會兒，蘇婉看看窗外，前院大概還沒有下課。

「妙姐兒，咱們去瞧瞧妳姊夫怎麼教人識字的好不好？」

蘇妙正乖巧地幫蘇婉理繡線，聽到她的話，抬起頭，高興地道：「好啊，大姊。」

蘇婉摸摸蘇妙的腦袋，要是生個像她這麼乖巧的孩子，好像也不錯。

蘇婉招呼了姚氏一聲，將衣服和繡線、繡針放進繡籃裡，一手挽著繡籃、一手牽著蘇妙，去了前院用來當教室的屋子。

門是開著的，此時屋裡安安靜靜，沒怎麼學過算術的眾人，此刻皆是愁容滿面，連一向學得最快的蘇大根也皺著眉頭。

九斤和蠻子滿臉糾結，手指都數不過來了。他們兩個除了不學識字，其他的課都要聽。

坐在上首的喬勐，此刻正蹺著腳，拿了本書擋在面前，掩蓋著他的洋洋得意。

蘇婉扶額，數學在哪裡都是難啊，心中為他們默哀。

她沒有打擾他們，而是去隔壁搬了兩張杌子出來，和蘇妙坐在簷下，繼續做繡活。

蘇妙靠在她身邊，一開始還幫著她理繡線，後來發現一隻螞蟻，便跑去找螞蟻窩了。

蘇婉看一眼，由了她去，這才是孩子嘛。

蘇婉做了一會兒繡活，悄悄朝屋裡看去，見喬勐拿了戒尺，雙手背於身後，在眾人身邊溜溜達達，看看這個，看看那個，時不時嗯聲點頭，或者搖頭，頗有老師的風範，不由笑在心裡。

過了好一會兒，蘇大根第一個算出來，把答案告訴喬勐。喬勐接過寫得滿滿的紙，看得眼發暈，所幸他早把正確答案背在心裡，只看結果，確定對了後，便放蘇大根離開。

其實他也不是很懂這些，這些都是他讓趙立文臨走時幫忙弄的，怎麼講解，怎麼解題，寫得清清楚楚。

蘇大根出了學堂，便發現坐在門口的蘇婉，立即喚了一聲。「婉娘子，您怎麼來了？」眾人齊刷刷看向門口，伸出腦袋去找蘇婉的蹤影。

喬勐一聽，飛快起身，來到門口。

「娘子，妳怎麼不進來，外面太陽多大啊。」喬勐說著，就去扶蘇婉。

「坐在簷下還好，今日這日頭也不怎麼曬。二爺，你去忙你的吧。」蘇婉順著他站起來，解釋一句，又喊蘇妙，讓她回到自己身邊。

「沒事，他們還要再一會兒呢。」喬勐扶著蘇婉進去。

蘇婉牽著蘇妙，走進小課堂。大家紛紛向蘇婉打招呼，蘇婉讓他們靜心書寫。

「娘子，這就是妳設計的店裡夥計穿的衣裳？」喬勐拎著蘇婉的籃子，朝裡面看了看，小聲地問她。

「是啊，等會兒讓你試試看。」蘇婉也小聲地回他。

兩個人交頭接耳的樣子，落在正飽受算術折磨的眾人眼裡，讓他們的腦袋更暈了。好不容易寫完，今日的課才到此結束。

下了課，其他人各自去忙，蘇婉留下蓮香，告訴她，接下來會教她一種新的繡法——雙面繡。

雙面繡的關鍵在於針法，上針下針中，將起落的線頭、線結藏起來，絲毫不見蹤影。她之所以現在就傳授雙面繡給蓮香，是因為將來繡坊出的繡品都要添上標記，為了不被輕易仿冒，所有標記都將用雙面繡繡製。

喬勐坐在旁邊，聽著蘇婉跟蓮香講什麼繞針、滾針、搶針等等，聽得雲裡霧裡，幾次想說話，又不敢打擾。

等蘇婉大致對蓮香講了些雙面繡的繡法，也用那件勁裝縫給她看後，抬起頭，發現喬勐還在。

「嗯？你怎麼沒有出去？」

喬勐眨眨眼，感覺被他家娘子忽視得很徹底。「不是說要給我試一下衣裳？」

蘇婉呀了聲，她真忘了，連忙將衣裳抖開，招呼喬勐上前。「二爺來，看看合不合身？」這件衣服，火鍋店標誌也是用雙面繡繡的，還在袖口和衣領邊繡了幾道柳葉紋。

蓮香還沈浸在蘇婉的雙面繡帶給她的震撼中，她從未見過這種繡法，這定是蘇婉的家傳獨門絕技，蘇婉就這樣輕易地教給她。別人的師父，恐怕要壓榨徒弟到老，臨了才會傳授這門手藝，可見她的師父對她是真的好。

「嗯，蓮香不僅繡工好，製衣的手藝也不錯，正合身。」蘇婉幫著喬勐順了順剛上身的黑色勁裝，之所以選勁裝做夥計服，是因為行動比較方便。

「娘子，為什麼用黑色？」喬勐覺得自己生得好看，所以穿什麼都好看，但別人就不一定了。

蘇婉退後一步，又看了看，想著還有哪裡要改，聽到他的問話，隨口回答。「耐髒。」

喬勐無言了。

「蓮香，妳看，這個袖口要不要再收一些？」蘇婉歪頭叫站在一旁的蓮香。

蓮香走近蘇婉，正要上前去拉喬勐的袖子看，喬勐卻甩了下手，不讓她碰到自己，把蓮香嚇了一跳。

「你做什麼呢？站好。」蘇婉嫌棄喬勐亂動，按了他一下。

但蓮香不敢動手了，蘇婉只好自己拉著袖子，跟她商議怎麼改。

喬勐這才發現，他家娘子這是把他當作版子呢，無語望著屋頂。

兩人商量了一會兒，決定好怎麼改，蘇婉這才放過喬勐，準備讓他去忙自己的事。

這時，姚氏快步走了進來，對蘇婉和喬勐說道：「二爺，娘子，縣令夫人來了，說是把人給二爺送來，我先將人請到了內院偏廳。」

蘇婉和喬勐互看一眼，明白王氏是把趙子辰的表舅母帶過來，一齊點點頭。

蘇婉對姚氏說：「知道了，我們這就去。」

喬勐把衣裳換回來，蘇婉收好後放進繡籃，遞給蓮香。「妳去練練手，順便幫我照看妙姐兒。」

蓮香應聲去了。

夫妻倆回到內院，一前一後進了偏廳。

王氏正端坐在椅子上，一絲不苟地吃著茶，見到蘇婉他們進來，輕聲放下茶碗，揚起笑意，同兩人問好。

李氏坐在她的下首，沒什麼好臉色。

「請夫人安，家中有事來晚了，還請夫人莫怪。」蘇婉客氣地對王氏說道。

王氏笑笑。「應是我說聲抱歉，突然登門，沒有事先知會。」

「無礙。」蘇婉和喬勐也坐下來，說著客套話。

喬勐最是不喜這些客套，他一坐定，便問王氏。「不知夫人登門，所為何事？」

「上次二爺不是讓我家官人給個交代嗎？我這次來，就是為了這件事。」王氏對喬勐說完，轉過頭，看似柔和的目光落在李氏身上，聲音輕而厲地道：「表舅母，還不快說？」

李氏頓時蔫了，看看在座的人，非常不情願地開口。「叫我到婉娘子的繡坊訂繡品的人遞了條子，說今晚要和我見面。」
喬勐原本懶散的模樣立時消失，取代的是凜冽的眼神。
「在哪裡見？」
「來福樓地字三號房。」
「妳今晚去見她。」喬勐冷聲道。
李氏騰地站起來。「我才不去！」
王氏不悅地掃她一眼。「表舅母，注意儀態。」
李氏訕訕一笑，重新坐下，發現王氏還瞧著她，不由將屁股又往外挪了半分。
「是不是對方知曉了什麼？」王氏將心中猜測問出來，雖然那天的事，他們都沒有往外宣揚，但也怕走漏了風聲。
喬勐和趙子辰早商量好，想要等魚上鉤，再來了結其他事。
「應該不是。若是知曉了什麼，應該會棄掉這顆棋子，而不是約人見面。」
「二爺，你想怎麼做？」一直沒有吭聲的蘇婉問喬勐。
「將計就計。」
喬勐一說完，蘇婉同王氏一齊把目光落在李氏身上，李氏一臉茫然。
蘇婉擰眉搖頭，不是覺得喬勐的做法不對，而是覺得李氏有些不可靠。萬一這人露出馬腳，豈不是打草驚蛇？

喬劭察覺到蘇婉的擔心，抓住她的手捏了兩下，以示安撫，隨後又對王氏道：「夫人，我可否與您這位表舅母單獨談一談？」

王氏正要點頭，李氏卻大喊道：「我不要！他是娃霸啊，我……」

「表舅母，慎言！」王氏道。

李氏脖子一縮，又蔫了下去。

喬劭笑了，怕他？怕他好啊。站了起來，走到李氏身前，做了個請的姿勢。「放心，爺不吃人，也不打女人。」

李氏向王氏發出求救的眼神，王氏低頭喝茶，避而不見。

喬劭收起姿勢，原本的大眼微瞇起來，散發出懾人的危險氣息。「爺可沒什麼耐心，妳知道以往得罪過爺的人，他們都怎麼樣了嗎？」

李氏一聽，立刻哆哆嗦嗦地站起來，跟著喬劭出去了。

蘇婉望著兩人的背影，無聲嘆口氣。

喬劭要背著她說的事，肯定不是好事。

第三十五章

「聽聞婉娘子做得一手好繡活？」喬勐和李氏離開後，王氏放下茶碗，跟蘇婉聊起來。

蘇婉笑著回道：「小技罷了，不足掛齒。」

「婉娘子謙虛了，我可是見過三叔那套四君子扇套，可謂精美絕倫。」王氏誇讚。

蘇婉對自己的繡工自然有信心，不過被人誇讚，還是一件很讓人高興的事，又對王氏笑了笑。「夫人過獎了。」

「婉娘子的繡坊開得好好的，如今怎麼不接繡活了？」王氏知曉當日前因，不由好奇地問了一句。

「繡坊其實並沒有開業呢。」蘇婉說著，把蓮香與毓秀坊的事情告訴王氏。「現在停下來，一則是為了正式開業做準備，二則是為咱們要開的火鍋店……」

王氏知曉她家官人收下趙立文給的一成股，所以聽見蘇婉說咱們，心裡舒坦極了。

坊間傳聞，喬勐和他家娘子，一個惡霸，一個母老虎，不可輕易招惹。

可王氏交談下來，發現喬勐脾氣雖爆，卻是個疼愛娘子、重情義、識時務之人，哪裡有半分惡霸的莽撞與輕浮。

蘇婉更不用說了，美貌不提，為人還溫婉知禮。

「原來是這般。唉……我也是不趕巧，現在妳懷著身孕，本想向妳訂一幅觀音像的。」王氏有些可惜地說道。

蘇婉算了算目前手上需要繡的物件，只能對王氏抱歉了，不過沒有把話說死。「近幾個月恐怕是無法，不過若是妳要得不急，倒是可以等等，我先記著。」

王氏求這幅觀音像，是為了送給趙立文的母親，那位長年供奉觀音。她想了一下，也不急於一時，今年送不成，也可以明年送。

「那就先謝過婉娘子了，我不急。」

蘇婉道：「那回頭我有空了，妳再將喜愛的觀音圖送給我瞧瞧。」

兩人正說著，喬勐走進來，身後是臉色蒼白的李氏，表情跟醃製了多日的胡瓜一般。

「好了，我已與貴舅母說好了。」喬勐把人交給王氏。

王氏看看神魂不定的李氏，遲疑道：「我是否能知道，二爺到底想要做什麼嗎？」

喬勐笑了笑。「這事，還是越少人知曉越好。事成之後，我自會告訴夫人和趙縣令。」

王氏不便多問，遂起身向蘇婉告別。

「婉娘子若是得了空，與我可要多走動走動。」

蘇婉趕緊起身，走到王氏跟前，兩人雙手交握，一齊走至門口。

「謝夫人抬愛，這是民婦的榮幸。若夫人念了，隨傳隨到，只要不嫌民婦叨擾就好。」

王氏拍拍她的手背。「怎麼會呢，我們兩家今日不同往日，該多來往的。」倒也不是為著那一成利，還有許多原因，想要跟蘇婉交好。

夫妻倆一直將人送至門口方回。

進了屋，喬勐直接叫九斤，讓他找人盯著李氏，只要她有異動，或者接觸陌生人，立時來報。

九斤領命，將《九章算術》給扔了，屁顛屁顛跑了，蠻子一臉羨慕。

吩咐完九斤，喬勐回內院，哄了蘇婉一會兒，用完午膳後，就帶著蘇二郎去火鍋店了。

喬勐走後，蘇婉午睡時作了一個夢，醒來後，便讓人喚蓮香來。

「師父找我？」蓮香沒有回繡坊，還在這裡研究雙面繡。這種獨門繡法，不好在繡坊那邊練手。

那些繡娘們，如今經常會來喬家向蘇婉討教繡技，悟性都不低，繡技比起在毓秀坊時，更上一層樓。前些日子蘇婉交給蓮香的花樣子，指點一下，繡娘們便可獨立完成了。

再者，現在繡坊有銀杏盯著，所以蓮香這兩日都待在蘇婉身邊。

「嗯，我剛剛作了個夢。妳看看這個。」蘇婉坐在榻上，身子趴在桌几上，拿著一枝她讓喬勐弄來的炭筆，在紙上畫了四片不太圓，有點像心形的葉子，每片葉子中間還有一條彎曲的紋路。

「這個是什麼？」蓮香對炭筆不陌生，已經見過蘇婉用過幾次，不過這葉子，一時間認不出來。

蘇婉瞥她一眼，隨手在繡筐裡揀了一條白帕子，拉了碧色和偏灰的素色繡線，手指靈活地繡起第一片葉子。

一會兒後，一片心形葉子躍然於帕上，蓮香睜大眼睛。「師父，這是車軸草吧？」

蘇婉點點頭。「是。」

「可車軸草不是三片葉子嗎？」蓮香不解。

蘇婉畫的四片葉子的車軸草，在現代有個別稱，叫幸運草，是車軸草裡的稀有變種。剛剛她夢見自己躺在一叢幸運草裡，愜意地看著藍天白雲，遠處還有悠揚的歌聲。

「這是四葉草，是我在古書上看來的，說是能帶給人好運。」蘇婉胡亂扯了個說法。

「啊？師父是不是想用這個當我們繡坊的標記？」蓮香一下子就想到了蘇婉的目的。

蘇婉笑了笑。「還挺聰明的。」

蓮香被蘇婉誇了，不好意思地抿唇笑。

「這樣吧，我們在四片葉子的中間加一個蘇字，繡坊就叫蘇繡坊，妳看怎麼樣？」蘇婉隨即將蘇字添在四葉草中間，只是過於簡單，算不上好看。

蓮香摸了摸鼻子，一時看不出什麼名堂，但這是她師父的繡坊，也是她師父的想法，所以她理當支持。

「嗯，我覺得挺好看的。」

「我也覺得挺好，不過這個蘇字要請人來寫，到時候做成花樣子，以後我們繡坊出去的每一件繡品上，都要有這個標記。」蘇婉也知道自己寫的蘇字不是很好看。

蓮香跟著點頭，覺得她師父的想法很對。

「所以，妳要盡快學會雙面繡，以後這個由妳負責。」蘇婉憐愛地看著蓮香，古代沒有現代的機器，只能靠純手工了。

目前雙面繡是獨門繡藝，用於防偽正好。

蓮香有點懵，隨後是巨大的驚喜。這是師父對她的認可啊，將這麼重要的事，交給她一個人辦。

「師父，我一定盡快學會，不給您和師門丟臉。」蓮香激動地跪在蘇婉身前。

蘇婉嚇了一跳，連忙去扶她。「快起來，這是做什麼？」她也沒說什麼，蓮香怎麼還哭上了？

「師父，您就是蓮香的再生父母，您對蓮香真好，我一定會好好報答您的恩情。」蓮香哭哭啼啼地站起來。

「呃……父母什麼的，就免了吧。妳好好學，日後能幫我分擔，就是對我最大的報答了。」蘇婉拍拍她的肩膀，滿臉慈愛地道。

這時，姚氏端了碗雞湯過來，瞧見眼前這詭異的畫面，明明蓮香年紀比她家娘子大，可她怎麼就在蘇婉臉上看見了慈愛呢？

她搖了搖頭，雖然蘇婉近來做事穩重老成不少，可她的年紀畢竟還輕，怎麼也談不上慈愛啊，也許是跟她懷了胎有關？

「娘子，該喝湯了。」姚氏打破了內室怪異的氛圍。

蓮香見到姚氏，不好意思地笑了笑，趕緊背過身抹掉眼淚。

「師父，我去練手，順便將那件衣裳改出來，還有您說的圍裙，我也做出一半了。您別累著了，有什麼想繡的東西，就喚我，我來做。」蓮香拿起蘇婉繡了葉子的帕子，準備自己去琢磨。

蘇婉擺擺手，讓她去了。

等蓮香離開，蘇婉接過姚氏的雞湯，小口小口喝了起來。

「妙姐兒呢？」蘇婉問姚氏。

「在院子裡玩呢。」姚氏回她，又加了句。「梨子陪著。」

蘇婉點點頭，雖然她懷孕的月分尚淺，但前些日子許是累著了，這兩日總是愛睏，提不起精神。

喝完了雞湯，她想著等喬勐回來，還有幾件事要讓他去辦，轉念一想，現在喬勐挺忙的，還是不要打擾的好，但又一想，她這件事，也挺重要的。

就在這反反覆覆裡，她睡著了。

醒來時，夜都深了。姚氏進來喚過她幾次，都沒叫得醒她，這會兒聽到動靜，立即走進來挑燈。

「二爺回來了嗎？」蘇婉迷糊地問。

「還沒有。」

蘇婉的第一個想法是——她才剛懷孕，喬勐就要夜不歸營了？

深夜，喬勐躡手躡腳走進內室，很小心地讓自己儘量不發出聲響，好不容易藉著月色摸到衣櫃旁，隨便抽了件衣服，準備去洗冷水澡。

「回來了。」一道清冷平直的聲音響起。

「啊？娘子，妳醒了？我吵到妳了？」喬勐還沒發現不對勁，以為是自己吵醒蘇婉，讓她不高興了。

「把燈點上。」蘇婉在黑暗中睜開眼。

喬勐說了聲好，趕緊動手。「今晚怎麼沒點燈？」以往蘇婉睡覺，都會留一盞燈的。

「忘了。」蘇婉說著，就要撐起身子坐起來。

喬勐剛點上燈，轉頭見著，連忙去扶，將蘇婉安置好後，正準備去加個燈罩，卻一把被她拉住。

「怎麼了？」

「過來。」蘇婉拉著喬勐。
喬勐的身子立時僵住了，嚥了口口水，不知道她要做什麼，但有點暈乎乎了。
蘇婉湊近喬勐，在他臉上、脖子、衣領上聞了聞，沒聞見什麼特殊的味道，鬆開了他，對他擺擺手。
「走吧。」
喬勐不解。
「快去洗漱吧，臭死了。」
蘇婉不再看他，翻了個身，又閉上了眼。等喬勐摸著腦袋，一頭霧水地出去後，她勾了勾嘴角，無聲地笑了。

大半夜的，其他人都睡了，喬勐也沒叫人，反正是夏天，匆匆洗了個冷水澡後，小心翼翼地回了內室。
他輕輕撩開簾子，探出腦袋，看看蘇婉睡了沒有。
他伸長脖子，也只看到一個面對他的背影，猜想應該是睡著了，吐了口氣，悄悄走進去，慢慢爬進床裡。
「二爺。」蘇婉突然出聲。
喬勐爬到一半，挺著身子，橫趴在蘇婉上方，窘迫地道：「娘子，妳還沒睡啊？」

「你先過去。」蘇婉輕瞥他一眼。

喬勐剛要往裡面爬，手腳頓了頓，對蘇婉道：「娘子，要不我睡外面吧？妳要是半夜渴了、餓了，我好幫妳拿水、拿吃的。」

蘇婉撇撇嘴，深深看了他一眼，依言滾進去，把靠外側的床空出來。

縮回手腳的喬勐順利在外側躺下，抬手替蘇婉理了理亂掉的髮絲，有些不放心地問：「今日是不是有心事，怎麼現在還未睡？」

「你今天怎麼這麼晚回來？」蘇婉不答反問。

「那個指使趙縣令表舅母的人，不是約她今晚見面嗎？我不放心，跟過去瞧了。」喬勐抓了蘇婉的手，放在手心把玩。

蘇婉抿唇，笑著往喬勐身邊貼了貼。「然後呢？有什麼發現嗎？」

「有。」

喬勐握住她的手，開始說了起來……

按照紙條上的時辰和地點，被喬勐威逼利誘一番的李氏，去見指使她的人。

因為不放心，也不想節外生枝，喬勐決定親自跟著李氏。

果然，他在來福樓見到戴了帷帽的彭大姑娘和另一個眼生的中年男人。

彭大姑娘說，這位就是想讓李氏代為在蘇婉的繡坊訂繡品的人。

李氏按照喬勐事先跟她說的，告訴彭大姑娘。「想必妳也知道了，那婉娘子忒不識抬舉，拒絕我了。」

彭大姑娘不想聽她說廢話。「這個我已經知道了。我只想知道，你們進衙門後，發生了什麼事，她現在接不接妳的繡活？」

「接啊。她敢不接？我可是縣令的表舅母。」李氏揚著脖子，滿臉得意。

「那我怎麼聽說，妳被人打了？」彭大姑娘顯然不信她。

李氏想著自己被打了兩巴掌時的模樣，頓時咬牙切齒，可轉頭又想起喬勐的狠厲，還有王氏那張板正的臉，臉上神色變了又變，最後還是低下了頭，表情變得憤怒起來。

「哼，那個小蹄子也沒有好果子吃，最後還不是被氣得抬出衙門。」

蘇婉有孕的事，他們還沒對外說。這段時日，喬勐特意封了消息，連大夫也給足了封口費，又讓人上門警告一番。

所以，彭家和盯著喬勐的人，只知道蘇婉是被氣暈過去的。

彭大姑娘道：「妳說的最好是實話。」

「妳這小娘子，我騙妳做什麼，她連繡活都接了，還能有假？縣令老爺可是我外甥！」

李氏表演得越來越自然，還觀察兩人的神情，見他們似信不信，又從懷裡掏出一張摺得方方正正的紙。

「看，這就是證據！」

原來這是喬勐替蘇婉寫的訂單書契，上面還蓋了蘇婉的印章。這是蘇婉找人做的私印，這段時日，繡坊那邊的書契用的都是這枚印章。

彭大姑娘和中年男人拿過去看，發現和他們先前見過的別家書契是一樣的，這才放心。

「好，妳現在寫一張轉讓文書給我。」中年男人說道。

李氏卻一把搶過書契。「先給錢！訂金二百兩，還有說好給我的一百兩，一共是三百兩銀子。」

彭大姑娘望望中年男人，對方沈吟片刻，付了錢。

李氏痛快地寫了轉讓書，他們還要她按手印，她頓時不依，可惜到了這分兒上，由不得她，彭大姑娘和中年男人押著她，按了手印。

兩人走後，李氏癱坐在地，覺得自己好像捲進了一件不得了的事情。

喬勐看到這裡，立即離開藏身的屋頂。

果然，屋頂上有人來了，對方又派人來暗中觀察李氏。

躲在一旁的喬勐冷笑一聲，轉身進了送李氏來的馬車等著。駕車的是趙子辰的心腹。

當然，做了虧心事的李氏嚇壞了，好在喬勐有準備，等她一進去，便掐住她的脖子。

「錢呢？」他就是來拿錢的。

被扼住喉嚨的李氏，掙扎著從懷裡拿出兩張銀票，遞給喬勐。

「哼，分明是三張，妳給我兩張是什麼意思？」

李氏睜大了眼睛，嗚嗚咽咽，又拿出了一張。

喬勐這才鬆開她。

「咳咳咳……」李氏猶如死裡逃生，一吸到新鮮空氣，立即劇烈咳嗽起來，但她還是有些不甘心，嘶啞著聲音說道：「那一百兩……是他們說要給我的。」

「妳的？還是對付我家娘子得來的？」喬勐冷漠地看著她。「妳覺得妳有資格拿嗎？」

李氏縮縮脖子，不敢說話了，這個娃霸真可怕。

喬勐又對她警告一番，經過一條暗街，跳了出來，隱沒在夜色中。

臨走時，他給了李氏一兩銀子的「酬勞」。

第三十六章

一個月轉瞬即逝，終於迎來平江火鍋店開業的日子。

這一個月，在蘇婉的幫助下，蓮香勉力在開業這天，將需要用到的衣飾繡品，全繡上了蘇繡坊的標記。

其實，火鍋店的開業，也是蘇繡坊繡品的第一次登場，兩邊是合作關係。

平江火鍋店的標記倒是沒有用雙面繡，不過也用了比較特殊的針法，十分好看。

前陣子，曹家曾來信，說是曹三姑娘想來平江見見蘇婉和她的繡坊，不過被蘇婉婉拒了，並告訴曹家，繡坊最近停業。本來只是減少接單，後來出了李氏的事，蘇婉乾脆讓繡坊暫停接活，全副心力放在和火鍋店的合作上，還有日後正式營業。

當然，她還是想跟曹家交好，讓人帶了些繡坊和自己閒暇時繡的小東西，還有正式開業必第一個告知她們的回帖，回了曹家。

火鍋店依舊開在西坊街，是在街頭的第三家鋪子。

七月初六，宜開市納財。

寅時，喬勐便起身了。蘇婉睡不著，乾脆也跟著起來。

等她出了屋，發現所有人都起來了。最近這段時日，大家勤奮學習，勞心勞力，都是為了今日。

「娘子，妳說二郎行不行啊？」喬勐站在廊下，見蘇二郎一臉緊張地同白果說話。

「行吧？」蘇婉也不知，見喬勐這麼緊張，也緊張了起來。這畢竟是他們第一份正正經經的事業，投入了非常多心血。

「大姊，我和白果先去店裡了。」蘇二郎和白果說完話，轉頭看向自家姊姊和姊夫，朝他們揮揮手。

雖是午時才正式開業，但講究良辰吉時，上午就要去開門，放炮仗、舞獅子了。

「我們跟你一塊兒去吧。」蘇婉有些不放心，推了喬勐一把，喬勐也趕緊說是。

「啊？你們一起去，那更好啦！」蘇二郎撓撓頭，有姊姊跟姊夫在，他更放心些。白果有些擔心蘇婉的身子。「娘子，等會兒您看著就好，有什麼事，吩咐我來做。」

蘇婉笑了笑。「沒事，妳的事也多，還要負責管廚房，我能照顧好自己的。」說到這裡，見白果還是不放心，遂道：「那讓銀杏跟著我。」叫了銀杏過來。

到了外院，陳三思帶著鑾子，已經將今日所需的冰裝好，大夥兒便一起去了火鍋店。

火鍋店有四個跑堂夥計，一個切菜小工，一個廚子。蘇二郎管前頭，白果管著廚房，鍋底配方握在她手上。

夥計提前招來大半個月了，經過訓練，煥然一新。這會兒穿上了蘇繡坊特製的黑色勁裝和湛藍圍裙，手臂上還搭了條素色長巾，顯得特別有精神。

勁裝胸口處繡金線火鍋標誌和平江火鍋店四個字，繡坊標誌在袖口。圍裙前繡了一口冒著熱氣的火鍋，栩栩如生。

蘇二郎和白果也分別穿上和夥計在衣領上有些區別的勁裝，這是蘇婉特製的管事衣裳。喬勐也有一件，可今日他不會露臉，所以沒辦法穿出來。

他那件和其他人的都不一樣，下襬繡了一隻登高怒吼的狼，內襟和外襟也各有細節。最重要的是，這是他娘子親手繡的，是天下獨一無二的一件，喬勐看著其他人差不多的服飾，心中不免得意一笑。

當然，他不會知道，蘇婉繡的是一隻哈士奇。

這會兒，蘇婉正帶著銀杏在盤點今日開業需要的物品，白果在廚房製作火鍋湯底。這次的鍋底並不是番椒做出來的，這時番椒還沒結果，不過快了。所以，辣鍋底是用了胡椒、芥末籽、茱萸改良而來，當然也有排骨湯鍋跟清湯鍋。

鴛鴦鍋也被喬勐找人做出來了，不過暫時只有幾只。

喬勐帶著蘇二郎和夥計們，正在檢查店裡是否乾淨，廚房隱隱有香氣和剁菜聲傳出。

切菜小工要負責廚房雜活，包括洗菜、刷鍋、洗碗。這會兒他正將菜農送來的新鮮菜蔬拉進廚房，開始清洗。

廚子廚藝平平，刀工倒是不錯，這會兒俐落地處理著魚，隨著他的動作，一片片魚片落在瓷盤裡。

因要保護火鍋配方，廚房被隔成兩間，製作火鍋底料單獨一間。白果在大鐵鍋內製好辣湯湯底後，趕緊出來，將先前就做好的各種丸子，從自製的冰箱裡取出來，還有一大塊凍好的羊肉、豬五花、醃製好的雞肉等等。

「交給你了。」蘇婉把這些交給廚子。

廚子沒說話，只點了點頭。喬勐選他，也是因為看他是個話不多、幹實事的人。

白果將廚子片好的魚片，放入另一個冰箱裡保鮮。

片出十來盤魚片後，廚子開始片羊肉卷。他的刀工極好，薄薄的羊肉在刀口落下後，自然捲了起來。

豬五花和雞胸肉不需要很薄，讓切菜小工去切即可。

雖然蘇婉極想吃肥牛，可是在這裡殺牛是犯法的，只能等等看，哪天有牛自己摔死，再去買來煮了。

廚房裡忙得熱火朝天，前堂則是安靜中流動著緊張和期待，跑堂夥計們一遍又一遍地默背著店訓。

「二爺。」

蘇婉盤點完沒有問題，叫了喬勐一聲。
喬勐聞聲，立刻跑過來。「怎麼了？娘子可是累著了？」
蘇婉搖搖頭。「沒有，只是想告訴你，我清點完了，數目沒錯。你們檢查了輪盤嗎？等會兒別出現什麼問題。」又叮囑一句。
「我親自去看的，沒問題。娘子放心吧，這事我在行的。」喬勐笑呵呵道。
孰料他一說完，就被蘇婉狠瞪了一眼。
「二爺對這些倒是很懂。」
喬勐暗呼一聲慘了，趕緊解釋。「不不不，我好歹吃過豬肉，所以見過豬跑嘛。」
他一說完，心中更是連呼完蛋。
「娘子，我不是那個意思，我好久沒玩關撲了。妳不讓我玩，我就沒再玩了！」
瞧瞧他這嘴，說的都是什麼話啊！
蘇婉乜喬勐一眼，伸出手指，戳了戳他的額頭，算是放過了他。
今日火鍋店開業，這轉盤關撲是在衙門報備過的，和對賭關撲還是有區別的。
「你們還沒用過早膳吧？我去廚房看看，幫你們做些來。」蘇婉讓銀杏將所有清點過的物品收起來，然後往廚房走去。
靠近廚房，蘇婉抽出帕子捂了捂口鼻。這鍋底雖香，卻也有些嗆人。
「娘子，您怎麼進來了？」忙碌中的白果，一個抬眼便見著了正往裡面走的蘇婉。

「我來看看，你們忙你們的。」蘇婉擺手，示意他們不要招呼她。

其他人見狀，只好繼續幹活。

蘇婉在廚房中間擺放各類菜的長桌上翻翻找找，瞧見一籃松花蛋，想了想，要切菜小工切一些肉絲來。

她準備熬一鍋皮蛋瘦肉粥。

火鍋店外。

「你聞到了嗎？」旁邊的店家開門走出來，拉住另一家店鋪的人問。

對方也是被香氣引出來的，連連點頭。

路上還有一些行人也停下來，循著味兒，站在火鍋店門口。

不一會兒，四鄰全出來了，但他們只能在門口聞聞味道，根本看不到裡面在做什麼，而且火鍋店的匾額也是掛了紅布遮蓋起來的。

所以，大家都不知道這家店鋪是做什麼的。

「誒，你說這家店神神秘秘，搗鼓了一個多月，到底是幹什麼啊？」

「不知道呢，我倒是看見娃霸待在裡面好幾次。」

「喲，娃霸開的？是不是賣雞柳和炸串啊？可味道不對啊。他家攤子關了好久，我也好久沒吃過炸串了，別家做的，就是沒他家的正宗。」

「是啊，聽說碼頭那幫人念叨好一陣子呢，那幫賣飯的小乞丐也不賣飯了。原本跟他們搶生意的那幫人覺得沒了對手，現在做的那些飯啊，分量越來越少，味道也越來越差。」

「娃霸雖然人壞了些，可他家東西確實好吃，該不會又有什麼新吃食了？」

「我聽說這家店鋪今天開張，還請了城西舞獅子的老班頭！」

「是嗎？到時我可要來瞧瞧。」

「我也來，我可是很愛他家吃食的！」

外面人說話沒個顧忌，聲音之大，喬勐和蘇婉及店裡一干人等想不聽都沒辦法。

「婉娘子，您這粥熬得可真好。」廚子連喝兩口，放下碗感嘆道。這是他吃的第三碗了，要不是怕其他人不夠吃，他一定要繼續吃的。

這話一出，得到一致認可，大家抱著碗，連連點頭。

「好吃，那大家全吃完。吃飽了，等會兒才有力氣幹活。」蘇婉笑道。

當然，早膳不只有粥，還有幾種簡單的餅子。

吃完早飯，大家又各自忙去了。

很快到了開門的時辰，今日主角是蘇二郎，蘇婉和喬勐退至後院，將開門事宜交給他。

四名夥計著裝整齊地站在門口兩邊，手裡有一疊紙，上面寫著新店開業大酬賓，及開業的優惠。

接著，舞獅班一路舞著獅子過來了，到火鍋店門口停住，開始精采的表演。就在舞獅班上躥下跳時，一個跑堂夥計將炮竹拿過來，遞給蘇二郎。

蘇二郎深吸一口氣，在巡街衙役的注目下，點了炮竹。

噼哩啪啦的炮竹聲響起，隨著獅子的舞動，圍聚過來的百姓越來越多，大家在炮竹聲中，再次議論起還未露出匾額真面目的店鋪。

「咦，不是娃霸家的店鋪啊？這個小後生是誰？我怎麼沒見過？」

「啊？不是娃霸嗎？那我不去了。」說話的人站在後排，十分喜歡喬家吃食，聽說不是喬勐開的店，有些失望，不想費力氣往裡面擠了。

同他這般想的人倒是不少，不過人嘛，總想湊個熱鬧。

「哎呀，再看看吧，也許娃霸就在店裡呢。」跟他一起來的人勸道。

蘇二郎看著烏泱泱的人群，手心頓時冒汗，忍不住嚥了好幾次口水，不知道為何聚了這麼多人，本來以為人不會很多的，他好緊張啊！

天靈靈，地靈靈，大羅金仙，姊姊姊夫！

蘇婉和喬勐在後頭都聽見了前面的喧譁聲，對看一眼，都覺得窩在這裡不去看看，實在有些可惜。

「要不，咱們偷偷去瞧瞧？」蘇婉提議。

喬勐有些心動，又很猶豫。「外面人那麼多，萬一傷著了妳可怎麼辦？」他家娘子現在可是懷著身孕呢。

「沒事，我就站在遠處看一看，不靠過去。」蘇婉拉起喬勐的手晃了晃。

「算了吧，等會兒我讓大根他們講給妳聽。」喬勐想了想，還是不答應。

「二爺。」蘇婉嬌滴滴地叫了喬勐一聲，差點沒把喬勐的骨頭給酥掉。

但，他是那種不堅定的人嗎？

「那……那就離得遠遠地看，不許靠近人群一步，知道嗎？」

「二爺，你真好！」蘇婉起身，扳過喬勐的腦袋，在他右臉頰上重重親了一口。

喬勐擦著口水，兩眼冒星了。

另一邊，蘇二郎攥緊手心，默念各種能給他信念的名字，耳畔傳來吉時到的呼聲。他看著人群裡期盼的眼神，忽然覺得自己好像聽不見了聲音一般，僵著身子，目光微愣地看著前方。

「二郎怎麼了？」蘇婉遠遠地坐在喬勐肩膀上，看著呆在那裡的蘇二郎。

「緊張吧？」喬勐緊緊抓著蘇婉的腿，心思根本不在店鋪那裡，而是在他家娘子身上。

銀杏也膽戰心驚地站在兩人身後，小心托著蘇婉，不免嘆息，又喜又慮，喬勐真是太寵愛她家娘子了。

蘇婉自己也有點怕，方才以為喬勐不會答應讓她出來，哪承想，她撒了個嬌，喬勐就點頭了。

蘇二郎突然感覺小腿肚被什麼東西砸了一下，不由抬眼望去，只見是人群裡面露擔憂之色的九斤和鑾子，驀然醒過來，他剛剛在幹什麼啊！

蘇二郎趕緊拉了懸掛於門下的繩子，揭了紅布，露出平江火鍋店的匾額。

「咦，火鍋是什麼東西？」有人發出了疑問。

「我也沒聽說過，新鮮玩意兒。不過我看像是娃霸搞出來的吃食，他家不一直都在琢磨這種沒怎麼見過的？」

「誒，我聽說娃霸家的吃食，都是他家娘子弄出來的。」

「難怪娃霸這麼懼內。」

就在看熱鬧的百姓興致勃勃討論著火鍋店時，廚子和切菜小工將一只鐵鍋搬了出來。鐵鍋裡是熱騰騰、香氣四溢的紅湯。

更過分的是，兩人還拿著蒲扇，朝著圍觀人群搧著香氣。

人群一下子沸騰起來，跑堂夥計乘機開始發單子。

蘇二郎見罷，清了清喉嚨，準備發表一下他背了好久的開業感言。

人群越聚越多了。

「歡迎光臨！」

一會兒後，一名男客走進火鍋店，離他最近的夥計立即朝他喊道。這一喊，其他忙碌的夥計也跟著對他喊了一聲。

頓時，店裡所有人的目光都集中在男客身上。

男客有點慌，不由摸了摸掛在腰間的錢袋，心中默念我有錢、我有錢。

「幾位啊？」夥計滿臉笑容地問他。

男客朝店裡望了一眼，只能看見靠近門口的兩桌，後面的桌子與桌子間，都有一塊木板擋著。桌子是方桌，每張桌子配四把椅子，那兩張分別坐了兩人和三人。

男客有些懊惱，早知道再找個人來就好了。

「一、一個。」他有些窘迫。

夥計不知他心裡所想，直接在手上拿著的木板上，拿著炭筆畫了畫。

「爺，裡面請。您一個人的話，我安排您坐後面，建議您點個小鍋，您看可以嗎？」

男客點頭，跟夥計進去了。

第三十七章

夥計帶著男客，一路往裡面走，走到最後，那裡有兩排供兩人坐的桌子。

安排男客坐下後，夥計繼續詢問起來。

男客極喜歡喬勐家的吃食，之前蘇婉為了不受平江毓秀坊陷害，在家門口擺了幾天的燒烤，他也沒放過，每天夜裡都去吃。

聽了夥計的話，男客搓了搓手，他沒吃過這玩意兒啊，不知道該怎麼吃。剛剛一路往裡走，他還沒見著有人吃呢，畢竟這店剛剛開門做生意。

「你安排好了。」

夥計依舊笑容不改。「好的，爺，您看是要香辣鍋、清湯鍋，還是排骨鍋……」一連說了四、五種，還很貼心地各解釋一遍。

來店裡的大多數客人，都是被門口散發著香氣的鐵鍋吸引進來，當然也有好奇心重的。

「就那個香辣鍋了。」男客毫不猶豫。

「好的。您看看，這裡的肉、菜，想點哪個？」夥計解開手裡木板的繩子，抽出一本有羊皮封面的小冊子，遞給男客。

男客好奇地接過，裡面豎列著食物的名稱，名稱前是一些他看不太懂的符號，後面則是價錢。

「咳，要不，你們看著上？」男客看項目太多，有點難選。

夥計經過訓練，知道第一次吃火鍋的客人會不知道怎麼點，耐心地講了冊子上的食物都是些什麼。

「那我要魚片、肥羊卷、甜菜……」

男客點著，夥計就在他的木板上記下他報的菜名前的符號。記完後，看了眼桌號，收起木板，從胳膊上的口袋裡拿出一條繡了平江火鍋店和蘇繡坊字樣的帕子給男客。

「小店剛開業，今日用餐不僅打八折，還贈送一條我們家蘇繡坊出的巾帕一條。若是您用餐折後滿三百文，我們請您玩一次轉盤，有機會免錢吃一次火鍋，或拿到蘇繡坊出的團扇、披帛等等之類的禮物，最大的禮就是一罈竹葉青。」

夥計洋洋灑灑將這些話背出來，男客有點懵了，不過他倒是記得三百文這個數字，再次摸了摸錢袋，確定夠。

「那我剛剛點了多少錢？」

夥計不會算，請男客等一下，快步去了櫃檯。

這會兒，顧櫃檯的蘇二郎也忙得很，因為大家都想湊滿三百文，好去玩輪盤。他光替客人們算錢，頭就有些暈了。

幸好，一個多月的算術課不是白上的，他把算盤打得啪啪響，很快就算出來了。男客剛才點的，還差九十八文，他一咬牙，加了五十文的冰鎮梅花酒，還有三十文的炒飯，再來二十文的魚丸。

就在男客多點菜時，歡迎光臨的聲音已經響起四、五次，店裡的人越來越多，而他的前後也都有人坐了。

「嘶，你說這是什麼做的，這麼香？」這人就是剛才在門口說不是娃霸開的店不進來的人，他和男客一樣，喜歡吃炸串和肉末餅。

這人還是光棍一條，平日一人吃飽全家溫暖，攢的錢大多用來吃了。

「不知道啊。」跟他來的同伴搖搖頭，也是一臉好奇，看東看西。此時已經有客人的鍋來了，只是桌子和桌子之間有擋板，他們看不清。

說話間，男客的小鐵鍋冒著香辣氣味來了，可把隔壁饞壞了，只能眼巴巴看著。

夥計把小鐵鍋吊在桌子上方，又在下面擱置一個冒著火光的炭火盆。

鍋底遇火後片刻，便發出嗞嗞聲，香氣更加濃郁，辣味當然也是少不了的。好在設計店鋪時，就考慮到氣味和炭火的問題，喬勐想了些法子，開了多個窗孔，放置可以排風的工具，隱蔽處也擱置了不少冰盆。

鐵鍋也是他和鐵匠多方研究，製出能最快煮熟食物的樣子。為此，四家又追加了銀子。

鍋熱起來後，一盤盤肉菜上來了，夥計從別在腰間繡有火鍋店標誌的筷套裡拿出一雙乾淨筷子，教男客先將不易熟的肉菜放進鍋裡，蔬菜可以後放。

男客聞著香味，嚥了嚥口水，故作鎮定地點頭，表示他會弄了。

夥計點頭離開，自去忙了。這會兒又來了客人，店裡就四個夥計，但客人不算少了，已經有十來桌。原本以為今日會沒什麼生意呢，沒想到生意還不錯。

等夥計走了之後，男客目不轉睛地盯著鐵鍋瞧，聞著那香氣就心癢難耐，只是夥計說，一定要等鍋底翻騰起來，且再等一會兒才能吃。

不過羊肉卷不必如此，只要在翻騰的鍋裡涮上一會兒，就可以吃了。

他盯著鍋，隔壁還沒等到上菜的人就只能盯著他。

一會兒後，鐵鍋的湯底終於翻騰了。

男客立即照著夥計說過的，將已經有些變軟的羊肉卷放到湯鍋裡涮。

他剛把肉挾上來，夥計又來了，送上一碗蘇婉教白果秘製的醬料。

「這是小店今日開業送的。」

男客立即將涮好的羊肉卷放進去蘸了蘸，然後迫不及待地送進嘴裡。

「嗯！」好吃！男客眼睛一亮，隨即瞇了眼，趕緊把其他食材放入鍋裡。

不一會兒，他便出汗了，嘴巴也麻麻的，順手一掏，將火鍋店送的巾帕拿出來擦汗，覺得這店鋪想得真周到。

其實巾帕和筷套是隨意送的，他得的是巾帕，隔壁的人就是拿筷套了。

隔壁桌的火鍋還沒來，兩個客人只能看著他吃，見他越吃越香，再聞著店裡瀰漫的香氣，簡直坐立難安，更饞了，可比在蘇大根他們攤子前排隊更讓人撓心。

這時，蘇婉和喬勐也在後院吃火鍋。

喬勐專心地涮著羊肉，涮好後，全部放到蘇婉的碗裡。

「娘子，妳多吃點。」

「二爺。」蘇婉看著自己一個人就吃掉五、六盤肉，而且碗裡的飯菜都是滿的，趕緊拿筷子擋住一直在幫她涮肉的喬勐。

喬勐納悶地停下手。「怎麼了？」

蘇婉道：「我不能再吃了。」

喬勐眨眨眼，有點不明白，以他家娘子最近的食慾來看，根本還沒吃飽呢。

「娘子，現在妳不是一個人，是兩個人，多吃點沒關係。」

蘇婉別過臉。「不行，光這個月，我都胖了好些了。」

原來他家娘子是覺得自己胖了啊！

喬勐對站在一邊的銀杏使眼色，銀杏瞧見後，看了看兩人的神情，不動聲色地退下了。

銀杏一出去，喬勐就靠近蘇婉，一把將她抱到自己的腿上，還輕輕掂了兩下，笑著說道：「哪裡重了？爺輕輕鬆鬆就把妳抱起來了。」
蘇婉驚了下，隨後握拳捶他的胸口，臉上略帶羞色。「二爺！」
「娘子是什麼樣子，我都喜歡。」喬勐學著話本上看來的情話，在蘇婉耳邊輕聲說道。
哪個女子不愛聽甜言蜜語，蘇婉低下頭，微紅了臉，心麻麻癢癢的，咬著唇，抬頭去看喬勐，卻見那娃娃臉上掛著一抹欠揍的得意笑容。
「二爺，這些話是誰教你的啊？」蘇婉覺得他這笑容很礙眼，突然想起一樣東西，出聲問道。
「前兩天剛買的話本！」喬勐隨口一答。
啪！喬勐抱著蘇婉的手背，被重重地拍了一下。
蘇婉飛快掙脫他，站了起來，揪住喬勐的耳朵。「上次我在你書房裡找到那些亂七八糟話本的事，還沒跟你算帳呢！」
前一段時日她比較忙，差點忘了這事。
「啊？那些話本是被娘子拿走了？我還以為是二郎……」喬勐護著耳朵，跳腳道。
「什麼？你還想帶壞二郎？喬勐，你最近是不是欠教訓了！」
「沒有啊，我看東西不見了，又想著二郎年紀也到了，肯定是想著……」
「喬勐，你站住！」
前面店裡熱熱鬧鬧地吃著火鍋，後屋裡是蘇婉雞飛狗跳地揍喬勐。

大快朵頤後，男客打了個飽嗝，看著只剩一點鍋底的鐵鍋，滿足地摸了摸肚子。

「夥計，結帳！」

夥計一聽，趕緊過來，看看他的桌號，帶他去了櫃檯。

「掌櫃的，十三號桌！」

蘇二郎聽到桌號，很快將他的單子找出來，算盤啪啦一撥後，道：「一共三百七十五文，打八折就是三百文，恭喜您得到一次轉盤機會。」

男客笑呵呵地從沈甸甸的荷包裡取出一貫錢，數了三百個給蘇二郎。

蘇二郎一臉佩服地看著，然後取了小木片給他，讓他去玩轉盤。

男客深吸一口氣，又對著手心吐了口氣，扭了扭手腕，走到木製轉盤前，看看自己想要的獎品，眼睛一閉，手上用力一推——

轉盤上的木指針停下，領著男客來玩轉盤的夥計立即高聲喊道：「恭喜這位十三號桌的爺，獲得蘇繡坊特製蓮花包一個！」

他一喊完，其他夥計也跟著齊聲道賀。「恭喜，恭喜！」

「這位爺，您運氣可真好，在您之前的客人，什麼都沒轉到呢。」夥計低聲在男客耳邊說著。「其他客人也就轉到了手絹、抹額之類的小東西，您得的可是蘇繡坊的婉娘子親手畫樣子製成的蓮花包。」

沒轉到大獎，本有些失望的男客聽罷，不由欣喜起來，高興道：「看來我運氣挺好。」夥計連連稱是，從蘇二郎手上接過月白色的蓮花包，遞給男客。包口是蓮花瓣狀，用一根布繩相連，包身繡了兩節圓潤可愛的藕節，看著新穎又好看。

「這個送給娘子或者心愛的姑娘，都是極好的。」

男客接過包，又有點窘，他沒娘子，也沒有心愛的姑娘，但腦海裡浮現了雨煙閣裡的美麗姑娘。

若是把這個包送給她，不知能否見她展顏一笑？

男客拿著包，又吸一口火鍋店裡的香氣，帶著癟了三分之一的荷包，走出平江火鍋店。

男客一出門口，立即有人圍了上來。

「誒，怎麼樣？見到娃霸了嗎？是他開的嗎？裡面賣的是什麼，怎麼這麼香？」

這人與男客相熟，也是個愛吃的，只是膽子沒男客大，也沒男客有錢。

男客被他一問，頓時回味起來，舔了舔嘴巴，說了一個字。「爽！」

「哎，這是什麼？怪好看的。」那人見問了一大串，男客就答一個字，有些不滿，捶了下他的胸口，隨即發現他拿在手裡的蓮花包。

「嘿嘿，這是我玩轉盤得來的，只要在裡面吃滿三百文，就可以玩一次。我運氣好，轉到了婉娘子製的包。」男客洋洋得意地顯擺道。

那人立時抓住了關鍵，道：「婉娘子？這店看來是娃霸開的啊！」

男客抓抓頭。「不知道，沒見著娃霸，也沒見著一直跟在他身邊的九斤和蠻子。不過你看，他們家送的帕子上也繡了蘇繡坊，這個蘇繡坊應該是婉娘子開的。」

兩人嘀嘀咕咕一番，心中越發覺得，平江火鍋店就是喬勐開的。

「啊，還送帕子？我看看，我家娘子一直想要一條婉娘子繡的帕子，只是人家不接單活，她一直沒能如願。這下好了！」那人一拍大腿，也準備進去。

男客笑了笑。「快去快去，聽說這東西也不多，晚了就沒了。」

那人一溜煙跑進去，不一會兒又出來，見還在門口回味的男客沒走，鬆口氣，趕緊把男客拉到一邊嘀嘀咕咕。

不一會兒，男客摸摸又少了兩百文的荷包，心痛地向雨煙閣走去。

此時，修理完喬勐的蘇婉，問著剛剛去前頭探看的銀杏。「前頭生意如何？」

「娘子，前面人好多，大家都喊熱呢，二爺又讓人回家搬冰去了。」銀杏笑得合不攏嘴，著實高興。

這會兒，喬勐不在蘇婉身邊，去查看這個鋪子的地窖。既然用得多，總不能每日從喬家運冰過來。

不過，若是火鍋店這邊也要製冰，就要有人來看管了。

「那就好，原本我還擔心平江的人不愛吃這個呢。」蘇婉鬆口氣。畢竟大家投進不少錢財和精力，若是搞砸了，誰都不好過。

銀杏噘嘴。「怎麼會，娘子做的東西，不論吃食還是繡品，有誰會不喜歡。」

蘇婉點了點她揚起的腦袋，笑道：「我又不是黃金，怎會人人喜愛呢？」

「娘子在奴婢心中，那是黃金也比不上的。」銀杏嘴甜地說道。

好話誰不愛聽，可把蘇婉說樂了。「妳啊，這嘴是越發的甜，快趕上二爺了。繡坊有妳和蓮香，我就放心了。」

「哎呀，娘子，您又打趣人家。被二爺聽見，奴婢可是要挨訓的。」銀杏朝門口看了看，沒發現喬勐的身影，這才拍拍胸脯。

「怕什麼，有我在，二爺還能把妳怎麼樣？」蘇婉瞥她一眼。

說曹操，曹操到，喬勐手裡搖著摺扇，跨進門檻，納悶地問蘇婉。「娘子在說什麼呢？我好像聽到妳在叫我？」

「沒什麼。」蘇婉聽到他的聲音，對銀杏擺擺手。

銀杏捂著嘴，退到旁邊去了。

「二爺，你這手上的扇子是哪裡來的？」

待喬勐走進屋裡，蘇婉才發現他手裡拿了把摺扇，問了句。她記得，喬勐一向不喜把玩這些東西。

「嘿，妳瞧，誰來了？」喬勐說罷，讓開身子，露出後面身著華服的一對璧人。
「婉姊姊！」一道欣喜的聲音響起。
蘇婉見到來人，揚起笑臉，立即起身相迎，原來是趙立文和吳氏來了。

第三十八章

兩個小姊妹手把手地相視一笑，蘇婉拉住吳氏的手，往座上走。

「鈴妹妹，妳怎麼得空來了？」

吳氏顯然高興得很，開心地扶著蘇婉。「三爺說今日火鍋店開張，想來看看，所以尋了由頭，把我帶來。」

蘇婉往後看趙立文一眼，又瞄到跟他嘀嘀咕咕的喬勐，不由輕笑出聲。

吳氏跟著好奇地轉頭，看到兩人的動作，臉上也浮起笑意。

「妳們笑什麼？」喬勐和趙立文互視一眼，不明白自家娘子在笑什麼。

蘇婉沒理他們，請了吳氏坐下，吩咐銀杏上茶。

喬勐和趙立文摸摸腦袋，坐到各自娘子的身邊。

「用過午膳了嗎？」蘇婉問吳氏。

吳氏看著趙立文，笑道：「我們在店裡用過了，還去玩了轉盤。看，這是我的獎品。」從袖口裡拿出一只福寶香囊。

「啊？自家生意，你們怎麼還要花錢？二郎也真是的。」

這轉盤需得花滿三百文才有機會玩，兩人既然得了禮品，怕是用飯時也給了錢，蘇婉不由嗔怪喬劭。

喬劭瞧著她的樣子，心裡喜孜孜的，卻無辜道：「他非要花這個錢，二郎能怎麼辦？就算是我也攔不住啊。」

吳氏噗哧笑出來。「婉姊姊莫怪，我和三爺也是想看看這生意是怎麼做的。再說咱們也吃了火鍋，總不能讓自家生意虧了吧？」

她說完，又指指福寶香囊。「而且光這個小玩意兒，吃火鍋的錢就賺回來了。」

吳氏到底是大家族出來的，眼光自然不凡，不然她一個嫡女，就算是次女，也不會願意嫁給一個打理家族生意的庶子。

她拿到福寶香囊後，摸了下幸運草的刺繡，便感覺與普通刺繡不同。打開香囊一看，果然裡外都有繡圖，輪廓還一致，一樣精美。

「婉姊姊，不知這是何種刺繡？」

蘇婉看看她，笑道：「這是雙面繡。」

她一說完，喬劭便揚起脖子，一副自豪的模樣，對趙立文道：「這是我家娘子的獨門技藝，若不是為了防偽，哪能隨意繡出來。」

「防偽？」吳氏和趙立文同時問道。

「這是我家繡坊的標記，以後只要是我家繡坊出的繡品，一律會有此標記。若是沒有，便是贗品。」蘇婉解釋道。

吳氏了然點頭，轉而想到，她父親的四套扇套上沒有這個標記，便問蘇婉。「婉姊姊，那三爺送我父親的扇套？」

蘇婉也想起來了，不過那是早些時候的繡品了。

「無妨呀，那是我親手所繡，還會賴掉不成？」

吳氏嘀嘀咕咕。「我是想著，或許將來能當個傳家寶嘛。」

蘇婉隱約聽見幾個字，不由失笑。

喬勐耳力好，聽得清楚，心中更加得意，若是火鍋店做得好，定要全力支持他家娘子的繡坊。

說笑幾句後，蘇婉突然對趙立文說道：「三爺可否幫我引薦子坎先生和銘鴻大家？」

趙立文問她。「弟妹這是要做什麼？」

蘇婉想了下，趙立文既是喬勐信任的人，兩家關係密切，告訴他也無妨。

「我想請子坎先生製一架屏風，再請銘鴻大家幫我繪製一幅山水圖。」

「弟妹這是要為繡坊開業做準備？」趙立文是個聰明人，一聽便明白。

蘇婉笑了笑。「不說製屏風和繪畫所需的時日，光繡製一幅山水圖，恐需半載，哪裡趕得及。」

「那是？」

「日後當作鎮店之寶。」

趙立文了然點頭。

「那繡坊開業後，娘子有什麼打算嗎？」這段時日一直在忙火鍋店的事，喬勐還沒問過蘇婉。

蘇婉嘆口氣，這個孩子來得有些早了，打亂她好些計劃，不過當開還是要開的。

她想了想，說了目前的想法，也沒避忌趙立文和吳氏，他們還幫著蘇婉查遺補漏。

趙立文承諾幫忙尋找名家和能工巧匠，吳氏則是留意好料子，向姊妹們多介紹蘇繡坊。

後院討論得熱火朝天，前頭也忙碌極了，蘇二郎忙不過來，還把白果拉出來。蘇大根和蠻子也被抓進廚房幫忙。

「白果姊，我覺得咱們還得招人。」蘇二郎感慨道。

白果看看店裡，搖搖頭。「恐怕明日就沒這麼多人了。」今日大家就是吃個新鮮。

蘇二郎也看著煙火繚繞的店裡。「我看不一定。」

隔日，火鍋店生意依舊火爆，實在缺人幫忙，喬勐便讓蝨子從他的兄弟姊妹裡挑了幾個人過去。

「咦？這是何物？」

午時，一位剛吃完火鍋、玩了把轉盤的大漢，接過蘇二郎遞來的禮品，疑惑地問道。

「客官好運氣啊，這是蘇繡坊從未對外出售的蔬菜玩偶。」蘇二郎笑呵呵地解釋。

大漢拿著有一雙手及五官的白蘿蔔上下看了看，又捏了捏，發現捏起來綿綿軟軟的。

「這裡面是何物？」

「是麥麩。」蘇二郎回道。

麥麩比稻草細軟些，又不至於太細。蘇婉為了防止麥麩從玩偶裡跑出來，特地讓蓮香他們加厚了布料縫製。

因為料子的種類有限，玩偶做得比現代粗糙很多，不過在這裡也算新穎，再繡上五官、手腳這些，更添童趣。

大漢拽了拽蘿蔔頂上的綠葉，上面還繡有葉子的紋路，看著十分討喜，頓時眉頭舒展。這個小東西，女兒應該會喜歡。

「誒，這蘇繡坊是什麼來頭？你家送的禮品，都是他家的？」大漢說著，掏出贈送的擦嘴巾帕，不由問了一句。他平日在外幹活，這幾日回來歇息，正巧趕上火鍋店開張，請了幾個幫他看家的兄弟來嚐鮮。

蘇二郎對他笑笑。「自然是婉娘子的鋪子。」

「婉娘子？」大漢覺得這名字有些耳熟，好似在哪兒聽過。「那這鋪子在何處？」他想給他娘子買幾件小玩意兒。

蘇二郎正要回答，門口突然來了四、五個穿著綺麗的女子，其中帶頭女子模樣豔麗、體態輕盈，蓮步款款走到他跟前，問道：「掌櫃的，可有包廂？」

蘇二郎一時看傻了。

「呀，好可愛！」又一俏皮的聲音響起。

說話的人是著鵝黃長衫的女子，指著大漢手裡的蘿蔔，一雙大眼歡喜地盯著它。

大漢臉色微紅，不由把玩偶藏在身後。

「請問這個是在哪裡買的？」豔麗女子瞪鵝黃女子一眼，略帶歉意地對大漢說道。

「我……呃，是在店裡玩轉盤轉來的。」大漢憋紅了臉，冒出這一句。

好在他走南闖北多了，見識過不少美人，不至於失態，而且也認出女子是誰了。

「呀，這也是蘇繡坊出的嗎？」著鵝黃長衫的女子再次驚呼，她好想去摸摸那只蘿蔔玩偶，可懾於豔麗女子，手只敢微微伸出去。

「是的，本店所有繡品都出自蘇繡坊。」蘇二郎終於回神，趕緊回答。

「可是婉娘子的繡坊不是好些日子都不接活了？」又有一女子說道。

這次蘇二郎並沒有回答她，只是笑笑不說話。

這會兒店裡客人們都伸長脖子往這邊看，交頭接耳，對著豔麗女子她們指指點點。

豔麗女子渾然不在意，撫了撫挽在手臂上的蓮花包，使個眼色，拉回著鵝黃長衫的女子盯著蘿蔔玩偶的目光，再次問蘇二郎。「請問有包廂嗎？」

蘇二郎剛要回答，後院來了人，俯身在他耳邊說幾句話，他的臉頓時皺了起來。

他看看幾名女子一眼，點頭道：「樓上是女客房，請跟我來。」樓上是雅間，只是還未使用。

來人是毠子，受喬勐指示來告訴蘇二郎這幾個女子的身分。

原本喬勐不太想做她們的生意，孰料被蘇婉攔住了，說來者不論身分貴賤，皆是客。當然，不可賴帳就是。

隨後，喬勐靈光一閃，想著樓上的雅間還沒用，不如劃一半出來，專門接待女客。

這想法，得到了蘇婉的認可。

「咦，掌櫃的，你家還有女客包廂，怎麼沒聽他們說啊？」說話之人是昨日就來吃過的客人，指了指在過道間忙碌穿梭的夥計。

夥計們同樣一臉茫然地看著自家掌櫃。

「因為一直沒女客嘛。」蘇二郎隨口解釋，又叫了個夥計，帶人上樓了。

毠子則留在櫃檯幫他照看一下。

大漢望著女子們的背影一會兒，搖搖頭，拎著蘿蔔走了。

火鍋店後院，蘇婉正坐在天井下，面前擺了繡架，手上握著一枝筆。

喬勐拿著銘鴻大家的雪梅圖，站在繡架旁。

這幅雪梅圖是贗品，真品在吳氏父親手裡。今早，趙立文和吳氏便返回臨江，吳氏答應幫蘇婉向她父親借出銘鴻大家的雪梅圖。

這會兒，蘇婉先用贗品在織品上構圖。

「拿好了。」蘇婉放下筆，拿起度量工具，走到畫前量著。

繡這幅畫，是為了能請動銘鴻大家做的磚。繡書畫，為得其意境，繡樣的輪廓與大小不得有差誤。

喬勐很想把蝨子叫回來，一走神，身子歪了些，就遭到蘇婉的訓斥。

「讓你站一會兒就站不動了，雨煙閣的清倌，你倒是認識得不少。」蘇婉輕瞥了正努力一臉正經的喬勐一眼。

剛剛來火鍋店的那群女子便是雨煙閣裡最出名的幾位清倌人，賣藝不賣身，在平江素有才名。

「娘子，不是妳想的那樣……」喬勐就知道是因為這個。剛剛他和蘇婉待在後頭，偷偷觀察店裡時，一見到那豔麗女子，不小心便把對方名字說了出來。

得，他今天沒有好果子吃了，得想想辦法。

他一名副其實的惡霸，認識些風月場所的行首、清倌，都不算什麼事，以前還因為他從不碰這些人，被人私下取笑過呢。

「好啊，你給我解釋。」蘇婉手上不停，示意他繼續說。

哼，要是說不出個所以然，看他的耳朵還要不要了！

「都怪趙老三！」喬勐眼珠轉一圈，很快就拉出了擋箭的。

「怎麼又扯到趙三爺身上？說自己就說自己。」蘇婉抬起眼簾，讓喬勐不要扯別人。

喬勐調整了站姿，臉色很正經地說道：「就是因為他，我才認識那幾個清倌的。妳也知道，他就是個愛附庸風雅的人，這些清倌不賣身，自然是在其他地方有過人之處，要麼琴棋書畫，要麼詩詞歌賦，趙老三不能不去見識見識。」

「那是趙三爺拉你去的嘍？」

「就是就是，下次他再來，我幫妳說說他。」喬勐說得義憤填膺，正氣凜然。

「哼。」蘇婉白他一眼，知道他肯定不會說實話。

不過，好在現在不是仰著腦袋跟她說：爺兒們去那些地方又怎麼了，不去那些地方，能是個爺兒們嗎！

算了，不跟他計較了，蘇婉繼續繪製繡樣。

喬勐的喉結默默滾動幾下，見他娘子哼一聲後，不理他了，感覺有些不妙，慢慢移了幾步，靠近她。

正巧，這時蘇婉一個轉身，直接撞上他，嚇了一跳。「二爺，嚇死我了！」

喬勐順勢趕緊抱住她，不輕不重地拍著她的背。「娘子，不怕不怕。」

嗷！他的腳背被重重踩了一腳。

蘇婉拍拍自己的胸口，吐了口氣，只見喬勐又默默地挪到她跟前，歪了頭，將一邊耳朵遞給她，真的好像一隻犯了錯的哈士奇。

今日帶著姊妹們來火鍋店的，正是雨煙閣的當家行首紫瑤姑娘，而她手裡的蓮花包，是昨日一位客人送給她們閣裡小姊妹的，後來被她看中，花錢買來。

其他姊妹也想要，打聽後，市面上根本沒得賣，只有在平江火鍋店花滿三百文，才有機會玩轉盤轉到。

所以，她們才約了出來，不然這滿是臭男人的地方，她們才不樂意來呢。

「紫瑤姊姊，妳來轉吧。」幾個清倌吃完火鍋，用帕子壓著有些紅的嘴唇，商量了下，一致決定讓紫瑤來轉。

紫瑤深吸一口氣，閉眼一推。

跟在她們身後的夥計見狀，捂著嘴巴，努力不讓自己笑出來，道：「謝謝惠顧。」

紫瑤呆住，其他女子也是相同的表情。

「不好意思，這位客人，您沒有轉到任何獎品。」

「哎喲，紫瑤姑娘，妳這運氣也太差了。這樣吧，我把我的機會也給妳。」排在紫瑤後面的，是個肥頭大耳的富商，瞇著小眼睛，笑著對她說道。

紫瑤搖頭。「不用。」轉身向蘇二郎走去。

這時，一陣小孩哭鬧聲從門外傳來。

蘇二郎朝門口看去，是抽到蘿蔔玩偶的大漢，這時他手上牽了一個娃，懷裡抱了一個娃，懷裡的娃正嚎啕大哭著，手裡牽的娃緊緊抱住蘿蔔玩偶。

「掌櫃的，我實在沒轍了，就一個玩偶，兩個孩子都想要。」大漢想著兒子喜歡木劍什麼的，這個玩偶給女兒正好，孰料兒子見了也想要，為此兩個小的還打了起來。

「是啊，我們出錢買一個可以嗎？」大漢身邊的婦人是他的娘子，拍著娃兒的背，對蘇二郎道。

「這是本店的非賣品。」蘇二郎道。

「啊？那……那我們再去吃個三百文？」大漢說道。

「不一定能抽到啊。」其他客人補了一句。

娃兒還在哭著，吵得很，店裡有不少客人站起來朝門口觀望。

「哭什麼哭，吵死了！」

喬勐大搖大擺地從後院走出來，很不耐煩地對大漢和他娘子喝道。

娃兒一見到娃霸，嚇得打了個嗝，不敢哭了。

第三十九章

「娃霸？真的是娃霸！」

喬劼一走出來，眾人立即交頭接耳起來，雖然大夥兒心中猜測這家店跟喬劼有關係，但他昨日一直沒有露面，所以也不敢確定。

「嘿，不哭的小孩才是乖孩子，知道嗎？」喬劼戳戳抱在大漢手裡的娃娃嫩嫩的臉蛋。

小娃兒嚇得嘴巴一張，待要放聲大哭，被喬劼雙眼一瞪，癟嘴把眼淚收回去，害怕地將臉埋進他爹懷裡。

「娃……二爺，小兒他……」大漢立即護住自家孩子，想要解釋一番。

喬劼打斷他的話。「回去吧，這玩偶本店不賣，只送。」

他話音剛落，站在大漢身邊，剛剛想向紫瑤獻殷勤的富商，問出了在場客人的問題。

「二爺，這家店是你開的嗎？」

喬劼摸摸縮在他爹懷裡的娃兒的後腦勺，轉身看向胖胖的富商，微微瞇起眼。

因為他長了一張娃娃臉，看起來人畜無害，還有點可愛。但每次只要眉頭微皺，微微瞇眼，反而會給人一種危險的感覺。

「你從哪裡聽來的？」他壓低聲音問道。

胖富商不由後退一步，撞上紫瑤。紫瑤嫌棄地推他一把，他一個趔趄，來到喬勐身邊。

「呵呵……」富商拽緊腰間貴死人的玉珮，壯著膽子回道：「我、我是聽別人說的。」

喬勐環視一周，發現不少人莫名其妙跟著富商的話點頭，立即踹了富商一腳。

「謠言不可信，知道嗎？我做什麼的，你們不知道？是不是我很久沒發威，大夥兒都忘記我喬勐的名聲了?!」

「沒有沒有。」富商連連擺手。

大漢抱著娃兒，也退至門邊，一副情況不對，隨時準備開溜的樣子。

「二爺，別嚇著客人。」蝨子拉拉喬勐的衣袖，怕他把店裡生意攪黃，回去被蘇婉揍。

喬勐會意，立即收起暴戾的氣勢，握拳抵在嘴間咳嗽一聲，剛剛演得有點過了。

「以後，這家店歸我保護，誰也不許打歪主意，知道嗎？」喬勐指了指眾人。

「對了，你們的保護費，是不是欠了許久，這幾個月都沒見你們交啊？」喬勐說著話，人也在店裡走動起來，隨即發現了幾個以前的「熟客」。

自從蘇婉開始做繡活，又帶著蘇大根、蝨子他們賣吃食掙錢，喬勐已經很久沒去收過保護費了。

那幾個被喬勐逮出來的人，一時間有點懵，這都多久的事了，他不是靠著他家娘子生財有道了嗎，怎麼又想起這個了？

喬勐轉了轉手腕，笑得有點森然。

「婉娘子！」突然，其中一個熟客指著喬勐身後叫道。

喬勐僵直了身體。

那人一溜煙跑到櫃檯前，對蘇二郎喊著。「先記我帳上，我等會兒來結！」腳下不停，撥開大漢和紫瑤他們，跑了。

喬勐頓時無言。

「誒誒誒，諸位莫慌。」蘇二郎趕緊走出來，安撫也想學著那人開溜的客人。「這家店是鄙人東家的，只是因為初來平江，不識門道，又與二爺有些交情，所以請二爺來店裡鎮鎮場子。」

他說著，又向蝨子使眼色，蝨子朝側門看去，只見簾子後隱隱有衣襬浮動，人影瞬間已至簾前。

「二爺，婉娘子來了！」蝨子趕緊對喬勐喊道。

剛剛喬勐上了一次當，這會兒說什麼也不信，背對蝨子擺擺手。「我怕我家娘子不成？她來了，我這話也是要說的。」

「二爺是要說什麼？」蘇婉心裡深深嘆口氣，讓喬勐出來鎮店，都能搞些事情。

這聲音的的確確是他家娘子的，喬勐尷尬地轉身，一臉無辜。「沒說什麼啊，我有說什麼嗎？我就是告訴他們，這火鍋店以後由我護著，不要打歪主意而已。」笑得一臉純善。

蘇婉當然聽見了他又找人要保護費的事，但這會兒不好拆他的臺，只得點點頭。「嗯，我乏了，咱們回家吧。」回去再收拾他。

喬勐立即飄到蘇婉身邊，虛扶著她。

客人們在蘇婉出來後，就知道娃霸鬧不了事，大家便安心吃吃喝喝了。

「婉娘子，請留步。」紫瑤叫住蘇婉。

蘇婉停步，轉頭看紫瑤。紫瑤向她行了個禮，她也簡單回禮。

「不知婉娘子的繡坊何時開業？」

「暫時未定，恐還要三月有餘。」蘇婉回她。

「這麼久？」著鵝黃長衫的女子大聲嚷嚷。

「幾位有何事？」蘇婉面上未起絲毫波瀾，淡淡問道。

著鵝黃長衫的女子立即搶先說了蓮花包的事。

蘇婉微微點頭，而後輕聲道：「這款蓮花包與蔬果玩偶，蘇繡坊各製了二十個，這就要看紫瑤行首的運氣了。」說完，便轉身離開。

蘇婉走到門邊，停了下來，來到大漢身旁，對銀杏耳語幾句。

銀杏去了後院，很快回來，手上還拿著一只用絲綢做的掃晴娘。

這會兒，剛剛在哭的孩子已經被蘇婉逗得咯咯笑了，蘇婉接過掃晴娘，遞給他。

「以後莫要哭了，男子漢大丈夫，不能總是哭鼻子喲。」她說著，點了點孩子的鼻子。

這個情景看得喬勐的心軟得一塌糊塗，他家娘子以後一定會是個好娘親。

在他原本的設想裡，他家娘子應該是嚴厲的母親，所以他要當個慈父。現在看來，怕是要顛倒過來了。

喬勐在一旁默默地注視著蘇婉，腦子裡卻是想了很多，最後下了個結論，以後一定要多讀些書！

蘇婉自然不知喬勐已經暢想以後該如何育兒，把那孩子哄好後，得到一句奶聲奶氣的「謝謝婉娘子」，便走出了火鍋店。

一回到喬宅內院，蘇婉讓銀杏和姚氏出去，等人一走，便揪了喬勐的耳朵進內室。

「我讓你去鎮店，你收什麼保護費？」

「哎喲，娘子輕點輕點，妳聽我解釋。」喬勐覺得，今天自己的耳朵真是受苦，一連被揪了好幾回。

看來，挨訓挨揍，初一不來，初五便會一起來。

「你還想著過以前刀口上討生活的日子嗎？」蘇婉鬆開手，心裡悶悶的。

她很努力地把喬勐往正途上拉了，他居然還惦念以前那些事。以前他獨身一人，過的不管是惡霸，還是娃霸，還是什麼霸的舔血日子，她管不著，也管不了，可如今他有她，還有他們的孩子了。

「沒有沒有，現在的日子不知比以前好上多少，我怎麼會想重蹈覆轍？而且我現在有娘子，還有我們的孩子，不會再像以前一樣了。」喬勐覺得這罪名大了，趕緊解釋，當時他只是想殺雞儆猴而已。

「那你怎麼又要收人家保護費了？」

「那不是想鎮一鎮那幫人嗎？但口頭上唬兩下有什麼用，總得挑隻雞來儆猴吧。」

蘇婉還是有些不信。「真的？」

喬勐點頭，推著蘇婉坐下，蹲到她面前，抓起她的手放在他臉上，嚴肅道：「娘子，妳信我。我自己一個人就算了，但我不會讓妳和孩子陷在危險中的，如果……」

蘇婉立時捂住了他的嘴。

喬勐笑了，整個人柔軟起來，像個孩子，拉下蘇婉的手，很認真地看著她的眼睛。

「如果我真的出事，我會讓九斤和蠻子帶你們去海外。我在我和趙老三的那條船上藏了些東西，應該夠你們生活一陣子。」

「你在說什麼？怎麼突然說起這些來？是不是發生了什麼事？」蘇婉有些慌，急切地問，想從喬勐臉上看出什麼來。

喬勐緊握住她的雙手。「娘子別慌，我只是說如果。世事難料，總要有個後路。」

蘇婉看著他，有些無措，眼睛一酸，眼淚頓時湧上來，一滴滴從眼眶滑落。

「怎麼哭了？別哭別哭，是我不好，跟妳說這些做什麼，是不是嚇著妳了？」喬勐也跟著慌起來，暗罵自己，沒事跟蘇婉說這些做什麼。

但他心中明白，這條後路遲早要告訴蘇婉，這是他以前為自己準備的，現在他要把這條後路留給她。

「你不許胡說，我們都會好好的，你更要好好的。」

蘇婉第一次這麼真切地感受到，除了前世父母，還有人這樣對她。有些時候，他甚至比她的父母更加寵愛她，還讓她訓，讓她揍。

想到這裡，蘇婉的眼淚更加止不住，成串成串滴落。

「別哭別哭，娘子，妳還懷著孩子呢。」喬勐趕緊站起來，胡亂用袖子幫蘇婉擦眼淚，心亂亂的，根本哄不住她。

蘇婉也知道自己懷著孩子，這樣哭不好，可就是止不住想哭，連帶喬勐的袖子上全是鼻涕跟眼淚。

「娘子，要不，妳打我吧，我的耳朵給妳揪。」喬勐主動獻身討打。

聽了喬勐這話，蘇婉一下子笑出來，止住了淚水。

「幫我打水來，我要淨面。」蘇婉慢慢平息心情，打了幾個嗝，這才發覺自己剛剛丟了大臉。

「好好好。妳餓不餓，我讓廚房做些吃的來？」喬勐放了心。

「我想吃烤雞。」蘇婉回想起喬勐說的殺雞儆猴，想吃雞了。

「行，妳就是想吃爺，爺也給妳啃一口。」

平江火鍋店生意紅火了一月有餘，才稍淡下來，畢竟火鍋吃多也容易上火，且現在剛由夏轉秋，秋老虎的威力還是有的，置再多的冰也抵不住熱意。

就在那些恨火鍋店恨得牙癢癢的酒樓，看著火鍋店生意漸淡而高興時，火鍋店對面開起了一家麻辣燙，一開張生意便是紅紅火火的。

這家麻辣燙店正是蘇大根開的，而且還用了新收成番椒做成的底料秘方。

蘇婉他們是第一次種番椒，也在摸索，收成不是很多，而且還要留種，所以火鍋店的底料配方，喬勐準備到入冬時再改。

為了種植更多番椒，一向不愛動腦子的喬勐，想了兩夜，決定仿效溫室種花來種。

這件事，蘇婉本來想提點他的，沒想到被他自己琢磨出來了。

這會兒，喬勐正帶著人，在隔壁院子忙碌呢。他嫌最近的菜價有些貴，所以把隔壁人家的院子買下來，用來當菜園，一大片地種番椒，其他地方種些好養的蔬果。原有的房子拆了不少，連觀賞的池塘也被用來養魚和種蓮藕了。

至於蝨子和他兄弟們買的房子，只是個兩進的小房子，不過他們倒也知足，離喬宅只隔了一條街。

「這個月，雖然咱們收入不錯，可是開銷也挺大的。」蘇婉合上帳本，對蘇長木說道。她如今已有近四個月的身孕，稍稍顯懷了。不過，已是過了頭三月，喬勐和姚氏沒有一開始看管得那麼嚴了，所以她可以隨意走動，但身邊不可無人。

剛剛她在看的，是喬家自家的帳目。

「是，二爺剛買下隔壁院子，又建了暖房。這暖房看著簡單，實則頗費銀錢。」蘇長木跟著點頭，他是喬家的管家，自然清楚開銷大的原因。

蘇婉也知道，雖然火鍋店生意挺好，但她的繡坊最近一個月都沒有接活計。火鍋店付了一筆繡品的錢，可繡娘們也是要吃要喝，這錢呀，花著花著就不夠了。

不過，好在休店的這一個月，繡娘們日日來跟著她學習，繡技又上一層樓。更讓蘇婉驚喜的是，蓮香的雙面繡繡技越發好了，可以獨力繡製繡坊標記。

新開的麻辣燙店，蘇大根最後選擇租蘇婉的店鋪，但他沒有足夠的錢，還是先欠著。而蘇婉以配方入股，分三成利，但目前是看不到收益的。

想到這裡，蘇婉也有些愁，想著是不是讓繡娘們先接點活計做做，解解燃眉之急。

「乳娘，等會兒妳讓梨子去把蓮香和銀杏叫過來。」蘇婉想了想，對姚氏說道。

姚氏應是。

隨後，蘇婉又問蘇長木，家裡的銀子還能用到幾時，知道還可用半月後，便讓他先下去，姚氏也跟著出去了。

「唉，我是不是最差的一位穿越者了？」蘇婉扳了扳手指，感嘆她這幾個月讓喬勐做的吃食生意，看著挺紅紅火火，但是越來越缺錢了，賺的趕不上花的。

「一定是二爺太敗家！」

蘇婉站起來，托著腰，在房裡走了幾趟，確定了這個想法。

「娘子！」姚氏疾步走進內室，喊了一聲。

「乳娘，怎麼了？」蘇婉停下走動，奇怪地問姚氏。

「當家的說，門外來了一個人，說是要見二爺。」姚氏回道。

「誰啊？」

「趙縣令家的那位表舅母。」

蘇婉咦了一聲，想了想，吩咐姚氏。「妳先把人帶到前院，再讓木叔看看，她有沒有被人跟蹤。」

姚氏立即點頭應是。

等姚氏出去後，蘇婉來到自家院牆邊，看看放在牆角的木梯，再看看自己的肚子，搖搖頭，把廚娘叫來。

「妳站在上頭喊：『喬勐，你家娘子喊你回家吃飯！』」蘇婉撐著腰，對廚娘道。

廚娘啊了一聲，她來的這段時日，雖覺得主家人不錯，但還是懼怕喬勐的。

「愣著做什麼，快去。」蘇婉催促一聲。
廚娘見蘇婉一臉認真，只好慢慢爬上木梯，到了牆頭。
「看見二爺了嗎？」
「好像看見了。」廚娘努力尋找著喬勐。
蘇婉站在梯子下，說道：「那妳喊呀！」
廚娘咬了咬嘴唇，眼一閉，用力地大喊一聲。「喬勐，你家娘子喊你回家吃飯！」

第四十章

廚娘這一聲喊，讓正在隔壁院子帶著蝨子監督人造暖房的喬勐一個哆嗦，立時抬頭尋找聲音的來源。

這邊的房子沒剩幾間，只剩空地，所以聲音傳得挺遠，喬勐一聽就聽見了。

而且，不只他一個人聽見，其他人也聽見了，所有人都在憋笑。

對於喬勐如今懼內的名聲，傳得可是花樣百出。

「咳，家裡婆娘就是一刻也離不得我，我才出來多久啊。真是的，看我回去好好教訓她。」喬勐嘴裡大聲念叨著，腳下卻不停往呼叫他的牆邊走。

「是是是，二爺您回去收拾婉娘子，這裡有我看著。」蝨子捂了捂嘴，笑著說道。收拾兩字，咬字咬得特別清楚。

這個種著番椒的院子，以後就由蝨子負責打理，而後賣出的一成歸他。

當然，這個活計，是由他信任的兄弟們來做的。他聽了喬勐和蘇婉的話，停了賣飯的生意，還有後來借錢買宅院的事，和原來的兄弟們發生爭執，一幫人大鬧一場，最後同不少人分道揚鑣。

那些人帶著蘇婉教給他們的幾種蓋飯方子走了，出去自立門戶。

蝨子覺得很對不起蘇婉和喬勐，怕他們責怪他、不要他了。
不過，蘇婉和喬勐只是拍了拍哭得泣不成聲、彷彿一夜間長大不少的蝨子，讓他放心，他們不會不要他，因為他已經跟著喬勐姓喬，是喬家人。
喬勐停下腳步，繞到蝨子跟前，揪住他的耳朵。「兔崽子，現在敢調侃你二爺了！」
蝨子嘴裡哎喲哎喲叫著，心想，得了，連揪人耳朵這個習慣都被傳染了。
「二爺，我不敢啊！您快回去吧，不然婉娘子等急了……」蝨子覺得，他家二爺威武霸氣的形象，在他心裡一點一點崩塌了。
唉，年少不知事啊，現在他覺得還是蘇婉厲害！
喬勐一聽，踢蝨子一腳，氣呼呼地走到牆邊梯子下面。「行了，別喊了，爺來了。」這個廚娘，喊個兩、三遍不就好了，多喊那麼多遍。每喊一聲，他就覺得院子裡的人又笑他一聲。
廚娘一看到二爺來了，立時回頭對蘇婉道：「娘子，二爺回來了。」說完就下了梯子。「娘子，廚房還燉著湯，我先去忙了。」一溜煙跑了。
蘇婉嘆息，這家裡的人，怎麼都這麼怕喬勐呢？她家二爺明明長得這麼可愛。
喬勐在距離地面還有一大段梯子時跳了下來，蹦起一陣灰塵，他隨手揮了揮，笑著來到蘇婉面前。

「娘子，還未到用晚膳的時辰，怎麼叫我回來？」

蘇婉被他嚇一跳。「喬和正，你是不是嫌自己命大啊？那麼高，你就這樣跳下來?!」

剛吼完，下一刻，喬勐的耳朵就在他家娘子手裡了。

「娘子找我，我有點急了，沒注意嘛。」喬勐很委屈。

「那你也不能做這麼危險的事，知道嗎？」蘇婉回想，剛剛他的動作十分熟練，應是經常這麼幹，立即出聲警告。「以後不許這麼做了，不然我見一次，家法棍伺候一次！」

剛剛覺得喬勐可愛的她，一定是瘋了。謹記，不要被哈士奇的表面所迷惑，而忽略牠們闖禍的本領。

「知、知道了。」

「明天讓人在這邊開道門。」

「好……呃，娘子，妳叫我回來，到底是因為何事？」

蘇婉被喬勐一嚇，差點忘了叫他回來的目的。

「趙縣令的表舅母來找你。」她鬆開他耳朵，趕緊說道。

喬勐一聽，眉頭微斂。「人在哪兒？」

蘇婉看他這個樣子，猜著肯定有異，不由擔心起來。「在前院。是不是發生什麼事？」

喬勐剛要跨步往前院走，突然停住，對蘇婉道：「娘子，妳就別去了，一切有我。」

蘇婉皺眉。「二爺，你別亂來，咱們家最近沒錢了。」萬一他惹事，她可沒銀子保他。

喬勐一愣，哈哈大笑起來，可轉念一想，他在他家娘子心目中就是這樣的嗎？委屈。

「娘子，妳想點爺的好吧，這次保證不花錢，還有人給咱們家送錢呢。」他說著，笑著刮刮蘇婉的鼻子。刮完就孬了，趁著蘇婉沒反應過來，腳下生風地開溜。

蘇婉徹底無言了。

喬勐來到前院，就見蘇長木在院門處等他。

一瞧見他，蘇長木立即走上前，湊近喬勐，悄聲在他耳邊說了一句。「二爺，沒發現有人跟蹤。」

「好，我知道了。」

喬勐點點頭，走進了院子，跟著蘇長木去見李氏。

這陣子，李氏沒什麼變化，就是臉色蒼白了些。

「喬二爺，他們來找我了！」李氏一見到喬勐，立即站起來，衝到他面前道。

喬勐沒理她，自顧自地找了個位子坐下。

「慌什麼，又不是來殺妳的。」他冷淡地說。

「到時候他們知道真相，不就要來殺我！」自從那日幫喬勐騙了訂金，又只拿到一兩銀子的酬勞後，李氏回去是夜不能寐，日日擔心那幫人識破騙局，然後來找她算帳。

喬勐不屑。「哼，知道了又如何？」大手一揮，直接要李氏和對方見面。

李氏期期艾艾地問：「他們訂的那批繡品怎麼辦？」

喬勐瞥她一眼，冷笑道：「放心，明日我會把東西準備好的。」

李氏有些恍惚，難道喬勐真要把繡品賣給對方不成？又偷偷打量喬勐一眼。

哎喲，他這是什麼眼神，算了算了，反正也不是她家東西，還是趕緊撇清自己吧。李氏被喬勐瞧得魂魄去了三分，斷絕追問的意思。

「把人約在西城碼頭的祥雲客棧。」

喬勐說完這句，便叫來財去找九斤，走偏門送走李氏。

李氏趕緊說道：「我來的時候，是我家辰兒派人護送的，跟著我的人被他們甩掉了。」

喬勐嗯了聲，沒有跟她解釋。對方把人跟丟，自然會去最可疑的地方等。不過，他懶得跟李氏廢話，有這工夫，不如回去哄他家娘子呢。

後院這邊，蓮香和銀杏過來了，蘇婉在西廂房見她們。

「師父，您叫我們？」

蘇婉點點頭，隨意指了凳子讓她們坐，繼續將手上的梅花繡完。

銀杏坐下，蓮香並沒有坐，而是站到蘇婉身後。

這幅雪梅圖，蘇婉也是用雙面繡繡的，蓮香雖然能獨立繡雙面繡了，但功底還是不夠。

「如何？」蘇婉沒有轉頭，便知身後的是蓮香，手上繡著，問了她一句。

蓮香道：「師父的繡工又進益了。」

蘇婉聽了這話，手一頓，無奈道：「我不是問妳我繡得如何，而是妳領悟得如何。」

銀杏低頭笑了聲，蓮香倒沒有不好意思，她現在和蘇婉的相處，比之前親近不少，也敢說笑了，便道：「師父問我如何，我看出師父繡工進益，不也是我的眼力進益了。」

「噗哧……」銀杏笑出聲。

蘇婉回頭瞪蓮香一眼，覺得給她布置的功課太少，看來需要加功課了。

「我讓妳自己琢磨的花樣子，妳琢磨得怎麼樣了？」

蓮香立即耷拉腦袋，跟挨了訓的喬勐一個樣，苦著臉。「師父，我實在不是這塊料。」既要好看，還要新穎，她抓破腦袋想了幾天幾夜的稿子，全被蘇婉退了。她雖能畫花樣子，但實在不拿手。

繡娘若是都拿手，那些賣花樣子的店鋪豈不是要倒？蓮香默默在心底為自己辯解一句。

「算了，妳這幾日和銀杏在坊間幫我尋一尋擅畫花樣子的繡娘吧，也可招些學徒來。」

蘇婉搖頭失笑，想著蓮香的繡技和她畫的花樣子，還真是一個天、一個地，倒不是說畫得不好，是配不上她的繡工。

蓮香長吁一口氣，這次蘇婉真的放過她了。

「是。」她輕快地應聲，趕忙上前幫蘇婉捏肩。

這時，銀杏見她們說完話，便對蘇婉道：「娘子，今日繡坊收到了一批東西，多是繡品與擺件，有些多，還放在繡坊，是您和二爺買的嗎？」
蘇婉停針，疑惑地看向她。「我沒有訂東西啊，送這些來的是什麼人？」
銀杏回答。「說是從六合來，東西確實是送到繡坊的，而且我看了看，那些全是低劣的繡件。」
「二爺訂這些做什麼？」蘇婉更加疑惑了。「會不會是地址錯了？」
銀杏搖頭。「說是送給婉娘子，還說出二爺的名字。」
「二爺訂的？我去看看。」蘇婉說著，就要起身。
門口傳來喬勐的聲音。「娘子不用去看了，是我訂的。」
他說著，款步走進房間，房裡三人同時看向他。
「妳們說完話了嗎？」喬勐來到蘇婉跟前。
蓮香和銀杏立刻明白，喬勐這是有話要同蘇婉講，看向蘇婉，蘇婉點了點頭。
「去陪乳娘說說話，晚上留在家裡吃飯。」
如今銀杏多在繡坊，白果去火鍋店，蘇大根忙著賣麻辣燙，蘇婉也忙著教繡娘做繡活，平日姚氏沒什麼可以說話的人，尤其前些日子，蘇家來人把蘇妙接回去後，她更加寂寞了。
兩人連聲應是，告退了。
「說吧，你到底想做什麼？」

等她們一走，蘇婉將手中的針線放下，望向喬劭，等待他的解釋。

喬劭在她灼灼的目光下，莫名有些心虛，轉念一想，他也沒做錯事，便把自己的計劃說與蘇婉聽。

蘇婉聽罷，無聲嘆了口氣，到了如今這個地步，她都有些分不清孰是孰非。

「就按你說的去做吧，萬事小心，寧可忍一口氣，也別把自己置於危險之中。」

蘇婉說著，起了身，走近喬劭，拉住他的手，仰頭看著他此刻淡然的眉眼。

喬劭回握她，輕聲安撫。「我有分寸。即便以前莽撞些，可現在有了妳和孩子，必定不犯險。」

蘇婉心道，但願如此，輕輕地靠在他的胸口，享這片刻安寧。

很快，李氏與彭大姑娘，還有那位讓她訂繡品的中年男人，要在祥雲客棧見面了。

他們之所以這麼快見面，是因為收到消息，繡坊出了一批貨到李氏家裡。

喬劭讓九斤偽裝成押貨夥計，和李氏一齊將繡件送至祥雲客棧，又同李氏去見彭大姑娘。他自己則帶人在客棧附近布置一番，準備包圍所有可疑對象。

李氏很恐慌，見著喬劭送來的繡品，便知道自己完了。

以前她還存著僥倖，也許這位惡主只是想利用她引出背後之人，差事完成就能退出，可現在……

這批劣質的繡品一到對方手裡，對方還會放過她嗎?!

李氏整個人恍恍惚惚的，上了馬車。

「到時候別露出馬腳來。二爺說了，要他們先付錢，妳再交貨。」九斤在外面告誡李氏一聲。

李氏手腳冰涼，心也冰涼。

「我可是知縣大人的表舅母啊，你們、你們就不怕……」

九斤冷笑一聲。「表的。」又補一句。「還是個欺辱過他的表舅母。」

「你……你們不怕我將你們的事抖出來?!」

「去啊，反正書契也是妳跟對方簽的。妳再看看，妳手裡的書契有沒有問題？」九斤走在馬車外，悠哉說著讓李氏猶如五雷轟頂的話。

李氏急忙從懷裡掏出書契，左看右看，也看不出所以然來，覺得是九斤在恐嚇她。

「妳看看我家婉娘子和二爺私印上的名字。」九斤好心提點一句。

書契上，喬勐和蘇婉的私印是被動過手腳的，非常隱蔽，尋常人根本看不出來。

李氏雖然也看不出，但她知道，肯定是有問題的。

「妳別怕，只要妳聽二爺的話，必然保妳性命。」

他家二爺是個多記仇的人，誰要是傷害蘇婉，他必定不會讓對方好過。若非因為彭縣令死了，才不會讓彭大姑娘如現在這般蹦躂。

「我……我該怎麼做？」李氏慌張道。

「等會兒，妳就這樣……」九斤低聲對李氏說了起來。

與此同時，彭大姑娘戴著帷帽，與一名中年男子一前一後走進客棧。這個中年男子名叫黃淳，正是出錢找李氏訂購繡品的人。

「別緊張，一切都在我們的掌控中。」黃淳安坐二樓三號房內，安撫著有些緊張侷促的彭大姑娘。

「你不是說他們聯合起來了嗎？怎麼還能這麼鎮定！」來的路上，彭大姑娘才知曉，原來喬勐早就知道是她在背後指使李氏去他家繡坊訂繡品的，她能不怕嗎？

可她能怕嗎？不能，她要替父親報仇！她要娃霸不得好死！

「哼，怕什麼，這一切都在我們大人的預料中。」黃淳哼了一聲，心裡想的卻是喬勐還嫩得很，哪能玩得過那位。

「那就好。若非蔣家叔叔派您來幫我，我都不知道該如何是好。」彭家因為彭縣令的死，一落千丈，從前驕縱的大小姐，也被磨去稜角，學會了虛與委蛇。

兩人說話間，九斤將幾個箱籠搬進了客棧，李氏哆哆嗦嗦下了車，像是失了魂一般，跟在九斤身後。

喬勐待在對面樓上，斂著眉眼，把玩手裡的杯盞，看不出喜怒。

坐在他身邊的，同樣未出聲的是趙子辰。

今日，是一場戲，說大不大，說小也不小。該來的來了，鑼鼓響了。

九斤低著頭，打開三號房的門。

「東西呢？」

李氏還沒進門，彭大姑娘便迫不及待地朝她身後看去。

黃淳皺了下眉，想著這個小娘子到底沒見過世面，缺了幾分定性。

「銀子呢？」李氏被九斤在身後用東西抵了抵背，壯著膽子回了一聲。

「先驗貨，再付錢。」黃淳站起來說道。

他倒想看看，拿一批劣質品來交差，他們要玩什麼把戲。

「那可不行，要是你們搶了東西怎麼辦？」李氏依舊沒有進去，手指不停地絞著帕子，非常緊張。

「哪有不驗貨就付錢的道理？」彭大姑娘怒極反笑。

「呸，我不管，你們不先把錢付了，我是不會交貨的。」李氏繼續胡攪蠻纏。其實她也不明白九斤要她這麼做的目的。

看來，這個喬勐是想撈一筆銀子。黃淳眼底浮起一抹明瞭之意，心中越發鄙夷。

「妳別忘了，妳可是與我們按了手印的。」黃淳從懷裡拿出跟李氏簽的書契。

李氏一下蔫了。

「大人，我們已經將這裡團團圍住，埋伏在附近的人也一併拿下了。」一名衙役走到趙子辰身邊，向他稟報。

趙子辰看喬勐一眼。

「不急，還沒鬧起來。」

好戲，要開始了。

第四十一章

九斤埋著頭，把箱籠抬進房裡。

李氏的目光似落在箱籠上，實則在他手上。九斤悄然指了下其中一只箱籠，李氏有些慌亂，點點頭。

「先把這只箱子打開吧。」黃淳沒有錯過兩人的小動作，鼠眼一瞇，對李氏說道。

李氏知道自己被人看穿了，心跳得飛快，自亂陣腳，抬眼向九斤看去。

九斤也表現得有些慌，手上一抖，故意對李氏搖搖頭，一副愛莫能助的樣子。

「啊？行行行。」李氏會意，頓時鬆口氣，忙不迭地說著，手腳麻利地準備幫忙打開。

「等一下。」彭大姑娘眉眼沈沈，叫了停。

黃淳也感覺不對勁。

「你們不是說要先驗貨嗎？怎麼又不驗了？那現在把錢給我！」李氏本就心虛，被這一叫，魂都要掉了。

她說完，走到屋子裡的茶桌前，替自己倒了杯茶。

黃淳看看李氏，又看看低眉順眼的九斤，遲疑地走到那只箱籠跟前，和彭大姑娘互看一眼，兩人都沒動手。

但是，不打開看看，怎麼知道裡面有什麼呢？總不可能藏娃霸吧？就算喬劭來了，又能如何？

黃淳心一橫，直接打開了箱籠——

擺在最上面的，是一件精美的黛色對襟短褙子。

彭大姑娘眼前一亮，雙手情不自禁伸向那件短褙子，拿起它看了起來。從右下到左上的衣面上，繡了一枝盛放的紫薇花，煞是好看。

「哎，這位小娘子，妳看就看，別碰髒了。」李氏轉眼一瞧，臉上生出焦急之色，急忙朝彭大姑娘走去，想要扯回短褙子。

孰料，彭大姑娘忽然後退，李氏腳下一個踉蹌，手上拿的茶杯立即脫了手，應聲而碎！

黃淳心中大驚。

頃刻間，一排急促的腳步聲行至三號房門口。

砰！房門被人從外踹開。

「人就在裡面，給我拿下！」

彭大姑娘和黃淳詫異，他們想過很多種局面，沒有想過是這種。

剛剛，李氏是故意摔茶杯的！

黃淳瞳孔微縮，朝李氏看去，突然發現房裡少了一個人，剛剛搬箱子進來、指點李氏開哪個箱籠的人不見了！

「速速擒拿賊人！」趙子辰目光如炬，腳步穩健地走進了三號房，指揮衙役。

黃淳心微亂，但無甚害怕之意，推開衙兵，不解地問趙子辰。「大人為何要抓小民？」

「你們憑什麼亂抓人？」彭大姑娘的反應激烈些，她恨喬勐，也恨趙子辰。

「大人，就是這個！」

這時，喬勐腳步凌亂、神情急切地走進來，目光銳利地在屋子裡瞧了一圈，最後落在彭大姑娘手上，眼波微動，大步走至她跟前，拿起那件短褙子。

「原來是你們偷的。」

他說完，又向旁邊看去，瞧見那只僅放了小半箱東西的箱籠。

「大人，請看，這只箱籠上有我家繡坊的標記。」喬勐將那只箱籠拖出來，招來趙子辰，讓他看底部的標記。「這裡面的東西，正是我家昨日丟失的繡品。」

趙子辰走過去一看，底部確實刻了四葉草標記。

這時，房間門口已聚集不少客人，一臉好奇地伸長脖子望著房間裡面。

「那個不是我的，我就帶了這幾箱東西來啊！」李氏也被衙役抓住了，跳起來說道。

「胡說，這箱籠明明是妳帶進來的！」彭大姑娘辯解，腦子裡有點亂。但她知道，自己絕對是被人設計了。

「沒有，我帶的箱籠裡沒這個標記，而且模樣也與它不一樣啊！」李氏嚷嚷。

這下，不用喬勁動手，衙役上前，一一翻過其他箱籠，這幾只箱籠與繡坊的箱籠乍看挺像，其實材質和樣式都有區別。

黃淳見狀，開口道：「我們本是訂婉娘子家的繡品，用繡坊的箱籠，應該不奇怪吧？」

「你說的是什麼東西？」喬勁茫然地看著黃淳，心中冷哼，看爺玩不玩死他！

黃淳慢條斯理地準備從懷裡拿出轉讓書契，還沒待他拿出來，趙子辰便大手一揮——

「有人告你們偷竊貴重物品，現在人贓俱獲，都給我帶走！」

衙役應聲，準備將四人全部押走。

「哎哎哎，辰兒啊，舅母沒有偷東西，就不用綁我了吧？」李氏覥著臉對趙子辰說道。

趙子辰冷冷看她一眼。「全帶回衙門，本縣令要親自審問！」

「縣令大人英明！」喬勁作揖，高聲道。

黃淳用毒蛇般的眼神盯著喬勁背後，喬勁似有所感，轉頭與之對上。黃淳來不及收回目光，只得給了個虛假的笑容。

喬勁摸摸脖子，覺得噁心，黃淳這個樣子太醜了。

驚堂木一聲拍，升堂。

衙門門口是一圈被彭大姑娘、黃淳，以及惡名在外的李氏猶如遊街般被帶回審問的情景吸引過來的圍觀百姓。

「出了什麼事？娃霸怎麼也在裡面？」

「那個好像是彭大姑娘？」

「我的老天爺，那不是趙縣令的舅母?!」

平江城裡，老中青三代惡霸齊聚一堂。

「昨日我家娘子清點繡坊，有一箱繡服居然不翼而飛……」

堂上，喬劭正眉飛色舞地說著繡坊失竊的事。

「就是他們偷了我家的繡品！」喬劭義憤填膺地指著黃淳和彭大姑娘。

彭大姑娘臉上一陣青、一陣白。「他誣陷我！」

喬劭道：「我和趙縣令是人贓俱獲，妳還敢狡辯？」

「縣令大人，箱籠是這位夫人帶來的，我們進客棧時，並未帶箱籠，可以請客棧的夥計和掌櫃來作證。」黃淳用眼神安撫彭大姑娘，平靜說著他在來的路上想好的對策。

當李氏說要在祥雲客棧見面時，他就查過這間客棧，在西碼頭開了近二十年，和喬劭並無關係。

趙子辰面冷心靜，點頭道：「來人，傳祥雲客棧的掌櫃和夥計！」

很快，夥計和掌櫃來了。

「掌櫃，你可認識這兩人？」趙子辰問道。

掌櫃看看黃淳和彭大姑娘，點點頭。「昨日這位來我店裡訂了一間房。」指了黃淳。黃淳心裡暗驚，頓覺不妙，確實是李氏讓他們去訂房的。

「那你可見過此物？」趙子辰又問。

衙役將那只繡坊的箱籠抬過來。

掌櫃與夥計對視一眼，又仔細瞧了瞧箱籠，遲疑道：「好像見過。」

「何時？」

「昨夜……有人抬了只箱籠，去了這位客官房裡。」

「胡說，昨晚我根本沒去過客棧！」黃淳怒聲道。

「呃，那人有三號房的鑰匙。」夥計回答。「但是不是這只箱籠，小人不太確定，因為是夜裡，小人只瞄了一眼。」

這間客棧地處碼頭，夜裡入客是常有的事，他們也沒太在意。

黃淳後背漸漸發涼。

「大人，草民訂那間客房，乃是與人相約今日去接貨，怎會昨夜到客棧？」黃淳說著，拿出兩張書契，將自己和李氏的約定告訴趙子辰。

一張是繡坊與李氏的書契，一份是李氏將書契轉給他的文書。

趙子辰看看書契，目光轉向李氏。

李氏吞了吞口水，瞄喬勐一眼，然後道：「我是與他約好了，但那只婉娘子繡坊的箱籠不是我帶過去的，我只帶了我要交貨的箱籠。」

黃淳道：「請大人問一問掌櫃和夥計，他們帶了幾個箱籠？還有那個送這位夫人來的挑夫，去了哪裡？」

掌櫃和夥計齊聲道：「白日客棧忙碌至極，根本沒注意。」

黃淳氣結。昨夜你們看見，今日就瞧不見了?!

「我……我在這兒。」角落裡冒出一名畏畏縮縮的男子，身材與九斤極為相似。

黃淳臉色陰沈、手腳冰冷，彭大姑娘已經懵了。

「小人根本沒見過這只箱籠。」

其他幾只箱籠也被抬上來打開，黃淳的目光落在箱籠內的繡品上，手腳恢復溫熱。

他衝到箱籠前，彎身拿起箱籠裡的繡品，仔細看了看，又翻找一番，看看其他箱籠中的東西，嘴角勾起一抹笑。

「大人，草民也要告喬家繡坊欺詐，他們家拿劣質繡品充當成品賣給我。書契上可是說了，若是不合，一賠十的！

「大家看看，這像是婉娘子繡坊出來的東西嗎？你們若是做不出來，大可不接繡活，接了做不出來，就用假的忽悠人，這算什麼？」

黃淳一邊說著、一邊將箱籠裡的帕子遞給圍觀百姓。

其中有不少婦人，自然知曉繡帕的好壞。

「不會吧，這麼坑人？」
「咦，不對，繡坊不是休業了嗎？一直沒開啊！」
喬勐拍拍手掌，轉過身，對那個說休業的人道：「這位娘子說得對，我家繡坊已經休業好一段時日，未曾接過繡活。」最後一句是對黃淳說的。
黃淳道：「我不是說了嗎？是那位夫人把你們的訂單轉讓給我的。」指著李氏。
喬勐笑了，淡淡掃他一眼。「我家也從未與那夫人簽什麼訂單。」
「你胡說！」彭大姑娘驚叫。
黃淳轉頭去看李氏，李氏尷尬地呵呵一笑。
「可是書契……」
「大人，草民可以看看書契嗎？」喬勐問趙子辰。
趙子辰點頭，讓人把書契遞給喬勐。
喬勐裝模作樣地看一眼，哈哈大笑遞給黃淳，掏出自己的私印，在他面前比較了一下，真相水落石出。
「表舅，你被人騙了！你這是何苦呢？要是想訂我家娘子的繡件，大可跟我說，何必玩這些花樣？」
黃淳不可置信地看向喬勐。
門外百姓譁然。

蘇婉趕來時，便是見著了這番情景。

「你說什麼？你認錯人了！」黃淳目光閃爍，咬牙道。不知喬勐怎麼認出他的，喬勐明明只在年幼時見過他。

不然，黃氏怎麼會找上他呢。

「我早聽說，喬家大太太對娃霸一點都不好，說好聽是讓他來守祖宅，實則是把他趕出來的。」

「哦，是嗎？人不是趕出來了，那現在這般要做什麼？還偷婉娘子繡坊的東西？」

「婉娘子的繡坊叫蘇繡坊，你沒去平江火鍋店吃過火鍋嗎？還老是叫婉娘子繡坊。」

「我怎麼沒吃過？我還玩過三次轉盤呢！就是叫習慣了嘛。」

蘇婉戴著帷帽，站在人群旁邊，聽著他們亂糟糟的討論，想起吳氏說過喬勐在喬家的處境，不免擔心。

此刻，喬勐是背對著她的，她看不見他的神情姿態，只能瞧著他懶散鬆垮的背影。

如此，她倒也放心了不少。

「表舅，我忘記誰，也不會忘記你啊。我的每個噩夢裡，都有你的臉呢！」

喬勐靠近黃淳，輕輕在他耳邊說著，每個字猶如大山般重重壓在黃淳的胸口上。

他記得，他竟然還記得！

黃淳不由去看喬勐的眼睛，那眼神猶如當初他奉命罰喬勐時一樣，冷漠、狠厲。

「你……你不是蔣家人嗎？怎麼會是娃霸的表舅？」恍恍惚惚的彭大姑娘終於回過神，質問黃淳。

「閉嘴！」黃淳厲聲喝道。沒腦子的女人！

但蔣家兩字瞬間傳入喬勐和趙子辰耳間，兩人眸光一閃，幽深至極。

「彭大姑娘，有些事可不能只聽信別人的片面之詞。」喬勐不動聲色地離開黃淳兩步，如看戲般看著兩人，順便挑撥一句。「有些人怕是賊喊捉賊，然後來個借刀殺人。」

彭大姑娘是女子中的紈袴了，這幾句話，若是旁人，馬上就能起疑，可她卻聽得有些雲裡霧裡，一臉茫然。

喬勐看了直嘆氣。

雖然東扯西扯了一大堆，最終還是要回歸此案。

黃淳與彭大姑娘偷竊，雖然有疑點，但目前諸多證據指向兩人。

黃淳死咬他沒偷，喬勐便請出最後一個證人。那人在繡坊附近晃悠，被他逮來作證，說是昨天看見了黃淳，也證實是黃淳的人。

黃淳被判了偷竊罪。

而與李氏牽扯的另一樁事，黃淳只能吃啞巴虧，收下繡品，還要付清餘款。

此情此景，彭大姑娘再愚鈍，也反應了過來，立即想跟黃淳劃清界線。

頓時又是一陣鬧騰，之後就要由趙子辰去收拾了。

喬勐吊兒郎當地走出大堂，背著手出來時，圍觀百姓自動讓了條道給他。

「二爺。」陪著蘇婉來的姚氏，叫了喬勐一聲。

喬勐立即朝旁邊望去，發現他家娘子撩開帷帽，正在人群外靜靜地望著他。

他從她的眼裡看見了擔憂，以及……欣賞。

「娘子！」他揚起笑臉，朝她走去。「不是不讓妳來的嗎？這裡人這麼多，萬一擠著妳怎麼辦？」

這時，大夥兒才注意到角落裡的蘇婉，一看這身形，頓時都明瞭了。

「哎喲，婉娘子這是有孕了啊。」

「難怪繡坊停業了。」

「你們有沒有發現，娃霸好像跟以前有些不一樣了？」

「好像是有點……」

蘇婉待喬勐走到自己跟前，拿出帕子，幫他擦去臉上不知從哪裡沾上的髒污。

「沒事，有木叔跟著呢，我就是不放心你。」她也對他笑了笑，兩人眼裡都是彼此。

「那也危險。走，我們回家。」喬勐說著，拉起蘇婉的手，牽著她往外走。

蘇婉任他拉著，耳邊傳來人們對喬勐的新評語，默默點了點頭。

她的二爺，似乎真的有些不一樣了。
看，現在走路都顧及她的步伐了，走得又小步、又輕慢。
兩人離開時，黃淳回頭掃了他們一眼，眼神怨毒……

第四十二章

夜靜月明。

蘇婉驀地睜開眼睛，身邊人的動靜讓她驚醒。

喬勐雙目緊閉，深深鎖著眉頭，發出細微的哼聲，身子發抖，像是被人摁住，正無力地反抗。

她心中一驚，立即大聲喊他，又推他兩下。

「二爺，醒醒！」

喬勐一下子睜開了眼，坐起來，大口喘息。

「不怕，我在這裡，二爺不怕。」蘇婉拍著他的背，幫他順氣，嘴裡不停地念叨著、哄著他。

喬勐捏緊裡衣領口，此刻有些虛弱，歪了頭，靠在蘇婉的肩膀上。

「我又夢見他了。」

「誰？」

「我的那位表舅。」

表舅兩個字，喬勐說得咬牙切齒，滿心恨意。

親。

「就是今日公堂上的那個人嗎？」蘇婉順著他的頭髮，輕聲問道。

「對。」喬勐閉上眼，由著她溫柔撫摸他的髮。

「你叫他表舅，他是大太太娘家那邊，還是你娘那邊的人？」蘇婉沒有叫喬大太太為母親。

「大太太那邊的，我小的時候，差點死在他手裡。他大概以為我忘了，但是我從來沒有忘記過。」

蘇婉能察覺他的恨意，但沒想到是這樣的，心裡跟著憤怒起來，但眼下還是安撫喬勐為好，便繼續輕拍著他的臂膀。

「發生了什麼事？能和我說說嗎？」

喬勐沈默半晌，幫自己和蘇婉調整了個姿勢，跟她說起讓他記到如今的事……

那年，他親娘故去後，他就被大太太黃氏接到身邊養著。

黃氏在人前對他疼愛有加，私下卻換掉他的乳娘，找了個老虔婆，日日在他跟前辱罵他，辱罵他的親娘。

最初，他相信黃氏，委屈地告訴她，那位嬤嬤罵他親娘和他。

可得來的是什麼？是黃氏一聲漫不經心的輕笑。「二郎怎麼也學會了撒謊？還編排起你的嬤嬤，是不是春雨教你這麼說的？」春雨是他親娘的大丫鬟，無微不至地照顧他。

他嚇著了，連連搖頭說不。

可是，黃氏還是把春雨叫來，打了板子。他記得春雨被拖走時，那一路的血跡，那滿院子散不了的血腥。

春雨死了。

可他沒有長大。

他去找父親，去找祖父，去找祖母，沒有人信他。他哭啊，鬧啊，換來的是所有人對他的責罵，說他壞了品性。

黃氏說他還小，只是被人帶壞了，多跟品性好的孩子相處，性子能扭轉回來。

那時，喬家並沒有太多孩子，他就被送去了黃府。

黃府，對他來說，是人間地獄。

他吃飯掉一粒米粒，便要打手心，還要從地上撿起被人踩了幾腳的米粒，吃進肚子裡。

還有專門看管他的人，就是黃淳。

他是黃家遠親，想要得到主家的認可，便必須把交代的事情辦得漂亮。

黃氏不喜歡的人，就是往死裡整，哪怕他還是個孩子。

那次，先生因為他有一個大字沒寫好，讓他出去罰站。

冬日，他抱著書，看著院子裡的家僕來來往往鏟著雪，哪兒也不能去。他好冷好冷，凍得上下牙齒直打顫。

可是沒有人能來救他。

他死死咬著嘴唇，握緊拳頭，他不知道他們為什麼這樣對他，為什麼不喜歡他。他沒有撒謊，為什麼沒有人信？

為什麼？他做錯了什麼？

「二郎，三姑娘想吃魚，你去抓條魚給她吧。」年輕的黃淳走到喬勐面前，居高臨下地說道。

喬勐被凍得整個人發僵，艱難地抬起頭，深深將這個經常把他指使來、指使去的男人的臉印入腦海。

「好。」他咬破嘴唇，舔舔唇上的血，滿嘴血腥，讓他清醒幾分。

可是，黃家人會那麼輕鬆地讓他鑿開冰，抓到魚嗎？

他們把他推進了冰洞，要他下水抓！

他奮力掙扎，想逃上來，但無論怎麼撲騰，一雙力大無窮的手死死按住了他。

冰冷刺骨的涼意透進他的骨髓，那是他一輩子不能忘的，那個按住他的人的臉，也是他一輩子不能忘的。

那次玩得太過火，驚動了喬家人，祖母捨不得，把他接了回去。

可那個懵懂的喬勐，已經葬身那個冰洞，凍死了。

喬勐的聲音很平，平得沒有任何感情，好似在說別人的故事。

蘇婉無聲落淚，好想回到過去抱一抱喬勐，哪怕只能給他微不足道的溫暖，還要告訴他，他是有人愛的。

「哭什麼，我這不是好好的嗎？」喬勐聽到了蘇婉的抽泣聲，摟住她。

「二爺……」蘇婉說不出話，她有千言萬語想說，可最終只能說出一句二爺。

「別哭別哭，我現在有妳，有我們的孩子，挺好的。」喬勐趕緊拿袖子幫她擦眼淚。

他是真的覺得如今挺好。

黃氏、喬家欠他的，他遲早要他們償還。

「他們怎麼能這樣！」他這一弄，蘇婉反而哭得更厲害，對黃氏和喬家愈加不滿，就著他的袖子，胡亂擦了幾下臉。「你放心，以後我會疼你的。他們不疼你沒關係，我來疼。」

喬勐笑了，星眸在昏暗裡熠熠生輝，滿心歡喜。

「好，妳疼我。」他慢慢地靠近蘇婉，如捧至寶地捧起她的臉，虔誠在她額間落下一吻。「我只有妳。」

「其實……一開始我也沒認出他。」喬勐突然有些不好意思地說道。一輩子都不想忘的臉，才過十來年，便記不清了。

蘇婉愣了下，難怪白天時喬勐沒表現出什麼不對勁，好奇地問道：「那你是什麼時候認出他來的？」

「今天早上。」

蘇婉傻了。

喬勐立即察覺到她的無語，重新摟住她，繼續道：「我一直覺得他的臉很熟悉，但就是想不起來。這可不能怪我，那時他瘦得跟竹竿似的，哪承想現在肥成這般。」

蘇婉把他禁錮在自己身上的爪子往旁邊挪了挪，又問：「那你是怎麼認出他的？」

喬勐怕傷著她，索性移開手，改扣她的手指，頓了一會兒才道：「他看我的眼神。」

他說完，似乎想起什麼，囑咐蘇婉。「這幾日妳待在家，哪兒也別去，我怕他們……」

蘇婉疑惑。「這人不是被抓了嗎？」

喬勐搖頭。「妳別小看大太太，要不了幾日，臨江就會來人。不過以我對她的了解，我這表舅不死也會脫層皮，但應該不會是在這裡。」

蘇婉現在聽到大太太這個稱呼，本能地反感，實在不明白，到底是什麼樣的仇怨，讓黃氏可以對那麼小的孩子下這麼狠的手。

「大太太為什麼不喜歡你？」

喬勐的目光突然變得迷濛，幽幽茫茫看著遠處，似有痛，似有恨，還有懷念。

「因為我親娘吧，不過我那個時候還小，也不知道實情。至於知道這些事的人……」喬勐冷笑一聲。「不是死，就是找不到人了。」

他曾經懷疑過，自己是不是喬知鶴的兒子？可惜，喬知鶴的兒子裡，就他跟他長得最像，生了一張喬家經典娃娃臉。

也是因為這張臉，他得了祖母喬老夫人幾分喜愛，苟活於今。

「別想那麼多了，我們也不圖臨江那邊的家產，以後遠著點就是。」蘇婉安慰道。如今他們人微言輕，鬥也鬥不過那邊，只能暫時隱忍。

不過，她忽然覺得有些不對勁。

「為什麼你這個表舅要來做這種事？還和彭大姑娘攪和在一起？」

她本來都有些睏了，想到這一層，睡意全無，坐正身子。

喬勐沈吟。「我也不知道，彭大姑娘還以為他是蔣家人。」

「蔣家？就是那日你讓我向彭縣令說的那家？」蘇婉想起當日她為了救他和彭縣令對峙時說的話。

「你快跟我講清楚，你上次受傷，還有羅家小郎君的事，是不是也跟他們有關？」

她背脊發寒，驚恐地在昏暗裡看著喬勐，總總事跡都在表明，有人想要整喬勐，也想要喬勐的命。

「妳別亂想，放輕鬆些。」喬勐見蘇婉急了，趕緊安撫她。

可蘇婉這次怎麼也不能讓他再糊弄過去，緊緊抓住他的手，對上他的眼睛。

「你跟我說好不好？什麼都不要瞞著我。萬一你……我都不知道出了什麼事，你讓我怎麼辦？」

喬勐不知道怎麼就從裝可憐變成了從實招來，他看著蘇婉，感受到她的擔心與惶恐，沈默一下，嘆了口氣，把他目前所知道的線索統統告訴她。

只是末了，他道：「還記得我說過的後路嗎？就算我出了事，妳也不要管，只管走。」

「呸呸呸，你不要說這種話。」

喬勐將雙手搭在蘇婉的肩膀上，和她面對面。「這件事，妳一定要聽我的。妳記住，只管走，不要回頭。」

他說完，又一把將她摟進懷裡，搓揉兩下。「再說了，妳家爺是個任憑別人揉捏的人嗎？放心，我會沒事的。」

「是喬家想要你死，還是就大太太一個人？」蘇婉靠在他胸口，靜了一會兒，問道。

「誰知道呢？」

喬勐答得漫不經心，但他知道，他的心還是有點疼。

過了幾日，蘇婉的雪梅圖差不多繡成了，讓喬勐去信給趙立文，告知她已備好禮，可以幫她引薦銘鴻大家和子坎先生了。

出發前，聽說子坎先生愛吃，蘇婉便請喬勐找人製了一套餐具，親手繡了餐套。

喬勐原是不讓她出門的，擔心臨江那邊知曉她有孕，會對她下手。因為趙子辰頂不住上峰的威逼，已經把黃淳交出去了。

「躲著就能避過去嗎？」蘇婉聽了，問他一句。

這些年，因為喬勐羽翼未豐，躲得還少嗎？可是一味避讓，黃氏似乎並沒有得到滿足。

「好，我陪妳去。」喬勐考慮一下，答應了。

這次他去見趙立文，是有事要商量，他們準備也在臨江開一間火鍋店。

子坎先生住在臨江的遠桃鎮，銘鴻大家不在臨江，在稽郡，不過離平江不遠，大概三日船程。

因著家裡事多，喬勐留下九斤統籌大局，蝨子從旁協助。

安排好家裡的事，蘇婉帶上姚氏和梨子，喬勐只帶了來財，便上了自家船，先去臨江接趙立文，然後去稽郡。

前世蘇婉也是在水鄉長大，所以不會暈船。她在船上也沒有閒著，開始繡起王氏向她訂的觀音像。

這觀音像，是請了青蓮庵的庵主特地畫的。

正巧，王氏拿過來時，蘇婉他們已準備去稽郡，如此也好，在路上打發時間，便帶上了。

「她要得也不急，何必如此趕？」喬勐巡視小船一遍，推開門，走進船艙，看見蘇婉靠在窗口做著繡活，不免心疼。

「二爺可知縣令夫人要將此像送給誰？」蘇婉抬頭看他一眼，對他笑了笑。

「不知。」喬勐隨意坐下，反正跟他無關。

蘇婉手執針線，起起落落。

「送給趙大太太。」也就是趙立文的嫡母。

這位嫡母的品性與黃氏不一樣，因趙立文的親娘是她的陪嫁丫鬟，趙立文算是在她跟前長大的，她對趙立文恩威並施，也算用心栽培了趙立文，讓他打理家中庶務，成了趙家嫡子的左膀右臂。

其中重要的是，她的兒子上面還有年紀更大的庶子，那位才是趙大太太需要對付的，所以趙立文算是漁翁得利。

不過，趙大太太不屑使用一些骯髒手段，所以，趙家兄弟明面上還算和睦。

蘇婉之所以急著繡這個觀音像給縣令夫人，也是想和趙大太太交好。

她不能看著喬勐備受欺凌卻無人可訴。她要讓黃氏知道，他們夫婦不是可以隨意動的。

如今，他們夫婦人微言輕，無權無勢，想往高處走，勢必要帶著功利心。

以前的蘇婉覺得沒必要，只想過簡單的日子。可現在不一樣了，她想要喬勐好好的，想要保護喬勐。

所以，第一步，就是她要出名。

她送子坎先生與銘鴻大家的繡品，都是雙面繡。之所以在這上面花心思，一來想打動對方和她合作，二來是想藉著對方，傳出她的名氣。

喬勐抿了抿唇，心思百轉間，明白了蘇婉的用意，沈吟道：「所以，妳在來之前，還去信曹家，送了些小玩意兒？」

「嗯。」那些是蓮香練習新針法所製的小東西，樣子都是蘇婉指點的，既新穎又有趣，適合姑娘家玩耍佩戴。她還送了幾個給吳氏和王氏，只是沒有曹家的那些精緻。

想到這裡，蘇婉收了針，抬眼去看喬勐。曾幾何時，她也變得這般了，但為了眼前這個人，做些改變又何妨？

盯著喬勐瞧了一會兒，她覺得愉悅多了，摸摸肚子，繼續繡製觀音像。

喬勐卻望著窗外波光粼粼的湖面，出了神……

第四十三章

很快到了臨江，夫妻倆接了趙立文，這次吳氏沒能跟過來。

一行人走了三日水路，來到稽郡。銘鴻大家住在太湖附近，又走了近一日的陸路，終於抵達目的地。

趙立文於日前和銘鴻大家通過書信，銘鴻大家答應讓他帶人來拜訪。

喬勐與蘇婉他們到了徐園，遞上拜帖，門房很快就放他們進去。

銘鴻大家姓徐，名遙，字銘鴻，以書畫見長浮於世，書畫意境高潔雅然，故得世人一句大家。

如今他住的地方是一座園林，亭榭樓臺自不必說，曲徑幽長、樹木蔥蘢，連喬勐這個俗人走在裡面，都想吟詩作賦一番。

門房將他們引入二門，再有人引他們進三門，最後走過一座拱形橋，踏上木製迴廊，走到湖中涼亭處，終於見著了徐遙。

這一路，喬勐全程扶著蘇婉。蘇婉倒還好，平日會特地抽幾個時辰在院子裡晃悠，還走得動。

不過，她家那個院子跟人家這個比起來，真是……沒有絲毫可比。

喬勐低聲道：「娘子，等咱們有錢了，也買一座這樣的園子。」

蘇婉瞧瞧離他們越來越近的銘鴻大家，心裡想的是，這位可真有錢，可見還是名人賺的錢多啊。

趙立文回頭瞪喬勐一眼，示意喬勐不要那麼俗氣，雖然他心裡也想要就是了。

片刻後，趙立文跨步進了涼亭，對著坐在石凳上、低著頭下圍棋，頗有世外高人模樣的徐遙作揖。

「徐大家，這兩位就是我提的好友夫婦，他們久仰您的大名，今日特地前來拜訪。」

徐遙聞聲抬頭，打量他身後的蘇婉夫婦，放下手中的棋子——

「說吧，需要畫多少銀錢的？」

蘇婉一愣，先看看趙立文，再跟喬勐大眼瞪小眼，滿腹疑問，這真是那位人人傳頌、品德高尚的銘鴻大家？

趙立文以扇掩面，輕輕點了下頭，用眼神示意，這真的是銘鴻大家。

蘇婉見罷，只好跨出一步，對徐遙行禮。「小婦人蘇氏見過徐大家，這是我家官人。」

喬勐克制住自己的臭脾氣，有模有樣地跟著作揖。

「行啦，別拘禮了，咱們直接開門見山地說吧，你們是想畫多少錢的？」徐遙揮揮手，一臉嫌麻煩的樣子，甩了甩垂在胸前的頭髮，直接說道。

蘇婉招手，讓姚氏將備好的禮物送上來，聽了這話，手上一頓，心中暗笑，這位大家與外界傳的，倒是兩個樣子。

不過，看來不算難搞。

「那……徐大家這裡有什麼價錢的？」蘇婉心中的拘謹去了兩分，與徐遙攀談起來。

徐遙身形與面貌倒是一副仙風道骨、不問世事的高人模樣，聽到蘇婉說的這句話，才抬頭看她一眼，摸了摸精修過的八字鬍，輕笑一聲。

「低於一千兩免談。」

他這一抬頭，蘇婉自然瞧見了他的全貌，以及那八字鬍，忍不住想笑，覺得徐遙長得有點像前世影劇裡的申公豹。

「一千兩？」喬劭肉疼，不免出聲，他們最多只能出一千兩，還是從牙縫裡擠出來的。

蘇婉倒是早有預料，拉拉喬劭的袖子，示意他少安勿躁。

此時，徐府的錢管家帶著兩個美貌丫鬟進了涼亭，端來三杯茶。

錢管家咳嗽一聲。「老爺怎麼未請客人入座？這湖中美景甚是宜人，應請客人觀賞。」

蘇婉詫異地看他一眼。

「咳……嗯，是我的疏忽，那你還不趕緊請客人坐？」徐遙的眼珠不自然地轉了下，對錢管家硬聲道。

錢管家沒有半分不滿的表情，好似還鬆了口氣，趕緊好言好語地請蘇婉他們落坐。
蘇婉等人交換了眼神，總感覺怪怪的，連喬勐也用目光詢問趙立文，他有沒有找錯人？
趙立文自己都有些傻了。
「你們要釣魚嗎？」徐遙待蘇婉他們坐下後，突然問道。
這個問題問得有些突兀，喬勐和趙立文一時不知道怎麼回答。
蘇婉用眼角餘光瞥見，錢管家好像捂了下眼睛。
「不好意思，我家老爺是想請客人們乘船玩耍，湖中的魚可以捉來食用。」錢管家補了一句。
「一條魚五兩。」徐遙緊跟著說道。
蘇婉等人嘴唇微張，錢管家垂下腦袋，想描補幾句，張張嘴，還是頹然合上了。
「徐大家對這湖中的魚，應是十分寶貝，我們就不奪愛了。」蘇婉又看看一本正經的徐遙，笑著說道。
「我不寶貝，你們隨便撈。」徐遙立即否認，然後使個眼色給錢管家。
錢管家暗嘆一口氣，像背書一般，細數起這魚的各種好處。
趙立文更加呆愣了。
蘇婉和喬勐無言，沈默是他們對魚沒興趣的最好證明。

氣氛有些尷尬，但錢管家很快恢復過來，對蘇婉道：「這位娘子，不知妳今日來，是所為何事？」他眼光老辣，一下子就捕捉到三人中的重要人物。

蘇婉放下茶盅，道：「我這次來，是想請徐大家畫一幅山水畫。」

「低於一千兩不畫！」徐遙鼓起臉，搶先錢管家說道。

錢管家訕訕笑了兩下。「這個……您也知道，我們老爺平日裡很是忙碌，找他作畫的人，都排到明年了。」

聽錢管家說到明年，徐遙不自在地看向涼亭的石柱。

蘇婉心中突覺，這位銘鴻大家——缺錢！或者說，他急需要錢。

想到這裡，她悄悄去抓喬勐放在腿上的手，喬勐卻反扣了她的手，揉捏起來。

蘇婉無語，這傢伙八成以為她在跟他調情，立即用指甲掐他一下。喬勐果然一臉委屈地看向她，她偷偷瞪他一眼，飛快在他手心寫下一個錢字。

喬勐立時懂了蘇婉的意思，這位大畫家缺錢。

若不缺錢，一位如閒雲野鶴般的人物，會跟他們推銷魚？

喬勐會意，立即假咳一聲，站了起來，在涼亭裡轉兩圈，又眺望湖面，出聲打斷了錢管家對自家老爺的吹噓。

「你是徐大家的管家吧？」

錢管家閉嘴，收了話頭，應了聲是。

「我有些好奇，這園子是自己建的，還是買的啊？」錢管家發出一聲啊，偷瞄自家老爺，不知這位客人怎麼就問出他們如今困境的關鍵。

「這個……」

「租的！」徐遙很生氣地站起來，一甩衣袖，狠狠看向喬勐。

喬勐愣住，怎麼也沒想到是這種回答。既然是租的，為何徐遙還這麼缺錢？該不會是個吃喝嫖賭樣樣來的傢伙吧？

「唉……這園子是租的，但裡面的景致都是我們老爺親手繪製，然後請人建造的。」錢管家無奈說道。

說完，大家都沈默下來。

「所以，這會兒徐大家手頭就有點緊了？」喬勐調侃道。

管家又看看銘鴻大家，見對方沒有阻止他的意思，回喬勐道：「這園子還有一部分沒建完，不過光建現在這些，老爺就差不多花光家底了。」

「然後呢？」

「現在園子主人要賣園子！」

主人要賣園子，第一個當然是找租自己園子的人，但徐遙把家底都花在建園子上了，哪有錢買？但要他眼睜睜看著自己掏錢建的園子拱手讓人？那更是不可能。

「當初為何不把園子買下來？」在一旁聽了一會兒的蘇婉，好奇地出聲問道。

「我家老爺四處遊歷慣了，當初沒想著要在此地定居，所以只是租。哪承想……」徐遙
不過去見了一次老友，參觀了人家的住處，回來就突發奇想，要自己改建園子。

這一建，玩大了。

管家說完，與徐遙悄悄交換了個眼色，滿臉期盼地看向喬勐和蘇婉。

其實，這些日子也有人來找徐遙，只是一來徐遙不屑於對方的人品，覺得他們買他的畫，是髒了他的畫；二來，有些人只是想花點小錢裝裝門面，徐遙也不願意畫這種畫，有損他的格調。

就在他煩惱至極，即將被錢管家說服，出賣自己的「靈魂」時，趙立文的信來了。

他聽過趙立文，也知道趙家有錢，聽聞是他的好友來求畫，自然也覺得對方是有錢人。

「有錢人」喬勐愛莫能助地看向徐遙。

「這個，我最高能出一千兩……」

「啊？」徐遙瞇起眼，驚訝地看著喬勐，沒想到趙立文這個朋友這麼摳門、這麼窮，現在他想趕人了。

「不知這園子價值多少？」蘇婉按了按喬勐的手。

「園子主人向我家老爺開價二萬五千兩。」錢管家回答。

蘇婉閉嘴了。她本來還想著要不要幫忙，可二萬五千兩，對於即將花光家底的他們來說，是極大的數目。

趙立文覺得他娘子吳氏可能有，他是絕對沒有的，也閉口不言。

不過，他想了想，問徐遙。「您應該還有些畫吧？」

「有是有，就算賣了，也湊不到二萬兩。」徐遙突然覺得自己以前太憊懶了，畫到用時，方恨少啊。

聽到這裡，蘇婉靈光一閃，喚了姚氏。「乳娘，將禮盒拿過來。」

姚氏應聲上前，手上捧著一只長方形的木盒。

蘇婉打開長盒，示意喬勐過來幫她。

長盒裡是她繡的雪梅圖，捲成一卷放在盒子裡，中間繫了一條綢帶。

她拿起繡卷，解開綢帶，與喬勐一起將雪梅圖展開在銘鴻大家眼前。

「這……這是我的雪梅圖？不是在吳家老爺手裡？」徐遙又摸摸自己鬍子，驚訝道。

「徐大家，你再看看，是不是你的雪梅圖？」喬勐見畫家本人都看走了眼，不由自得，驕傲地晃晃頭，對銘鴻大家說道。

徐遙信步來到繡卷前，靠近了才發現，這不是畫上去，是繡上去的！

「這……這背面也是雪梅圖？」

錢管家從另一邊上前，也見著了繡卷的背面，忍不住驚呼。

蘇婉看看喬勐，兩人同時將雪梅圖繡卷換了個面。

這下不只銘鴻大家，連趙立文也不由站了起來。

這種繡法更加精美獨特！和當初他請她給他岳父繡的四君子扇套比，是完全不一樣的。

「這……這是何人所繡？」徐遙倒吸一口氣，想要伸手摸一摸，伸到一半又縮回來。

「真是如鬼斧神工啊！」

蘇婉嘴角抽了抽。其實這件趕得急了，若是能再給她一些時間，定能繡製得更好。

「正是我家娘子所繡。」喬勐如鬥贏的大花公雞般，洋洋得意。

「什麼？婉娘子小小年紀，便有如此繡技，了不得！」徐遙連聲讚道，又忍不住摸了摸他的八字鬍。

「徐大家過獎了。」蘇婉答得不卑不亢。

「不知這是何種繡技？」雖然刺繡是女紅，但他乃是雅人，對於刺繡，也算有些了解。

蘇婉笑答。「此乃雙面繡。」

徐遙眼露精光。「婉娘子說，這個是送給我的？」

蘇婉點頭。「自然。不過麼，以徐大家的眼光，自然能估出這幅雪梅繡圖的價值，所以……」她正愁怎麼藉徐遙揚名呢，這下機會來了。

蘇婉說，她可以將這幅雪梅圖的繡圖贈予銘鴻大家，他也可以隨意處置，但須答應她一個不情之請。

「妳說。」徐遙捋捋鬍子，沈吟片刻。

蘇婉身子沈，這會兒已經坐不住，起身捶了捶腰。

「我與我家官人此次前來，是想請徐大家為我家繡坊作一幅畫，再由我繡製，將來當作我家繡坊的鎮店之寶。」

徐遙點點頭，覺得以蘇婉的繡工，來繡製他的畫，絲毫不算辱沒他。

「請問婉娘子想讓我畫什麼？」他問。

蘇婉回答。「我想請徐大家幫我畫一幅平江山水河運圖。」

徐遙呵呵一笑。「婉娘子是覺得，鄙人的一幅山水河運圖，僅值一千兩潤筆費？」

喬勐在蘇婉起來捶腰時，就跟著站起來，這時正扶著她，悄悄伸手幫她揉腰。

最近蘇婉將他調教得手法輕重都合意，只是這會兒沒工夫表揚，心思都在徐遙身上。

聽了徐遙的話，蘇婉左右看看趙立文和喬勐。她不是很懂字畫的價值，只見後者一臉茫然，前者蹙眉沈思。

一時間，誰也沒出聲。

這時，徐遙連小鬍子都不捋了，用眼神詢問跟隨他多年的錢管家，是不是他要價太高，會不會把生意攪黃了？

唉，都怪前些年為了維持形象，給眾人留下不輕易作畫的印象。現在，他為了湊買園子的錢，幾天沒吃肉，就等有客人尋上門送銀子呢。

「婉娘子，要畫平江的山水河運圖，我家老爺豈不是得去平江采風？」錢管家一下抓住關鍵。

蘇婉回答。「是，不過徐大家在平江的一切花銷，由我們負責。」

徐遙又問：「頓頓有酒有肉？」

「咳！」錢管家咳嗽一聲。

「噗……」喬勐沒忍住，笑了出來。

趙立文搖著扇子望天。

唯有蘇婉認真地點點頭。「當然。」

徐遙有點心動，可這個園子，他一時半會兒也放不下，有些為難。

「老爺，您不答應人家，人家可能就要把那幅雪梅圖繡品收回去了。」錢管家小聲地在徐遙耳邊說道。

快把他家老爺帶走吧，為了這個破園子，可謂傾家蕩產了。再把他留在這裡，不知他要做出什麼事來呢！

錢管家心想，讓徐遙出去玩一圈，回來後，或許就不這麼迷戀建園子了。徐遙無妻無子，將來或許還能留點養老錢呢。

唉，他真是為他家老爺操碎了心啊……

蘇婉沒聽見錢管家的話，不過她瞧見徐遙的臉色明顯變了變，也不裝厲害了，小鬍子本來就塌，這會兒更塌了。

徐遙道：「好吧，不過我也有要求，你們得幫我把園子買下來。」

蘇婉聽著，站得有些累，便拍拍喬勐的手。

喬勐立即會意，又扶著她坐下了。

第四十四章

「徐大家，我們是否可以知曉，您手上還有多少畫？」安頓好自家娘子，喬勐問道。

徐遙看看錢管家，錢管家立即道：「還有六幅，一幅踏雪尋梅、一幅溪水竹屋、兩幅秋菊……」報了一遍。

喬勐腦海靈光一閃，又問：「不知可有製軸？」

錢管家答否，喬勐幾不可見地頷首，和趙立文交換眼神，後者搧了搧風，輕輕點頭。

「這樣，若是徐大家相信我，我今日就帶著這六幅畫去找子坎先生，請他幫您製畫軸，順便包好我家娘子繡製的雪梅圖。」喬勐接著說道，心裡有了盤算。

徐遙也聽聞過子坎先生的名號，據說對方脾氣比他還怪，就歇了結交的心思。他用的都是普通畫軸，反正大家認可的是他的畫，跟畫軸無甚關係。

錢管家善於察言觀色，大概知道喬勐要做什麼了。「有必要嗎？請子坎先生的酬勞不低吧，對方也是大家，會不會來不及？」

這位管家是個人才啊，看得喬勐都有些眼紅了。

「這個我和趙三來想辦法。」喬勐道：「還有一件事，要請管家來辦。」

錢管家身子前傾，微微躬身。「您請說。」

「不知徐大家可識得擅長詩詞的名人？」

「自然是有的。」他家老爺的詩也寫得很好，而且以他這威望，怎麼可能沒這些好友。

「是否能在這幾日內請他們來作客？」

錢管家想了想，道：「正巧，前兩日蒙西先生送了拜帖來，說是要來見我家老爺。」

徐遙呆愣，顯然並不知情。

喬勐點頭。「那就好，麻煩管家幫忙說服那位先生，和徐大家一起辦個詩畫會，然後再放出消息，說銘鴻大家將要在稽郡以詩畫會友，參加的人，只要詩或畫得到銘鴻大家和那位先生的認可，便有資格買銘鴻大家珍藏的畫。

「當然，入詩畫會的，要收個入會費……」

喬勐侃侃而談，告訴錢管家他要怎麼辦，需要準備哪些東西，怎麼挑出有本錢買畫的人。一定要讓來參加詩畫會的人覺得這是不同一般的聚會，平常人是入不了的。

「若是能多請來一些名人就更好了，咱們要讓那些人乖乖地自己掏錢。子坎先生住在臨江，我也會在臨江跟平江放出消息，還可以提到我家娘子的繡圖……」

喬勐說得有些口渴了，正要去倒水喝，一杯盛滿水的茶盅端到了他面前。

他略詫異地看向端著茶盅的手的主人，是他家娘子，受寵若驚地接過。

蘇婉面帶笑容看著喬勐手發抖地喝下她倒的茶，有些好笑。

剛剛他在說話時，她的目光，就未曾離開過他身上。

這樣的喬勐彷彿身上有光，整個人散發著與眾不同的氣息，非常有魅力，吸引得她錯不開眼。

「您看怎麼樣？」喬勐連喝了兩杯水，停下來問錢管家和徐遙。

錢管家連連點頭，徐遙卻是連八字鬍上都寫著迷茫兩字，但他記得，好像能賺錢。

「可！」

喬勐笑瞇了眼。

隨後，蘇婉他們在徐遙的園子裡住了下來。

喬勐和錢管家商量一些細節後，便和趙立文帶著蘇婉要送給子坎先生的禮物，連夜騎快馬趕往子坎先生的住處。

趙立文負責找人放消息，喬勐負責說服子坎先生。

這個詩畫會必須在十日左右開起來，時間很趕，事情很多，自喬勐離開後，徐園也開始忙碌起來。

錢管家開始下帖子，幫徐遙邀請有名的好友來作客，還要訂下辦詩畫會的園子、戲班子和吃食等等。

蘇婉是孕婦，沒人指派事情給她，她無事就在徐遙的園子裡遛達，偶爾去看看徐遙的畫，跟錢管家說說詩畫會的細節。

喬勐去臨江四日了，徐園的客人都換了兩批，不過早在他去的第三日時，便傳消息回來，子坎先生已同意幫忙製作畫軸。

這日，蘇婉遛達夠了，索性讓人在一處入秋後依舊花團錦簇的賞花亭前，擺上她的繡架，坐在那裡刺繡。

纖細手指捏著繡針，在繡布上穿梭著，隨著她的穿針引線，繡圖一點一點慢慢浮現。她全神貫注投入其中，下頜繃出一道秀美的弧線，添了兩分英氣。一縷青絲從她的額間滑落，垂在頰側，又添了幾分嬌態。

蘇婉本就長得美，在繁花面前，都未低一等。此等美景可謂群芳爭豔，她也是那一芳，猶若仙子在人間。

帶著友人、得意地逛著園子的徐遙看到這一幕，立即命人去取他作畫用的工具，要將如此美的情景畫下來。

蘇婉沈浸在刺繡裡，偶爾抬頭看看花朵，殊不知，自己已成了別人眼中的風景。

在徐遙揮灑筆墨間，他的友人們也紛紛作起了詩。

一時間，大家靈感泉湧，場面頓時熱鬧起來，驚動了蘇婉，就在她起身望去的一瞬，對著她吟詩作賦的人們全愣住了。

這仙子竟然是位身懷六甲的人婦，立時哀號一片。

剛剛姚氏去幫蘇婉燉湯了，這會兒端著湯盅過來，見一群人聚在一起探看她家娘子，不由怒上心頭，趕緊拿起備在一邊的披風，將蘇婉裹起來。
眾人如夢初醒，方知自己剛剛有多失禮。
罪魁禍首徐遙卻恍然未覺，依舊沈迷在作畫中，直到錢管家聽聞通報趕至，將他從畫中拉出來。
「婉娘子，失禮，失禮！」錢管家連聲道歉。
徐遙的友人們也跟著賠不是。
當然，文人們說抱歉也是說得文謅謅，假意責怪蘇婉太美，才讓他們失了分寸。
蘇婉不是那種扭捏之人，坦然接受幾人的道歉，順著話頭，還請了其中以字為長的友人，以後幫她的繡坊匾額寫字。
錢管家也順勢介紹，蘇婉就是徐遙讚不絕口的刺繡大師。
因繡圖被喬勐帶走，眾人沒有見過，只聽徐遙說過，這會兒見到真人，心裡更不信了。
這位娘子雖貌美，不過年紀未免太輕了些，不像他們見過那些技藝精湛的繡娘，有一定的年紀和閱歷。
蘇婉面對質疑，只是淡然一笑，目光轉到又沈迷於作畫中的徐遙手上。
他畫的……是她？
臨近詩畫會時，喬勐風塵僕僕地回來了。

「娘子，娘子！」一連串急促的腳步聲踏風而來。
自那日在園子裡刺繡引來圍觀後，蘇婉所到之處，必有客人前來，問問能否以她作畫？她拒絕後，依舊鍥而不捨。
蘇婉被問得煩了，無法安心做事，索性跟徐遙打了招呼，整日待在屋子裡刺繡。
「娘子，爺回來了！」聲音由遠及近。
蘇婉正坐在窗邊的繡架前繡著觀音像，聽到聲響，立即站了起來。
她沒有出去，來到窗邊，推開了窗子——
只見前方有人快步走來，手上拎了好些零碎東西，有的用油紙包著，有的是木盒，還有絲綢裹著的。
蘇婉沒有叫喬勐，倚在窗邊，滿眼帶笑地看著，聽他一聲又一聲地喚著她。
一個人怎麼會這麼吵？只是一個人叫嚷，卻像無數人在喚著她。她被娘子兩字包圍了起來，卻無躁意，只覺安心。
「哎喲，二爺回來了。」姚氏早聽見動靜了，匆匆做完手上活計，趕緊出來迎接。
「娘子呢？梨子和來財呢？」喬勐納悶地看看姚氏身後，空蕩蕩地沒有人，眉頭頓時皺起來。
姚氏一邊伸手去接他手上的東西、一邊將他往屋裡迎。「娘子想吃羹湯了，他們在廚房看著火呢。」

正說著，東廂的房門打開了，蘇婉出現在喬勐面前。

「娘子！」

喬勐整個人如被日光照耀，整個人明亮起來，一股腦兒將手裡的東西全塞給姚氏，然後咧嘴傻笑著奔向他家娘子。

他好想她。

他奔到蘇婉面前，就想抱起她，卻被蘇婉踢了一腳，這才摸著頭想起來，他家娘子現在是雙身子的人。

「怎麼才幾日就瘦了，還黑了。」蘇婉解下帕子，幫喬勐擦擦額角的薄汗，又細細打量他一番，有些心疼。

她說罷，就被喬勐握住了手，牽著往廂房裡走。

「嬤嬤，把我帶回來的東西拿進來！」

「你帶的是什麼呀？」蘇婉好奇地問。

「前些日子妳胃口不是不好？我在臨江特地尋人問了，他們都說吃這種杏脯能開胃，我拿給妳嚐嚐看。」喬勐滿心滿眼都是自家娘子，說到這裡，轉頭去拿裝著杏脯的食盒，又問姚氏。「娘子這幾日好嗎？吃得多不多？」

蘇婉搖搖頭，尋了張凳子坐下來，托腮看著喬勐。真好。

「娘子這幾日吃得略清淡，不過量不少，就是夜裡有些難睡。」姚氏笑著回答。

夜裡難睡？喬勐連開幾個盒子，終於找出裝著杏脯的食盒，立即回頭去看身後的蘇婉。

蘇婉有些無辜地對他呶呶嘴。

「那要不要找大夫來看看，開些安神的湯藥？」喬勐緊張，又要了水淨手，捏起一塊杏脯遞到蘇婉嘴邊。

蘇婉張口咬住，酸甜氣息撲鼻而來，口水瞬間在口中蔓延，眼睛一亮，拿起食盒抱在懷裡，吃了起來。

「好吃吧？」喬勐見她喜歡，心裡舒坦了。

「你也吃一塊。」蘇婉揀了一個，塞進喬勐嘴裡。

兩人同時嚼了嚼，相視笑了起來。

姚氏見狀，放好手上的東西，默默地退出去，順手把門帶上了。

蘇婉一口氣吃了七、八個杏脯，覺得有些膩了，才停下來，把盒子擱在桌邊。

喬勐吃了一個後，沒有再吃，坐在蘇婉旁邊，一個勁兒瞧著她。

蘇婉任由他瞧，沒有說話。

「對了，這幾日有發生什麼事嗎？怎麼有人在院子門口徘徊？」喬勐瞧了一會兒，才算解了相思之苦，想起方才遇見的事。

蘇婉想到這個，有些煩悶，便將那日在園子裡發生的事，還有徐遙畫她的事告訴喬勐。

「什麼！」喬勐聽了，騰地站起來，重重地拍了下桌子。

這個徐遙是怎麼回事，他家娘子是能隨意讓人畫的嗎？不行，他得去把畫要回來！

「娘子，妳好生歇著，我去找那個姓徐的！」

蘇婉頓感不妙，連忙站起來去拉喬勐。那日事出突然，她也沒料到徐遙畫起她來了，想阻止時，已經來不及，後來更是被那些文人雅士弄得有些煩，沒顧得上過問這事。

喬勐不高興地停下來。「其他事都好說，這事不行！」他家娘子的畫像怎能落到其他男人手上，一想到徐遙此刻可能正拿著他家娘子的畫像在房裡欣賞，他便受不了。

娘子只能是他一個人的，只有他能日日夜夜地看！

蘇婉知曉喬勐誤會了，連忙解釋。「我是怕你這壞脾氣跟人家動手。我跟你一起去。」

喬勐看著蘇婉顯懷的肚子，搖搖頭。「我不會跟他打起來，妳在這裡歇著。」最後幾個字是咬著牙說的。

哼，若是徐遙不識好歹，他不會讓子坎先生來幫忙，詩畫會也甭想開起來。

蘇婉覺得，自家二爺這脾氣，她實在不能相信呢。

不過這事她不好插手，又囑咐喬勐兩句，幫他理理衣襟，才放他去了。

錢管家把喬勐領進徐遙的書房時，徐遙正對窗自憐。

喬勐鬆了口氣，放下握起的拳頭，幸虧這傢伙不是拿著他家娘子的畫像搖頭嘆息。傷春悲秋一番的徐遙聽到腳步聲，轉過頭，心中嘶了一聲，怎麼感覺在喬勐眼裡看到一抹戾氣？

「二郎回來了？」徐遙遵從錢管家的提議，親切地叫著喬勐。

「和正不辱使命，已請子坎先生做好六幅畫的畫軸，人也請了來，明早應該就能到。」喬勐禮貌地行了禮。

臨江和平江有不少文雅之士對徐遙的詩畫會感興趣，所以喬勐留下趙立文，負責將人用船送過來。他不放心蘇婉，快馬加鞭，提前走陸路趕回來。

「好啊，二郎不愧是一方豪傑。」徐遙臉不紅、心不跳地說著錢管家叮囑他的話。

當日談妥合作後，錢管家便派人去查喬勐的底細，自然知道他出自何家，如今又是何種處境。這樣處境下的喬勐於他們來說，才是正好的，一為名，一為財。

徐遙聽了喬勐的遭遇後，不由心生憐憫，對他們夫妻更加愛重。他一生孤傲，且不擅言詞，聽了錢管家的稟報後，想著他們既是為名而來，不如成全他們。這幾日與友人交談時，他總會大大誇讚蘇婉和她的繡藝，想著讓更多好友認識她，助她成名，但好像弄巧成拙了。

想到這裡，徐遙捋了下八字鬍，在心裡撓了撓頭，看著喬勐的目光略微躲閃了下。

喬勐心裡一驚，這徐遙不會真是看上他家娘子了吧？什麼狗屁大家！立時怒火中燒，握起了拳頭。

徐遙突然感覺好像有刀子落在自己身上，將飄忽的目光轉回來，一看嚇了一跳，喬勐這是什麼眼神?!

「聽說徐大家前幾日為我家娘子作了一幅畫，不知可否一觀？」喬勐眼神冷冰冰的。

錢管家頓覺不妙，那日回來後，他便覺得此事不妥，但沈浸在作畫裡的自家老爺，是八頭牛也拉不回來的。

錢管家乾笑著，想幫徐遙解釋。「那個，喬郎君，我家老爺沒有惡意……」

他的話未說完，徐遙便站了起來。「可以可以，你不提，我也準備拿給你看呢。」

徐遙神色自然，拍了拍掌，帶著喬勐來到書房案桌前。

檀木桌上放著占據半張桌子的畫紙，為了防塵，畫上蓋了素布，還壓著虎頭玉石鎮紙。

「二郎來。」徐遙招呼著喬勐，拿開鎮紙，揭起素布——

入眼可見，是一名美貌婦人坐在花團錦簇的園子裡，拿著繡花針，於掛在繡架的繡布上刺繡，神態沈靜婉柔。

三三兩兩的蝴蝶在她身邊飛舞，而她恍若未覺，沈浸於刺繡中，心神與繡針、繡線合二為一。

這幅畫將蘇婉的神態、氣質畫出八分像，讓喬勐挪不開眼，他家娘子真真好看。

隨著目光偏移，更讓他驚訝的是——蘇婉後側有一名男子，坐在圓石桌邊，一手算盤、一手帳本，正在斂眉俯首算帳，目光卻偷瞄著心愛之人。

這是一對小夫妻的溫馨日常，淡淡的甜蜜從男子的眼神裡透露出來，他應該是極喜歡他的娘子。

喬劭心跳略快，定睛一瞧，從體形和樣貌來看，那位男子分明就是他！咳，雖然只有六成像。

喬劭驚喜地抬眼去看徐遙，徐遙捋了捋八字鬍，嘆道：「我畫人到底是不及畫物啊。還望二郎不嫌，我想以此畫感激你們夫妻助我解圍。」

喬劭驚了，人家畫的原來是他們夫妻，而且還是要送給他們的。

「這……那我就收下了。」喬劭沒有客氣，直接捲起畫，收了起來，對著徐遙一拜。「和正謝過徐大家。」

徐遙捻捻鬍子，看向錢管家。錢管家笑笑，也鬆了一口氣。

剛剛，他有一瞬間覺得，這個喬家二郎，是想揍他家老爺的。

第四十五章

舉辦詩畫會的地點，是在稽郡西城祖上出過閣老的人家的園子裡。

這園子雖比徐遙的園子小些，但精巧雅致。樓臺亭閣，清風吹簾幔。

閣老後人持家無道，如今就靠這園子的租金來養家了。稽郡雅士多，自然少不得各種集會，園子生意還不錯，一應桌椅、團蒲、榻墊都是齊全的。

蘇婉和喬勐以及錢管家，今日早早便帶人入了園子。昨日已布置得差不多了，今早是最後的檢查。

「娘子，妳坐那邊歇息吧，不需要妳來弄。」喬勐在主園晃一圈，暫時沒發現什麼不妥的地方，轉頭回到蘇婉跟前，見她臉上略有疲態，連忙扶著她找了個地方入座。

徐園離辦詩畫會的園子有一段路程，喬勐本不願讓蘇婉跟來，可她想湊湊熱鬧，也不想和喬勐分開，喬勐拗不過她，只好帶她來。

蘇婉擺手。「無礙。」她又不是瓷娃娃，大夫都說了要勤走動，到時候孩子才好生。

喬勐聽了，對姚氏使眼色，姚氏趕緊跟著勸。蘇婉無奈，也就乖乖坐在偏角處了。

這時，徐家家僕走來，對喬勐說：「喬郎君，外面已經有幾個拿著花箋帖的人，想要入園了。」

喬勁納悶。「不是說好巳時開園嗎？」

能拿到這張入園花箋帖的人，是經過徐家篩選、有一定真才實學的文人士子，除了名人舉薦的，其餘一律要交三兩銀子的入園費。

今日本就是為了拍賣徐遙的畫而來，自然得有門檻，但為了人潮，門檻也不能過高。

「我去看看，如果真的提前來了，也不好將人拒之門外。」錢管家在旁邊出聲道。

「嗯，務必要認清那花箋真偽，若是真的，先把人引到偏院歇息。」喬勁點點頭，提點了錢管家一句。偏院本就是準備給客人們歇息、談話、換衣裳的地方。

錢管家應聲而去，喬勁便派人去偏院燒水煮茶，擺點心瓜果。

今天的茶果，都不是徐家準備的。

這是喬勁出的主意，讓錢管家在稽郡找些賣好吃食卻無甚名氣的店家，與他們談合作。他們為徐家辦的詩畫會提供茶點，徐家負責把他們介紹出去。

至於該怎麼談，喬勁也教了錢管家。

「娘子，妳先去後面待著，等會兒人多了亂起來，我也不好顧著妳。」喬勁跨了一步，準備跟著去偏院，想起蘇婉還在這裡，連忙回頭囑咐。

蘇婉正靠著姚氏打瞌睡呢，聽見喬勁的話，撐著姚氏站起來，幫他理了理衣襟。今日喬勁穿的是她繡的那件有哈士奇登高怒吼的錦衣。

「你也別累著了，有事喚我。」

喬勐抱抱她。「好，我把來財留給妳，園子人多眼雜，讓他守著，我好放心。」

蘇婉沒有拒絕，拍拍他，兩人才分開。

喬勐又招呼幾個下人，一起去了偏院。

這時，錢管家已經來到園子門口，確定那些花箋帖是真的。

來人是幾位穿著簡樸卻乾淨整潔、模樣端正的學子。這些人的家境不是十分富裕，是衝著幾位名士來的，咬牙交了入園費。

他們人微言輕，甚少參加這類詩會，打從昨夜起就很激動，失了眠，便早早來了。

「幾位這邊請。」錢管家引著他們入園。

幾位學子進去，雖然很好奇，但為了不丟臉面，都是目視前方，不敢作聲。

錢管家走到一處假山流水前停下，那邊有張紅木方桌，桌後坐了一位握筆的先生。

先生見到錢管家，起身致意。

錢管家擺手，打開桌上長長的花名冊，對身後幾位學子道：「幾位小郎君，請告知你們的名諱，好記在此處。」

幾位學子緊張地吞了吞口水，才報上家門。

錢管家順著姓氏，很快找到學子們的名字，取筆蘸墨遞給他們，讓他們在自己名字後面簽名。

幾人故作鎮定地簽完名，錢管家對負責登記的先生點點頭，先生便從桌子下方的大箱子裡，取出幾方素帕和幾枝小狼毫。

素帕是蘇繡坊的繡娘繡製，狼毫筆是子坎先生弟子預備開張的文房四寶店裡的。

幾位學子詫異地接過兩樣東西，帕子疊得方方正正，繡著四葉草蘇繡坊標記的一角，正好露在最上方，狼毫筆也印上了子坎先生徒弟的名號。

負責登記的先生正經又嚴肅地向學子們介紹了蘇繡坊和子坎先生弟子的店。

這些東西是喬勐去臨江請子坎先生時想到的，去信給九斤，讓他帶話給蓮香和銀杏，幫他準備一些繡品。帕子不需要多好，但要有蘇繡坊的標記。再選些簡單的小東西，以及幾件蘇婉和蓮香親手繡的繡品來。

而子坎先生徒弟那邊，他還幫蘇繡坊做了筆生意，縫製學子書包和筆套。

幾位學子看著這份禮品，有些吃驚，心下恍然，記下這兩家店，打算有機會去瞧瞧。

隨著錢管家的步伐，學子們來到偏院，迎接他們的是一位穿著錦袍的嫩臉郎君。要不是個子高挺，那位郎君看起來只有十六、七歲的樣子，臉上一笑還有兩個酒窩，一看就是富貴窩裡養出來的。

郎君客氣有禮，接過錢管家的差事，帶著他們往客廳裡走，還十分和氣地同他們寒暄。

學子們哪裡知道，這位就是名震平江跟臨江的娃霸！

安置好幾位學子，下人上茶果，又介紹提供吃食的店家，喬勐陪著他們閒聊一陣，便出去了。

「呼，看來咱們早來是來對了。」一名學子看著喬勐消失的背影，終於鬆口氣。

另一位學子附和。「是啊，不愧是銘鴻大家辦的詩畫會，他們家的人個個溫文有禮，說話還好聽，不像有些名家的下人們趾高氣揚的。」

「就是就是，若銘鴻大家多辦些這種聚會便更好了。」

「唉，銘鴻大家乃避世之人，這次聽說是替黔西大旱募救災銀子的。」

「我怎麼聽說是為稽郡修書院？」

徐家並未說明此次開詩畫會的真正目的，各方謠言四起，眾說紛紜。

另一邊，喬勐走出偏院後，又去看看筆墨紙硯準備得如何，讓人清點數量後，盤算一下，有些不放心，又讓人加了些。

隨後，喬勐查了茶點、飯食、碗筷等。樂班的奏樂女娘、來往的下人、廚娘，他也一一抽問了，讓他們記清自己要辦的差事。

錢管家跟在喬勐身後，感覺自己插不上手，暗嘆不愧是大家出來的。

「喬郎君從前辦過詩會？」錢管家閒談般問道。

喬勐頓住腳，搖搖頭。「沒有。」

錢管家笑道：「我看喬郎君對此甚是熟稔。」

喬勐回首，淡淡看他一眼。「從小見識過而已。」

錢管家閉口，未再多提了。

接下來，拿著花箋帖的人陸陸續續上門，整個園子熱鬧起來。

大家在園子裡逛著，也有三三兩兩湊在一起吟詩作賦的，更有愛畫之人喚下人取筆墨，當下就畫了起來。

因徐遙和他的名士好友還未入園，大家只在主園逛了一圈，便識相地不再往內走。

巳時已過，人越來越多。有些沒拿到花箋帖、企圖蒙混進園的人，被喬勐抓出來，「請」了出去。

園子外還有晚些才聽聞詩畫會消息的士子，錢管家有些為難，便問喬勐如何是好。

喬勐摸摸鼻子，隨意找個僕役過來，給他幾張花箋帖，讓他偷偷去尋那些沒有帖子卻有聲望的。若是看著有錢，就報個三、五十兩賣給對方，沒什麼錢的就按原本價錢；若實在可憐的，又有才華的，就直接送了。

「如何看出有無才華？」僕人撓撓頭。

喬勐托著下巴想了想，起身去一眾正在作對子的文人裡，尋了一早就來的孟益，請他幫忙出個上聯對子。據喬勐觀察，孟益是個有真材實料的學子，因此留下印象。

因為對喬勐印象極好，孟益二話不說，想了想，接過喬勐遞來的筆墨，很快寫下一個不好對的上聯。

喬勐一看，他可答不出來，笑著謝過，把對子交給僕人，側身在他耳邊道：「對方誠心回答即可。」說完便帶僕人出去了。

錢管家對喬勐豎起大拇指。

喬勐嘴角輕勾，淡淡笑了笑。

呵，爺是誰？

就是他家娘子沒看到他這英明神武的樣子，有些可惜。若是將錢管家這張崇拜他的臉換成他家娘子，該有多好。

可惜，蘇婉正伴著絲竹聲，在後面睡覺呢。

午時後，徐遙與他的友人們這才姍姍來遲。比他們先到一步的是徐遙將要拍賣的六幅畫，以及蘇婉的雪梅繡圖。

喬勐小心地帶著人將這七件物品迎進園子，好生保管起來。

詩畫會在徐遙他們入座後，隨著一聲唱喏，開始了。

「今日，詩與畫同題，題為——春去秋來。」

詩畫會分成詩畫兩組，賓客雖是衝著徐遙來的，不過選擇作詩的人占大多數。作詩要經過三輪評比，作畫要花的工夫長，只要在申時交上即可。

每人憑著花箋帖領兩張紙，隨意在園中找位置坐下，有單獨坐一處，抑或三五成群。有人苦思冥想，有人搖頭晃腦、不知如何提筆，也有下筆如有神，筆走龍蛇的。

這個題目不難，難在人多，若是不出眾，便出不了頭。

喬劭背著手，穿梭在賓客和以徐遙為首的名士團之間。大多數人是他跟著錢管家迎進門的，平江和臨江來的人只占三分之一。

不少人沒見過娃霸，見喬劭長得好，一張娃娃臉，看著很是親和。穿著富貴，但舉止不孟浪，反而很有精神，以為他是徐遙的門人，或者哪個世家子弟，對他倒也客客氣氣。

「來，這邊茶水沒了，再添點。」喬劭溜達到一組作畫的士子前，瞄他們身邊一圈，招手叫來僕役吩咐道。

幾位正構思著的士子抬頭看見喬劭，連忙點頭致謝。

喬劭擺手，對他們粲然一笑。「在下喬劭，幾位是臨江人？」

「是。」

喬劭再次露出一口白牙。「蘇繡坊是我家娘子開的。」

幾位士子愣住，沒反應過來，其中一人從廣袖裡取出一方素帕。「是這家繡坊？」

喬劭驕傲地將頭仰高了幾分。「正是，這次銘鴻大家會賣出一幅雪梅圖的繡品，就是我家娘子繡的。」

從衣著舉止來看，這幾個士子就是富貴窩裡出來的公子哥兒，還是不需要繼承家業的嫡次子或嫡幼子。

「厲害厲害。」幾位士子互看一眼，不知該說什麼，笑著捧了兩句。能繡徐遙的雪梅圖，想來也是名家，但喬勐如此年輕，那他的娘子……一時腦內浮想聯翩，記住了蘇繡坊。

待僕役送來茶水點心後，喬勐便如一隻花孔雀般走開了，尋找下一個目標。

喬勐藉著換茶水、補筆墨，結識了不少士子。

那些人覺得他說話好聽，倒也沒擺讀書人的架子，相談甚歡。

姍姍來遲的趙立文進了園子，看到這幅景象，心裡忽然很不是滋味。

驕傲如喬勐，何時這般躬身同人陪笑過？若是早年他肯在喬家伏低做小，也不至於落到如今被「趕」出家門的境地。

「喬二！」趙立文不忍再看喬勐對人笑，叫了他一聲。

喬勐轉頭見是趙立文，同正在說話的人道聲抱歉，向他走去。

走到趙立文跟前，喬勐拍他一把。「你怎麼現在才來，爺快忙死了！」

趙立文沒說他去哪兒了，看看喬勐左右，問道：「你家娘子呢？」

喬勐道：「這邊人多，讓她在後頭休息呢。」

趙立文點點頭，朝名士團所在的亭榭看去，拉起喬勐。「走，我帶你認識幾位名家。」

「喲，你還認識這些人物？」喬勐調侃道。

趙立文單手開扇。「岳父壽辰時，引薦過幾位。」

喬勐笑笑，無半點嫉妒地捶他一下。「趙老三，好本事啊，找了個好岳父！」

「當初你若是……」趙立文說不下去，如果喬勐肯向他嫡母低頭，那就不是他了。

喬勐猜出趙立文原本想說的話，哼笑一聲。「你雖然有個好岳父，但我有個好娘子啊！」他是個隨時都想把娘子拿出來炫耀一番的人。

趙立文呸他一聲，兩人往亭榭走，一路上還有不少人同喬勐點頭說話。

趙立文不知該羨慕還是心疼喬勐，這麼短的時辰內，就能讓恃才傲物的士子跟學子們記住他。

他突然想起臨江的那幫公子哥兒，只要喬勐想結交的，關係好像都不錯，而他當年也是被喬勐這張臉騙了啊……

第四十六章

「你……你怎麼這樣！」

趙立文與喬勐說笑間，路過一處聚集好些人伏案作詩的案臺前，一聲壓低含著委屈的聲音傳進喬勐耳朵裡，有些耳熟，他便停下腳步去看。

此刻，說話的人漲紅了臉，盯著另一個穿得花裡胡哨、面上還敷粉，表情得意的男子。

「章景，你是故意的！」漲紅臉的學子咬牙切齒。

喬勐認識這人，是幫他寫對子的孟益。

「你要做什麼？」趙立文看喬勐停下腳步，蹙眉問道。

喬勐對他使眼色，自然地走到孟益身旁，笑著問：「兩位這是出了何事？」

他說著，目光落到案臺上，只見上面有張寫了詩句的紙，被墨水潑髒一大半，字跡已全然看不清。另一張白紙也沾上墨汁，不能用了。

看到這裡，喬勐已明白出了何事。

「孟兄，我不是故意的。這樣吧，我把我這張賠給你，你看怎麼樣？」章景遞來一張句子寫得狗屁不通、字跡如雞爪的紙。

孟益看了更氣，但他也不想把事情鬧大。

章景話音剛落，錢管家帶人來說，作詩的第一輪點評要開始了，已經寫好的可以交上。

「這，我……」孟益著急起來。這次他原是想在幾位名士前露臉，好得些指點的。明年他便要進京參加禮部舉行的省試，若是一舉通過，便可殿試，這是每個寒窗苦讀的學子都嚮往的地方。

「嗯，這是怎麼回事？紙怎麼會被墨潑成這般？」錢管家擰眉看向孟益。

孟益剛要開口解釋，亭榭那邊已經敲鑼了。

章景立即將自己另一張字跡寫得無比工整的紙遞給錢管家，錢管家對孟益嘆口氣，匆忙收了其他人的，趕往亭榭。

孟益雙眼無神地滑坐在地，周圍響起不少同情的聲音，小心翼翼地小聲說著。

喬勐神色如常，倒是趙立文臉色有些不豫。

「快去備一張乾淨的紙來！」喬勐抓了個人吩咐道。

僕人立即去取。

「借用一下。」喬勐說完，走到孟益的朋友跟前，拿了對方另一張乾淨的紙，鋪到孟益跟前，取筆蘸墨，遞給有些恍惚的孟益。

「寫！」

孟益一愣。「寫……寫什麼？」

喬勐白他一眼。「寫你剛剛寫的。快點！」

孟益呆呆看著喬勐，喬勐狠狠拍他一下。「傻愣著幹什麼？我讓你寫，你就寫！」

被打得回過神來的孟益趕緊抓住筆，寫了起來。

「時辰已到，他寫了也沒用了。」章景懶洋洋地出聲。

喬勐抬眼瞥他一眼，淡淡道：「怎麼沒用？我說有用就有用。」

章景收起懶態，眼珠一轉，腳微微抬起，又想故技重施，可喬勐怎會讓他如願，一腳抵在他腳邊，死死壓制著他。

這個敷粉的傢伙哪有幾分力氣，喬勐輕輕鬆鬆就讓他動彈不得。

「你……你知道我是誰嗎？」章景氣急敗壞地道。

「你是誰？」

「我姓章，我是章家人！」

喬勐冷哼一聲。「那你知道爺是誰嗎？」

章景張了張嘴，有些後怕。這裡有不少名家後起之秀，他會不會真的惹到不該惹的人？

「我是你二大爺！」

「哈哈哈哈！」一連串哄笑聲響起。

喬勐看孟益已經寫好，一把拽過他的紙，不再理章景，快步去了亭榭。

趙立文在腦子裡數了這次來的臨江和平江士子一遍，發現好像並沒有姓章的人，猜想章景是稽郡人。

他細細打量此刻暴跳如雷、臉上如又敷一層胭脂的章景，沒想起稽郡有什麼姓章的大家族，便放心地去追喬勐了。

「呵，你跟我說實話，是不是那個人有什麼特別之處？」趙立文回頭看看此刻表情已看不出喜怒的孟益。

「爺就是看不慣他這作派。」喬勐哼聲。

「你幹麼招惹他？」趙立文跟上喬勐，無奈道。

喬勐將手上寫了詩的紙在趙立文面前揚了揚。「看，怎麼樣？」

趙立文一邊走、一邊瞧，點頭道：「好詩！」

喬勐得意。「我看中的，能差到哪裡去。」小心地捲起紙，加快步伐向徐遙走去。

趙立文有點不明白，什麼叫他看中的人？喬勐看中那個人，想要做什麼？

他還沒來得及問，腿長的喬勐已經走到徐遙跟前，彎腰行禮了。

徐遙捻了捻鬍子。「二郎來了？今日辛苦了。」他無兒無女，對喬勐是越看越喜歡。

「徐大家，剛剛我在路上撿了一張紙，上面寫了詩，想必是下面的人收的時候，不小心遺漏的。」喬勐一本正經地把手中的紙交給徐遙。

徐遙沒想太多地接過，打開看起來。

片刻後，徐遙忍不住道：「好詩啊，好詩！」

「呃？」正在一一點評學子詩作的幾位名士聽到動靜，立即看向他，有性子急的，便起身走向他坐的位子，搶過他手裡的紙看。

「確實不錯，老徐鑑詩的眼光沒退步，哈哈哈哈！」這個性子急的名士，正是徐遙的好友蒙西先生。

眾人被說得心癢難耐，也跟著起身，圍到蒙西先生跟前看詩。

「就這樣？我還以為是什麼驚天奇作。」一位喜好華麗雋永詩風的先生失望道。

「嗯，好雖好，但看筆力，年紀應該不大，有些飄忽不實。」

「我覺得是好詩，灑脫大器，應是一位心中極有抱負的學子所作。」

「以春引秋，以景抒胸懷，不過這最後一句，氣勢卻收了起來，這是為何？」

名士們一人一句點評起來。

喬勐聽到這裡，出了聲。「自然是空有一身抱負心，卻無用武地。」

他話音落下，眾人相對而視，嘆了一聲。

蒙西先生直接拿起筆，在那張紙上畫了個圈。

喬勐見罷，對趙立文挑了挑眉，得意地勾唇一笑。

趙立文扶額，心裡不由感嘆。喬家看人，到底是走眼了。

過了一會兒，先生們選出能夠進入第二輪的二十位學子，當場公布他們作的詩和排名，孟益排在第三。

聚在亭榭前的學子們一陣譁然，有心高氣傲的落選者不服，吵著想與被選中的人對戰。

章景混在人群裡，叫得最凶。他很是氣惱，明明時間都過了，孟益的詩怎麼會到那些名士的手裡？就在他懊惱之際，瞧見站在徐遙身旁的喬勐，心裡便明白了，暗自惱恨，卻不敢叫嚣出孟益交卷誤時的事，怕扯出自己來。

徐遙看著下面吵鬧的學子，心生不悅，但也不能置之不理，遂問問其他名士的意思。

其中幾位搖搖頭，嘆口氣道：「罷罷罷，不滿者自行找人對戰。若是連敗三人還不滿者，逐出去！」

話一出，躍躍欲試的學子只剩下數人，其中當然不包括對自己幾斤幾兩很有數的章景。

而後，名士們便讓他們自行對戰，再由其餘學子評判，分出勝負。

後院裡，蘇婉睡得迷迷糊糊間，窗外不斷有人聲傳來，聲音還越來越大，她漸漸睜開眼，喚了姚氏一聲。

姚氏聽到聲響，疾步走進去，邊走邊道：「娘子醒了？可是被外面的動靜吵著了？」

「嗯，是出了什麼事嗎？」蘇婉撐著姚氏的手，半坐起來。

姚氏道：「我讓來財去看看，應該沒出什麼大事，不然二爺定會傳話過來的。」

蘇婉拍拍她的手，下了床。「不必了，我們去門邊瞧一瞧。」說完便起身穿鞋梳妝。

她剛坐到妝臺前，外面的來財出了聲。「娘子，二爺派人來說，前頭有些吵鬧，若是娘子不適，就讓人來接您回徐家去。」

方才前頭一鬧起來，喬勐便使人來看蘇婉，擔心她被吵著，身體不適。

蘇婉問他。「二爺可有說前頭因何事爭吵？二爺可還好？」

來財道：「好像是因寫詩的學子對先生們的評判結果不滿意，倒是不關二爺的事。」

「原來是這般。」蘇婉聽到這裡，便放心了。

那些心有不滿的學子倒也乖覺，未挑那些名聲在外的，專挑平日不顯山露水的人對戰。不過，別人也是憑著真才實學獲勝，那些學子連連敗北，一時場上吵嚷聲一片。

亭榭裡的名士們倒是滿臉平靜，看不出喜怒。在他們眼中，這不過就是一場鬧劇，不減他們談古論今的興致。

隨後，他們公布第二道題目——以人為題。

趙立文同幾位相熟的先生們寒暄一番，又拉過喬勐，笑道：「這位是學生的至交好友喬勐，字和正。」

那幾位先生記得喬勐，正是他將那篇寫得頗有爭議的詩拿過來給徐遙的，也見到徐遙對他的看重。

「喬郎君英姿颯爽，儀表不凡，後生可畏啊。」

喬勐不自在地咳嗽一聲，有點不敢相信這些詞能用在他身上，立即彎腰行了個禮，遮掩自己高高翹起的嘴角，不讓人看見。

「不敢當，先生謬讚。」

徐遙捻捻鬍子，對喬勐招手，把他叫到自己身邊，對好友們道：「這位就是我向你們提及，幫我操辦這次詩畫會的小友喬二郎。繡出雪梅圖的，正是他家娘子。」

徐遙這一說，大家自然又誇了喬勐一番，不看他將詩畫會辦得別出心裁，也要看在那幅雪梅繡圖，以及徐遙的面子。

喬勐出生至今，從未有人這樣誇過他呢，多半是明著或暗裡嘲諷他、可憐他或憎惡他。

「現在的後生們真是了不得，不知這位喬郎君是出自哪個喬家？」有位先生搖著扇子，滿臉慈愛地看著喬勐，問起他的出身。

徐遙看看喬勐，趙立文也是揪心地望向喬勐，但喬勐坦然地回答。「臨江喬家。我父親是喬知鶴，祖父喬仁平，小子在家中行二，先生們喚小子二郎即可。」聲音平和，無喜無怒，像在介紹旁人，而不是他自己。

在座的名士都享有盛名，也是入世之人，自然知曉臨江喬家，對喬家出了個惡霸庶子，也是略有耳聞，不由睜圓眼睛，吸了一口冷氣。

「傳聞不可信哪！」蒙西先生率先出聲。

他這一說，其他幾位紛紛附和。

喬勐適時在臉上露出一絲委屈，很快斂去，但也讓其他人看清楚，令徐遙更憐惜他了。不過，眾人如何在心中想像喬家內宅大戲，喬勐是不管的。

「傳聞如何，小子不知，但小子知曉自己是何人即可。」喬勐說完，甩了甩衣袖，恭敬地站在徐遙身旁，再無多言。

眾人不由暗嘆，好風度。

趙立文無言，在心中暗罵一句，要不是他跟喬勐認識十幾年，今日也要被他騙了。

「對了，怎麼不見你家娘子？」徐遙見喬勐不願多談身世，轉了話頭，問起蘇婉。

喬勐回答。「她身子重，我讓她在後院休息，這時也該醒了。」

徐遙點頭。「那喚她來吧，見見熱鬧也好。」他不是迂腐的人，不許女子拋頭露面。

其他人也有心想見見能繡出雪梅圖、開創新繡法的是何人。再一個，傳聞蘇婉長得極美，自然想一睹其手采。

喬勐只擔心園子裡有人衝撞蘇婉，直接將人領來亭榭，應是無妨，便退下去接人了。

這會兒，蘇婉半躺在榻上，臨窗望著外間的秋葉，對姚氏說了句。

「前頭應是沒什麼事了，安靜下來。」

姚氏笑道：「娘子就是過於愛重二爺了。這點小事，二爺應付得來。」

蘇婉笑起來，從前她家乳娘嫌她不關心喬勐，現下又嫌她過於關心他了。

「如今乳娘才是愛重二爺，這麼相信他。」
「娘子說的這是什麼話？」
兩人說笑間，一陣穩健的腳步聲傳來，蘇婉坐起了身。「二爺來了。」
話音剛落，喬勐走了進來。
「娘子醒了？」他一看到蘇婉，整個人精神起來，快步走到她身前，扶著她。
蘇婉看著他如沐春風的樣子，想必無甚大事，便道：「早醒了。前頭沒事了？怎麼這個時辰過來？」說著下了地。
喬勐幫她拿鞋子。「沒什麼需要我的事了。徐大家讓我帶妳去瞧瞧熱鬧，想不想去？」
「那敢情好，我正想去呢，有你來帶我，我也放心。」蘇婉看著蹲下幫她穿鞋的喬勐的頭頂，心裡甜絲絲的。
「自然要等我來帶，旁人我哪能放心？」幫蘇婉穿好鞋，喬勐站起來，點點她的鼻頭。
蘇婉打掉他的手，看看自己的腳，突然道：「我是不是胖了很多？」
喬勐捧起她的臉瞧，又後退一步，仔細打量她的身子，堅定地搖了搖頭。「沒有啊，還是和從前一樣好看。」
蘇婉笑著，又打他一下。
忽然間，兩人同時想到一件事——
喬勐：我好像很久沒挨揍了。

蘇婉：我家二爺很久沒闖禍了。

夫妻倆到了前頭的主園時，眾學子正努力想著驚豔絕倫的詩句，作畫的人還在精細地繪製著，沒注意到蘇婉這邊。

喬勐領著蘇婉走進亭榭，與幾位名士見禮。

其實在他們離得老遠時，徐遙便指給眾人看。好奇的幾人坐得雖端正，但脖子也悄悄伸長了。見到真人，也不由嘆著，想著為她賦詩或描畫。

蘇婉帶著盈盈笑容，對幾位先生行了禮。先生們倒也矜持，只是微微頷首，待她入座後，眾人你一言、我一語的，同她交談起來。

喬勐看著，既是驕傲，又有些吃味。

好在，第二輪作詩很快就結束了，先生們忙著評比出能進入第三輪的五位學子。

「娘子，妳累不累？」喬勐看看那邊又吵起來的幾位先生，慢慢挪到蘇婉身邊。

蘇婉輕啜了口清泉水，無奈笑道：「我又不是瓷娃娃，就這一會兒，哪能累著了？」

喬勐撇撇嘴。「我這不是怕妳聽多了話，嫌吵嘛。」

「我不嫌吵啊。」蘇婉恍若聽不懂他話中意思。

喬勐氣結，哼了一聲，轉過臉同趙立文說話去了。

蘇婉捂嘴偷笑。

很快地，參加第三輪比賽的學子選出來了，孟益也在其中。

「你的眼光不錯啊。」趙立文拍著手中的扇子，小聲對喬勐道。

喬勐得意。「那是，也不看看是誰看中的人。」

他說完，招來來財吩咐幾句。

來財領命後，退了出去。

來財避開人群，找到孟益，跟他說了幾句話。

孟益聽了，驚訝地看向左右，見無人注意他，點了點頭。

來財離開孟益後，又去找章景。

「章郎君是否想買到銘鴻大家的畫？」來財將無所事事的章景拉到旁邊，悄聲問道。

章景微訝。「你是何人，怎知我……」

他來這個詩畫會是受家人指派，為的就是能拔得頭籌，拿到買畫資格。那個孟益一窮二白，拿到資格又有何用？

來財道：「我家郎君願助您一臂之力，您只需花上五十兩銀子，按照指示即可……」

第四十七章

第二、三輪作詩無甚風波，轉眼間便結束了，另一邊的作畫亦是如此。

一番點評後，詩組與畫組一共選出七名最佳者，分別得到幾位名家的手書，以作獎勉。

當然，最重要的是，喬勐起身各發了一張燙金箋帖給這七個人，可參與銘鴻大家的拍畫會，憑箋帖出價。每幅畫都有底價，競拍者在箋帖寫上心目中的價錢，價高者得。

孟益也在七人中，接過喬勐手裡的箋帖，有些緊張地舔了下嘴唇。

喬勐給他一個安撫的眼神後，走向下一個人。

這個孟益確實才華橫溢，後兩次作的詩，先生們讚不絕口，這次的交好並不虧。

章景站在外圍，看著那七人領著他夢寐以求的箋帖，眼眶微紅，又想到剛剛來財同他說的話，不免有些焦急。

發完箋帖，喬勐回到亭榭，向幾位名士行禮後，長袖一揮，亭榭兩側走出兩名壯漢，小心翼翼地抬來一架屏風，上面遮著一塊紅布。

喬勐看看下面的學子，眸光閃過笑意，轉身對徐遙做了個請的姿勢。

徐遙緩緩起身，心中微微疼著，有些捨不得地走到屏風右側。

「我們請銘鴻大家揭幕。」喬勐看出徐遙的不捨，忍住笑意，催促他一聲。

蘇婉的目光一直留在喬勐身上，若是喬勐此時回頭，定能從他家娘子眼裡看出「我家有子初長成」的欣慰眼神。

徐遙咳了一聲，眼一閉，揭下紅綢，露出掛在屏風前的踏雪尋梅圖。

眾人皆驚豔往前，甚至想跨欄前去一觀究竟。

喬勐見罷，對兩個壯漢點頭，壯漢們抬起屏風，來到眾人面前。但有壯漢們守著，大家不得往前，只能留在離畫數尺外的地方。

「此畫乃是徐大家在三十歲生辰時，路過雲山寺，被寺中後山凌寒傲霜、豔若桃李的紅梅所吸引，流連忘返，便夜宿寺中。第二日清晨，徐大家推開屋門，再要去賞梅時，發現外面已是白雪皚皚，但這場大雪並沒有阻止他想要尋梅的意志，最終便有了大家看到的這幅踏雪尋梅圖。而且，這卷軸是由子坎先生親手製作，刻有子坎先生名諱。」

喬勐聲情並茂地講述了尋梅圖的由來，引得眾人無限嚮往，感嘆連連。

「此畫底價兩千兩。」

喬勐說完，走向眾學子，身後的人搬來六架屏風和七張桌子，簡單布置一番後，將他們與眾人隔絕開來。

接著，喬勐請了七人進入屏風後。

「諸位可帶一人進去幫忙參詳。」喬勐聲音不大，亭榭裡的先生們聽不見。

孟益一臉緊張地看著喬勐，喬勐朝他點點頭，示意他進去，又讓來財帶了一批人過去。

當然，這七人中，不只孟益買不起畫。喬勐早讓人跟占了名額，卻買不起畫的學子通了氣，幫著找好接手人。

有人為畫，有人為名，自然兩廂得宜。

「怎麼是你?!」章景被來財帶進屏風後，發現自己花五十兩買的箋帖竟然是孟益的，頓時不依了。

「噤聲！」來財學著喬勐平日訓人的模樣，低聲喝道：「章郎君若是不樂意，自有願意之人。」

章景閉了嘴，其實孟益也想說什麼，但見來財這般，便沒出聲，將自己的箋帖遞給章景，章景也在來財遞來的轉讓書契上簽了字。這也是喬勐事先準備好的，怕雙方生事端。

喬勐在屏風牆前遛遛達達，時不時同幾位學子說說話，再往亭榭瞧上一瞧，看看他家娘子如何了。

半刻到，喬勐讓人敲了鑼，請七位學子按桌號交上箋帖。

他將箋帖收齊，交給幾位名士看過後，將競價公布於眾。

第一幅踏雪尋梅圖出價最高為三千八百兩，為稽郡王氏所得。

「是我是我！」王家小郎君一看是他所寫的數目，高興得舉起手歡呼。

一時羨慕與嫉妒之聲不絕於耳。

喬勐看著，笑而不語。

「第二幅畫，是溪水竹屋圖……」喬勐又是一頓吹捧，這次就不是徐遙揭紅綢，他直接自己來了。

而亭榭裡的眾名士們並不關心競價，依舊談詩論道。錢財對於他們來說，乃是俗物，不可多提。

這些日子，徐遙為生計所迫，已然知曉錢財的重要，但他不能表現出來，錢管家也不會允許他這時失態，只能用眼角餘光瞟一瞟，期盼這些人能多出點錢。

第二幅畫被臨江的世家子弟買走了。

第三幅，依舊是稽郡本地望族拿到。

後面三幅畫，競爭越發激烈，大家絞盡腦汁想著該寫什麼樣的價錢，遲遲落不下筆。

喬勐也不急，他算了下，已經差不多湊到買園子的錢，現在擔心的是他家娘子那幅雪梅繡圖。其實賣多少錢，他並不是很在意，在意的是有沒有人喜愛，不想讓他家娘子失望。

最後一幅畫拍賣時，出現了相同的價錢，最後以當眾比文采定勝負。

章景一幅畫都沒買到，這會兒孟益也不氣了，但他素有涵養，沒有露出嘲諷之意，但還是在心裡樂了一下，屏風後的兩人氣氛有些尷尬。

最後一樣東西被放上來，眾學子都很好奇，伸長脖子等喬勐揭紅綢。

「最後一樣，大家想必也聽聞了，是仿照銘鴻大家的雪梅圖繡製成的雙面繡。」

但喬勐就是不揭，還在講著和刺繡有關的東西，有人聽得不耐煩了，直接道：「先讓我們看繡品吧，你說的這些，我們又不懂。」

其他人附和。「就是就是。」

喬勐不惱，勾唇輕聲一笑，目光在嚷嚷的人身上掠過，引得他們身上泛起一陣冷意，慢慢閉上了嘴。

蘇婉搖搖頭，起身走到欄杆口，看向不遠處的喬勐，不知道他要做什麼。

幾位先生也跟著起來，他們都是見過雪梅繡圖的人，但也好奇喬勐會怎麼說。

「你們平日所見的繡品都是單面的，是也不是？」喬勐不慌不忙地打開趙立文的扇子，搧了兩下，覺得有點冷，悻悻地收起來，對眾人說道。

「我只見過單面的，從未見過誰能繡出雙面。」說話之人還拉起衣服上的繡花看了看。

在人群裡的孟益恍然覺得自己好像在哪裡見過相同花紋的東西，摸摸身上，從懷裡取出幾樣物品，看了一眼，忽然眼睛一亮，從袖口處取出一方帕子，瞧清楚上面的繡花後，趕緊掀到背面去看。

果然，另一面相同的地方，也有一模一樣的繡花紋。

他立即拿給友人看，一傳一，大家紛紛拿了被他們忽略的帕子查看起來。

「真的是雙面繡吔！這繡花栩栩如生，好繡工！」這麼多大家子弟，自然有識貨的。

「好像是蘇繡坊的。看，贈送的筆袋上也有這種雙面繡花。」

「原來真有這種繡技啊！」

眾人你一言、我一語，場面亂糟糟的，但是喬勐很高興，心想有些人出身世家大族，不也跟沒見過世面一般嗎，沒見過他家娘子的雙面繡。

「這位郎君，你別賣關子了，快快揭開紅綢，讓我們瞧瞧這雪梅繡圖吧。」有學子被四葉草雙面繡勾得心癢癢，見喬勐光站那裡傻笑，著急地喊道。

他這一喊，立即有人附和。

「哈哈，不要著急，繡圖又跑不了。就算繡圖跑了，我們平江蘇繡坊又不會跑。」喬勐不忘介紹自家繡坊。

原本對最後一幅雪梅繡圖不感興趣的人，興致也被挑起來了，伸出腦袋看向掛著紅綢的屏風，跟著起鬨，要喬勐趕緊揭紅綢。

「妒婦誤家啊，二郎如此聰慧之人，可惜了……」有位名士嘆道。

「確實，若非今日親見，只怕我等也會以為他是一紈袴子弟。」

「以前老夫還覺得奇怪，畢竟他生母是……」

「咳咳……」有人出聲打斷，前者立即收了聲。

徐遙不明就裡，出於對喬勐的關心，剛要問時，被蒙西先生以眼神制止了。

蘇婉卻立即轉身看向剛剛提及喬勐生母的先生，問道：「先生識得我家官人生母？」

那人避開她的目光。「咳，年輕時偶然見過一面。快看，前面要揭紅綢了！」那位先生顯然不想多說。

蘇婉無法，只好轉身去看喬勐那邊，但也把那位先生記在心裡，想著等這邊散場，再帶喬勐去拜訪。

她覺得，那位名士剛剛說的話很奇怪。

同樣地，喬家待喬勐也很奇怪。

待眾人的興致都被提起時，喬勐覺得時機差不多了，便揭開紅綢。

「呼，這跟雪梅圖一模一樣啊，都看不出是繡的。」

「真的是繡的，我看見了繡紋！」

「大家可以靠近些看。」喬勐邀請眾人上前。「但是莫要碰，弄髒了，可是要賠的。」

喬勐又拍拍手，守在屏風前的壯漢小心地將繡圖翻過來，與前面繡圖一般無二，同樣精美絕倫。

「這件繡圖沒有底價。」

喬勐說完，環視在場學子一圈，又把目光放在繡圖上，用充滿愛意的眼神看了一會兒後，道：「這幅繡圖大家都可以競價，當然，依舊是價高者得。」

他一說完，學子們便交頭接耳起來，估算這幅繡圖的價值。
有人說千金難換，有人說虛有其表，不值。也有人心生愛意，奈何阮囊羞澀。有人手握重金，卻依舊在細細估量。
就在大夥兒爭論不休間，有人舉了手，朝喬勐喊道：「我出五十兩！」
他甫一喊出，頓了一下，眾人哄堂大笑，隨後便有人跟著喊：「我出八十兩！」
「我出一百兩！」
「我出二百兩！」
喬勐笑而不語地聽著你一聲、我一聲，似在玩鬧的學子們，輕輕晃了晃腦袋，無聊地抽出扇子，敲敲發瘦的脖頸，突然像是感覺到什麼，轉首往亭榭望去，正好對上蘇婉一直注視著他的目光。
「娘子！」喬勐隔空搖了搖手裡的扇子，無聲地朝她喊。
蘇婉亦是歪歪頭，對他笑了笑，頭上釵環跟著晃動，似有叮叮聲，亦像她此刻的心情。
競價越來越高，這會兒已經達到五百兩。其實蘇婉和喬勐不是很在意這幅繡圖能賣出多少銀子，他們最終的目的，是讓蘇繡坊在這些人中打出名聲。
「我出八百兩！」這聲正是先前買了孟益的箋帖，卻一幅畫也沒買到的章景發的。
要說他多喜愛這幅繡圖，那倒不至於，主要是今日不能空手而歸。剛剛就有平日裡與他相對的，來嘲笑了。

「我出八百零一兩！」與章景不和的學子立即喊道，喊完還挑釁地看他一眼。

「你！」章景生氣地看著對方。

喬勐沒有看他們，而是望向孟益，只見他一臉平靜地看著繡圖，聽章景與那人一聲接一聲的相爭，只是低眉笑了笑，沒有露出嘲諷或幸災樂禍的表情。方才被章景陷害之事，好似沒有發生過。

喬勐點點頭，再次在心裡自豪，不愧是他看中的人啊。

徐遙站在欄杆前，聽著那邊以幾兩銀子的差價在競價時，有些心疼，想收回繡圖，反正買園子的錢已經籌好了。

就在他準備叫人時，蘇婉走到他身邊。「徐大家，你可是有不忍之意了？」

「這畢竟是婉娘子的心血之作。」徐遙有些不好意思，當初是他要把人家的繡圖拿出來賣的。

蘇婉看看遠處立在人群裡的喬勐，淺笑道：「這幅繡圖，本就是想藉先生之手揚名。承蒙先生憐愛，繡圖若是在先生之手，先生必定會深藏於室。」

徐遙點頭。「那是自然。」

「可我希望世人皆能見。」蘇婉看著徐遙的眼睛，緩緩說道。

她不是愛虛名之人，如今是想讓自己有虛名、有光環，這樣才能保護她想保護的人。

喬勐不知她想揚名的真正目的，卻知她心意，默默地幫著她。

她家二爺真真是個可人兒，讓人喜，讓人歡。

徐遙聽到這裡，有些不解。「婉娘子既知我意，當初為何將之贈與我，莫非神機妙算，算出我有困境？」說得一本正經。

蘇婉被逗笑了。「先生真會開玩笑。若先生無此番困境，便用其他法子呀。」

徐遙失笑。「那我豈不是要被你們夫妻倆套住了？」

蘇婉被他的話驚了下，抬眼看他，發現他的臉上並沒有不高興的神色，這才鬆了口氣，想要解釋。

「先生，我們……」

「無妨。」徐遙擺擺手。

若是他一開始就知道這對夫妻的想法，定會將他們攆出去。但相處了這些時日，對喬勐心生憐意，又聽聞他的處境，更對他們生不起氣來。

這邊說著話，另一邊競價越發熱烈，最終雪梅繡圖以一千零二十兩的價錢賣出，得到它的，正是章景。

為了一時意氣，章景在喬勐樂呵呵的表情中，簽字畫押。

喬勐面上雖在笑，但眼神並無熱意，若有更合適的人，他才不會讓他家娘子的第一幅雙面繡繡圖給這個姓章的拿走。

如果她家娘子盛名在外，還想一千兩就買走，作夢！

喬勐頓時心疼起蘇婉來。

而蘇婉則在後面心疼喬勐，這人一向肆意，今日陪笑都陪一整天了。

簽完書契，喬勐裝作不解地撞了下章景的肩膀。

「嘿，幹麼一副愁眉苦臉的樣子？」

「嘶。」章景揉揉被撞得有些疼的肩頭，瞪向喬勐。「你明知故問，這玩意兒又不是名家所繡，雖是精緻，但哪值得一千兩銀子。」

「你這話就不對了，可知道臨江曹家？他們家女眷爭搶著要我家娘子的繡品呢，你別不知福。」喬勐佯怒道。

章景狐疑地看著他，一臉不信。

「你愛信不信。」喬勐一副滿不在乎的樣子，又讓章景懷疑起自己來。

喬勐看他這糾結的樣子，心中冷笑一聲，靠近他，在他耳邊道了幾句話。

起初，章景還有些猶疑，過了一會兒，笑意一點一點爬上臉。再過一會兒，便和喬勐一副哥倆好的樣子了，痛快地讓人付錢。

接著，名士們下了亭榭，來到園子裡，同諸位學子飲一杯酒，同看兩場歌舞。這時已是月上枝頭，燈火闌珊，一眾名士又寬勉學子幾句，這場詩畫會便結束了。

買到畫的學子，交了訂金，三日內付清全部的錢，便可領走畫。

臨走時，學子們依舊精神抖擻，高聲談論著今日所得與見聞。

到了門口，喬勐正帶著人發蘇繡坊開業的邀請帖。

當然，不是人人都有，一共只有二十張。

孟益再次受寵若驚地接過喬勐手上的帖子，心裡對他充滿感激，對他深深一拜，並無他言，只道：「在下定會去。」

喬勐拍拍他的肩，沒說什麼。

到了章景時，二十張箋帖正好發完，他和喬勐哥倆好地互視一眼，喬勐坦坦蕩蕩，他卻是有些尷尬，最後指了指喬勐，便離開了。

喬勐呵了一聲。

第四十八章

夜色深深，人潮已散，蘇婉迷迷糊糊睡到半夜，身邊的床榻突然一沈，不由睜開眼。喬勐的身子半立著，見她醒來，不好意思地道：「把妳吵醒了？」

「沒有，什麼時辰了？」蘇婉揉揉眼睛。

詩畫會散後，等賓客都走了，喬勐便派人將蘇婉和幾位名士們送回徐園，他留下善後。喬勐摸摸蘇婉的額頭，道：「應是子時末了。」打個哈欠，躺下身子，摟了摟蘇婉。

蘇婉拉過他的手，放在自己的臉上。「今日辛苦我們二爺了。」

喬勐笑了聲。「不辛苦。娘子今日可有不適？」

「沒有，我很好。」蘇婉喃喃，腦袋又湊近喬勐，在他胸口蹭了蹭，鮮見的眷戀。

這可把喬勐嚇著了，他家娘子何曾這般待過他啊，今日在亭榭那裡，該不會受什麼委屈了吧？

「娘子，那幫老傢伙是不是在我走之後欺負妳了？」喬勐立即坐起身，藉著微弱的燭光，有些生氣地看著蘇婉。

「什麼老傢伙？」蘇婉有點懵。

「就是銘鴻大家他們！」

蘇婉無言，拿手拍了下喬勐的臉。「你想到哪裡去了？還說自己不累，快歇息吧。」
喬勐覺得，好像真是他多想了，乖乖躺下，閉上眼。許是今日他家娘子見著他英明神武的一面，對他越發愛慕了。
嗯，一定是這樣。
而蘇婉則是在黑暗中想著，明日定要找那位提及喬勐生母的先生，問一問喬勐的身世是否有隱情。
唉，她家二爺是個小可憐啊。想到這裡，蘇婉又去抱了抱喬勐。
喬勐得意地揚起腦袋，輕輕拍著蘇婉的背，蘇婉很快又睡著了。

隔日，蘇婉想去尋那位先生時，得知那位先生早早便離開了，覺得對方是有意避開她，只得將此事按下，他日再親自登門拜訪。
子坎先生也來了稽郡，與徐遙一見如故，相談甚歡，加上喬勐，三人成了忘年交。
過後兩日，喬勐與徐遙陪著子坎先生，遊玩了稽郡的名山名水。
第三日，六幅畫的尾款全部收回，徐遙順利地買下徐園，蘇婉和喬勐即將踏上歸途。
蘇婉的繡圖，也在稽郡傳出了名聲。
那日章景回家後，怕被罵，便將喬勐教他誇讚這幅繡圖的話，再添油加醋說與自家長輩聽，依言請了城中有名的繡娘來驗，自是上品，隨後連開數日品賞會，邀此地有名望的人家來觀這新出之作。

這些話，蘇婉是聽喬勐說的，他那和哈士奇一般搖尾求誇獎的樣子，讓蘇婉愛極了，就想給他做一身尾巴裝。

她想起後世那些可愛的小動物睡衣，有些懊惱這裡沒有珊瑚絨的衣料，不過可以用其他代替，等回了平江，再試著做出來。

喬勐不知他在他家娘子心目中真正的模樣，還在洋洋得意，走路都帶著風。

這日，錢管家在院子裡，看著家僕將徐遙最喜歡的一套畫具裝進箱籠，抬了出來，連忙上前叮囑。

「哎，小心一點，千萬別碰著了，這可是老爺的心愛之物！」

這個剛叮囑完，後面又抬出來一箱，他又心驚膽戰地上前，讓他們動作輕些。

「老錢啊，我看你這緊張的樣子，想必這些都是你家老爺的寶貝吧？」喬勐百無聊賴地站在一旁看著。

「是啊。」錢管家擦了擦額角的汗，目光依舊盯著那些箱籠。

「那我看，你還是勸你家老爺別帶了，要是上了船磕著碰著，我可賠不起。」

「有什麼法子，我家老爺不帶上這些東西，晚上連覺都睡不好。」

原本徐遙不會跟喬勐他們去平江的，但他這些日子和子坎先生日日秉燭夜談，十分投契，有些不捨，但子坎先生要趕著去平江吃火鍋，不願留在稽郡，打算與喬勐一道離開。於是，徐遙一拍腦袋，決定跟他們走了。

這下可把錢管家忙壞了，他家老爺臨時起意，卻不肯輕簡行囊，這個也要帶，那個也要帶。若非喬勐說船上裝不下那麼多東西，他大概要把全部家當都帶上。

好在，船送那些平江及臨江的客人回去，幾日後才會回來，好讓他們收拾行李。趙立文也跟著船回去了，喬勐與他訂了日子，再談在臨江開火鍋店的事。

等錢管家終於把徐遙的心愛之物收拾妥當後，船也回來了。

臨走時，喬勐派人送了些文房四寶跟書給孟益，沒給銀子，也沒留隻字片語，卻讓拿到東西的孟益落了淚。

到了平江，下船踏進喬宅，蘇婉和喬勐的心才真正安定下來。

得知喬勐會帶兩位貴客回來後，蘇長木早早帶人將前院從頭到尾整理一遍，徐遙和子坎先生住進去正好。好在喬勐事先與他們說過，他家不大，兩人並沒有帶多少奴僕。

「娘子！」蘇婉一進內院，早早在此等候的蓮香和銀杏立即迎上來，眼眶都紅了。

蘇婉一手拉著一個，問道：「這是怎麼了？莫不是我不在的日子，有人欺負妳們？」

蓮香和銀杏搖頭。「不是，就是……就是想娘子了。」說著說著還哭起來。

蘇婉哭笑不得，這兩個都是大姑娘了，怎麼還跟孩子似的，幾日不見她，就這般思念。

「好啦好啦，不哭不哭，我也想妳們。」蘇婉只好摟住兩個人哄著。「哎喲，快別哭了，小臉都花了。妳家娘子現在好累，咱們進去說，好不好？」

銀杏立即退開一步，她一退，蓮香也跟著退，兩人臉上都浮出歉意。

銀杏搶先道：「娘子，對不起，您快進去歇息，我幫您按按肩，鬆快鬆快吧。」

蓮香緊接著問：「師父餓不餓，渴不渴？白果在火鍋店裡忙著，但她聽說師父今日便能到家，早上特地做了點心，就等您回來呢。」

蘇婉笑起來，心暖暖的，還是自家人好，事事都惦記著她，整個人放鬆下來，身上的乏累也去了三分。

「好。」

兩人一聽，一個趕緊去廚房取點心，一個扶著蘇婉進屋，讓她坐在榻上，幫她按肩。

這一切都看在姚氏眼裡，欣慰地笑笑，讓梨子安排人搬箱籠。

「妳們這些日子怎麼樣？」蘇婉半靠在榻上，被銀杏按得身上鬆快些許，打個哈欠，又用了些茶點，問著銀杏和蓮香。

蓮香回答。「師父，我們一切安好，您和二爺吩咐的東西，我們都在繡著，已經有不少成品了。」詳細地說了繡坊的事。

等蓮香說完，銀杏告訴蘇婉，繡坊添了多少人，她和蓮香將原來繡娘中表現比較好的提拔成管事。還有，子坎先生徒弟的單子已經出了一部分的貨，收回部分的錢。

「明日，我把帳本拿給娘子看。」

蘇婉半瞇起眼，懷孕的月分大了，身子越來越沈，她日漸愛睏，總嫌睡不夠。

「娘子剛回來，這些事遲些再說吧，先讓她歇息。」姚氏見蘇婉滿臉疲態，打斷了銀杏的話。

銀杏這才反應過來，很是愧疚。這幾日蘇婉都在路上，這會兒肯定累極了，而她竟然只顧著說繡坊的事，沒讓她休息。

「沒事，我就想聽妳們在身邊說說話。在稽郡，梨子還小，平日沒什麼人跟我說話，我悶得慌呢。」蘇婉安慰銀杏一句。

但銀杏不敢再勞累她了，連忙起身，退到一邊。「娘子，您還是先休息吧，回頭我們再來。」又去看蓮香。

蓮香也正有此意，跟著告退。

蘇婉確實沒什麼精神，便隨她們去了。

姚氏見罷，把蘇婉扶到床上，幫著她脫去外衣躺下，蓋上被子。

「乳娘，我突然想吃來福樓的紅豆糕了，妳讓二爺買些回來吧。」蘇婉閉上眼。

姚氏憐愛地搖搖頭，應聲好，轉身出去了。

銀杏走出主屋後，一拍手，忽然想起一件事。

「哎呀，那事還沒跟娘子說！」

她這一叫，蓮香也想起來了。「要不，明日再說？不過蘇管家肯定會跟二爺說，等二爺回房，師父就知道了。」

「什麼事啊？」姚氏一走出來，聽見蓮香的話，問了句。

蓮香想著，告訴姚氏也是一樣的，便道：「前些日子，臨江喬家來了人，聽說師父有了身孕，身邊卻沒個長輩照顧，要師父回臨江安胎呢。」

姚氏驚呼。「什麼?!」

銀杏道：「我覺得那邊肯定沒安好心，來傳話的嬤嬤一臉刻薄相，壞得很，非要藉擔心娘子的身子為由，逼蘇管事開後院的門，想進來看娘子的房間呢。」

「那妳們讓他看了嗎？」姚氏急問。

銀杏腦袋一晃。「當然沒有，蘇管事看頂不住了，讓人去叫九斤，還有我和白果回來，我們把她們打了出去。」

姚氏一聽，先是鬆口氣，隨後心又提起來。「啊？你們把人打了出去？」這下不好了，臨江那邊肯定不會善罷甘休的。

銀杏看著姚氏的表情，知道自己做錯了事，但那會兒他們也是沒有法子了。那個嬤嬤的樣子，就是恨不得要把蘇婉屋裡的好東西全部搬走。

「當時是沒法子才這樣做的，姚嬤嬤不知，那嬤嬤說咱們二爺的東西是喬家給的，師父房裡的那些東西，也應該是喬家的，也就是大太太的。」蓮香連忙幫銀杏他們解釋。
「欺人太甚！大太太都把二爺趕出來了，還想要做什麼?!」姚氏也怒了。
「他們走的時候說，等二爺和娘子回來，他們還會再來，這可怎麼辦啊？對了，他們還去繡坊，在堂前看了看，我們沒讓他們進後院。」銀杏一想起這事，蘇婉回來的喜悅都散去幾分，滿面愁容了。
姚氏斜看她一眼。「怕什麼，我們二爺又不是吃素的，會由著她欺辱娘子？」
姚氏安了銀杏和蓮香的心，打發她們回繡坊，又吩咐梨子照應房裡的蘇婉，便去前院找蘇長木了。
前院裡，喬勐安頓好徐遙和子坎先生，從九斤和蘇長木口中知曉了黃氏派人上門的事。
砰！喬勐一拳砸在桌子上，恨恨看著臨江的方向。
「二爺，這個黃氏未免太猖狂，連這種話也敢說。」九斤氣憤道。
喬勐的拳頭握得死緊，黃氏想動他，他無話可說，但她不該把主意打到他家娘子身上。
不過，這些話不應出自黃氏的人嘴裡，她心思深沈，斷不會輕易露出真正的想法。
「這話真是黃氏派來的人說的？」喬勐稍稍冷靜下來，問蘇長木。
「確實是大太太的人，是大太太跟前常在外走動的嬤嬤。」九斤跟著喬勐久了，自然摸透黃氏身邊有哪些人。

喬劭撚了撚手指，還是覺得有些奇怪。

他又向九斤和蘇長木問了些細節，在心裡仔細琢磨著，想找出哪裡不對勁。

三人正談著，來財進屋稟報，說姚氏來了。

喬劭想著，應該是蘇婉聽到消息，讓姚氏叫他回去問的，便起了身，準備回後院。

「派人伺候好兩位先生，他們需要什麼，只管去辦。若是辦不了，就來找我。」喬劭收起怒容，一邊往外走、一邊吩咐蘇長木。

蘇長木應下。

門一開，喬劭見到姚氏，問她。「是娘子叫我？」

「不是，娘子睡下了。我是聽蓮香和銀杏說起臨江來人的事……」

喬劭點頭，伸手虛按了下，打斷她的話。「今日先不要告訴娘子，等明日娘子身子好些了，我來同她說。」

姚氏見喬劭神色自然，無悲無怒，放下心，同他說起黃氏的人想闖進後院的事。

「這件事，我會去打探。妳只管照料好娘子，不可讓人傷了她。」

「那臨江……」

「去個屁！」

「娘子說，讓您去來福樓幫她買紅豆糕。」

「去個……知道了，我這就去！」

喬勐剛走沒兩步，就被子坎先生和徐遙叫住。「二郎要出門嗎？」

這會兒，兩人換了衣衫，並肩向喬勐走來，身後還跟了錢管家。子坎先生是一個人先過來的，過兩日他的人也會到，幫著蘇繡坊製作繡品的裝飾。

「兩位怎麼沒歇息？」喬勐轉過身，對上兩人，眼睛卻是看著錢管家，後者無奈一笑。

「我們要去吃火鍋！」徐遙和子坎先生異口同聲道。

徐遙又說：「我聽子坎兄說，你開了間火鍋店，口味極鮮，來稽郡的那幫平江學子都讚不絕口。」

子坎先生話不多，看著很嚴肅正派，板起臉，連喬勐都要離上幾尺遠。不過此人有一大愛好，便是吃。若非聽了喬勐對火鍋的吹捧，將他引來，才懶得離開臨江來幫他。

這不，剛下了船安頓好，他就迫不及待要去嚐嚐火鍋。他也從平江學子那裡聽聞火鍋的美味了。

「那是自然，我家火鍋可是獨一無二！」喬勐對於他家娘子搞出來的東西的誇讚，向來照單全收，毫不扭捏，還引以為豪。

他說完，剛剛鬱結的心情頓時消散，大手一揮，決定帶兩人去火鍋店。

「先生們想與我走過去，沿途看看市井俗趣，還是坐轎或坐車？」喬勐走至門口問道。

徐遙和子坎先生互看一眼，決定走路去。

喬勐點點頭，不過還是吩咐人駕車跟著。安排好後，三人便一起出了門。

九斤也跟了上去，快步走到喬勐身邊，小心地對他說：「二爺，你們不在城裡這些日子，城裡開了兩家仿照咱家的火鍋店。」

喬勐早有所料，但這會兒聽到了，心裡還是很不爽，恨不得把對方的店砸了。

「要不，我今晚帶人砸了那兩家店？」九斤臉上閃過一絲陰狠，到底是跟喬勐久了，自然有喬勐的行事之風。

不過，這個行事之風是之前的喬勐的，遇見蘇婉後的喬勐……

他啪地對著九斤的腦瓜一拍！

「胡說什麼，我們是土匪惡霸嗎？怎麼能做這種事呢！咱們得以德服人，知道嗎？」喬勐氣極，雖然他有這個想法，但他現在敢這麼做嗎？他家娘子豈不扒掉他一層皮！

在他倆身後的徐遙和子坎先生同時摸了摸鬍子，點點頭。

看，外面那些人都誤會了，二郎是個好孩子啊，聰明伶俐，知禮守義。

九斤揉揉腦袋，看看喬勐，突然想起一件重要的事，現在喬勐若是幹壞事了，肯定會被蘇婉揍的。

想到這裡，他低下頭，決定還是自己去幹吧！

「二爺，小的知道錯了。」九斤乖乖認錯。

喬勐擺手。「行了，咱們也沒辦法制止這種事。他們的口味如何？咱們家用的可是娘子的獨門秘方。」

九斤咧嘴笑。「我讓人去吃過，差得遠了，咱們家婉娘子的秘方是獨一無二的。不過，蝨子說，種番椒的園子老有人在外頭鬼鬼祟祟的。」

如今加入番椒的火鍋底料都是在喬宅隔壁的菜園裡做的，運去火鍋店，自然會落入有心人的眼裡。

這些人聯想著，火鍋店歸娃霸保護，這菜園也與娃霸有關，兩者肯定有關係，說不定秘方就在菜園裡。

「沒讓他們探出什麼來吧？」喬勐皺眉問道。

九斤拍拍胸脯。「有我在呢，蝨子也讓他那邊的人日夜在園子裡巡邏。」

喬勐稍稍放心，加快步伐，走得離身後兩人遠了些，對九斤說：「明日你派人跟趙縣令說一下這件事，請他派些衙役過來，再讓蝨子那邊的巡查放鬆些。」

九斤也是個老江湖了，喬勐一說，他便懂了，領命去辦。

第四十九章

平江是水鄉，小橋流水甚多，別有一番風味，饒是看過名山大川的徐遙也為之頓足。

「先生以前沒有來過平江嗎？」喬勔見他兩步一停，不由問道。

「路過，但沒有停過。」是為他一樁遺憾，幸好如今來了。

子坎先生倒是來過幾次，卻也未像今日這般，可以愜意流連。

他們一路感嘆著，用了快一個時辰才走到西坊街，已是飢腸轆轆。

到了西坊街，子坎先生便聞到一股食物的香氣，味道獨特，是他沒有吃過的，便撇開喬勔和徐遙，朝散發香味的店鋪走去。

很快地，他走到店門口，抬頭一看，只見平江火鍋店五個蒼勁有力的大字刻在匾額上。

「子坎兄，你怎麼走得這般快？」徐遙跟上來，見子坎先生停在門口，問了一句。

「香！」子坎先生走進了店裡。

這會兒臨近傍晚，店裡已經有兩、三桌生意了。

「歡迎光臨～～」

「二爺回來了！」

跑堂夥計先看到子坎先生，如常歡迎，而後見喬勔進門，立即高興地叫起來。

聽到夥計的驚呼，在櫃檯前算帳的蘇二郎立即抬頭，見是自家姊夫，立即上前來迎。

「這是我帶來的兩位貴客，好好招待。」喬勐朝蘇二郎揚手，指著徐遙一行人。

蘇二郎立即向他們行禮，把他們引進自家人專用的包廂。

喬勐沒跟著進去，道：「你先招待著，好好介紹，我去對面看看。」對面是蘇大根他們開的麻辣燙和炸串店。

他們走過來也餓了，火鍋沒那麼快好，他先去弄點炸串墊肚子，順便關心那邊的生意。

蘇婉只睡了約莫一個時辰便醒了，是餓醒的。

「乳娘。」她虛扶著肚子，坐起來，朝外間喊了一聲。

她一喊，守在外面的姚氏便走進來。「娘子醒了，可是要什麼？」

蘇婉抿抿嘴。「我餓了。」

姚氏道：「早讓廚房備著吃食了，我讓梨子去拿。」

外間的梨子立即應聲。

蘇婉搖搖頭。「我睡多久了？二爺可有把紅豆糕買回來？」

姚氏安撫她。「娘子睡了一個時辰，二爺還未歸家呢，許是外間有事耽擱了。」

這會兒，蘇婉什麼都不想吃，只想吃紅豆糕，舔了舔嘴唇，又躺回去。「乳娘，我就想吃那個。」

姚氏生養過，自是知曉有孕婦人的習性，拍拍蘇婉，哄著她。「那先用點銀耳湯，再等等二爺，興許等會兒他就回來了。」

蘇婉蔫蔫的，也沒為難姚氏，微微點了點頭。

一覺醒來，沒見著她想要的紅豆糕，有點難過。她不知道為什麼會這樣，可就是難過。她不由想著，喬勐只是去買個紅豆糕，怎麼一個時辰還沒回來，路上遇著什麼事了？還是又遇著什麼人，與他們相談甚歡，把她的紅豆糕給忘了？

姚氏端著銀耳湯過來時，瞧見蘇婉這脆弱的背影，心裡一突，又覺無奈。

在稽郡時，喬勐離了幾日，她家娘子也是這般。喬勐把她寵得有小性子了。

「娘子，把湯喝了吧。」姚氏只當不知，喚了蘇婉一聲。

蘇婉本來落寞得都快要掉眼淚了，姚氏的聲音突然將她拉回來，不由點了點自己的腦袋，剛剛她都在想些什麼東西？

大概是這段時日身子重了，她也懶了，不愛動，閒下來便胡思亂想。

「乳娘，我自己來吧。」蘇婉坐起來，從姚氏手裡接過勺子，拿了碗，不好意思地道。

「還有什麼想吃的？我幫您做。」

蘇婉搖搖頭，她還是想吃紅豆糕，但這會兒有點不好意思了，想著又怪起喬勐來。

姚氏見她被喬勐寵得這般愛嬌，想著臨江的大太太讓她回去安胎的事，不免有些擔憂。

「乳娘，妳是不是有話想說？」蘇婉慢慢喝完一碗銀耳湯，發現姚氏的臉色不對勁，暗自看她好幾眼，有些心不在焉的，問了一句。

「啊？沒什麼，我就是在想，二爺怎麼還沒回來。我讓梨子去前院問問。」姚氏躲開蘇婉的目光。既然喬勐說他會告訴蘇婉去臨江的事，她就不便多嘴了。

「嗯，去問問吧。」

蘇婉喝了一碗銀耳湯，肚子不是那麼餓了，不過依然想吃紅豆糕啊。

火鍋店的包廂裡，子坎先生拿著汗巾，不停擦著額角的汗，還不停從鍋裡挾菜。

「二郎，你這火鍋真是不錯！」

「對，絕！」

喬勐已經吃飽了，捧著一杯香茗慢慢飲著，聽著徐遙和子坎先生的誇讚，笑而不語。

「二爺。」門外傳來一聲叫喚，是來財的聲音。

「進來。」

來財一進門，便道：「二爺，姚嬤嬤讓我來問您，娘子的紅豆糕，怎麼還沒買回去？」

他這一說，喬勐立即跳了起來，一拍腦袋，他把這事給忘了！

九斤也跟著拍腦袋，他也忘了提醒喬勐了。

來財見狀，就知他家二爺忘了，靠近喬勐，在他耳邊急道：「娘子等得不高興了。」

「兩位先生，我先告辭。九斤留下，等會兒將先生們送回去。」喬勐匆匆交代一句，便如一陣風竄了出去。

喬勐買好紅豆糕趕回家中時，蘇婉為了不餓著肚子裡的孩子，正在吃著她不想吃的飯菜，見到他，眼淚頓時啪嗒啪嗒落下來。

這一哭，她又覺得自己矯情，這下更難過，哭得更凶了。

喬猛嚇一跳，心裡一急，一咬牙，直接拿了家法棍，遞給她。

「娘子，要不妳打我幾下。都是我的錯，妳別哭了，妳一哭，我的心都要碎了。」

蘇婉見喬勐這般，又想笑，頓時哭哭笑笑的，甚覺丟臉，連紅豆糕都不想吃了，一把塞給他。

「你吃，要是沒吃完，我就……」蘇婉接了家法棍，揮了揮。

喬勐這才放心了。

過了些日子，在蘇婉和喬勐訂下蘇繡坊於下月二十六正式開業，繡娘們與子坎先生他們的緊張忙碌中，臨江喬家的人又來了。

到底是回到熟悉的環境，除去剛回來那一、兩日，蘇婉的身體還有些不適，如今已恢復了精神，能安排家務、做繡活。不過喬勐還是不放心，每日依舊管得嚴。

這會兒，蘇婉在繡房繡著觀音像，蓮香帶著幾個繡娘坐在下首，代蘇婉教課。繡娘們一邊做著活計、一邊聽著教導。

突然間，門外傳來茶碗落地的破碎聲，接著，是喬勐刻意壓低的怒吼。「她想做什麼？妄想！」

幾位繡娘嚇得手上一抖，針刺歪了。蓮香連忙向蘇婉看去，蘇婉停下手上的活計，看向門口。

喬勐待在外間和家裡幾位管事談事，怎麼發起火來了？

「妳們做妳們的。」蘇婉見幾位繡娘停了針，開口說道，在心裡無奈地笑了笑。

這幾人是蓮香特地選的技藝較好的繡娘，簽了新契約，特地來學蘇婉獨門的刺繡手藝，來家裡好多次了，但見著喬勐，依舊像是老鼠見到貓似的。

繡娘們不好意思地看蘇婉一眼，答了聲是。

蘇婉笑著對身旁的姚氏說道：「乳娘，妳去外間叫二爺小聲些，別老是這般。打碎了茶碗，還是要花錢買的。」

姚氏拿帕子掩嘴，起身出去。過了一會兒，神色凝重地回來了。

蘇婉納悶。「怎麼了？」話音剛落，喬勐跟著走進來。

蓮香見狀，立即起身，招呼繡娘們退出去。

「臨江那邊的人又來了。」姚氏隱帶憂色道。

這件事，蘇婉早就從喬勐口中知曉了，這會兒再聽說，倒也不吃驚。她早就知道，那邊不會輕易放棄，還會再來，沒想到就是今日。

「我讓九斤帶人把他們哄走。」喬勐看著蘇婉道。

蘇婉搖頭。「還是把人請進來吧。」

上次他們不在家，情有可原。這次她和喬勐都在，再趕人走，就是目無尊長。

喬勐很不高興，但他也知道不能真趕人走，更多的是對自己生氣。蘇婉是受他牽連，黃氏拿他沒辦法，便想法子折騰蘇婉。

可他到底出身喬家，黃氏是他的嫡母，人倫綱常不能不顧。若是以往，他可以撒潑，但現在他們走的路，萬不可為此染上污名。

喬勐站在窗前，看著院子裡的樹，不說話。

蘇婉知道他心中有火，能忍著沒出惡言已是不易，沒再多說，讓姚氏親自把人帶進來。

他們在忍，在門口等了好一會兒的孫嬤嬤，卻不想忍。

她一被請到蘇婉跟前，便隨意行個禮，抬起下巴對蘇婉道：「婉娘子出身不好，又沒個長輩在身邊教導，難免失了禮數，奴婢便不與婉娘子說教了。」

蘇婉與喬勐坐在上首，她面上帶笑，溫和地看著孫嬤嬤，不見分毫惱色。而坐在她另一側的喬勐卻低垂著眉眼，握緊了拳頭。

「乳娘，給這位嬤嬤上茶。」蘇婉吩咐姚氏，又對孫嬤嬤說：「嬤嬤請坐。」

孫嬤嬤不客氣地坐下。

蘇婉道：「嬤嬤說得是，我是小門小戶出來的，有些禮數是不周到，還請嬤嬤莫怪。」

孫嬤嬤直視她。「所以我們太太這才讓我來啊，如今婉娘子有了身孕，沒長輩照應，她實在不放心。」

蘇婉端起茶碗，放到嘴邊吹了吹，輕啜一口。「母親一番心意，我心領了。自成婚後，母親便讓我們擇府另過，也是盼著我們能少讓家裡操心。如今這點小事，怎好煩勞母親。」

「婉娘子說的是什麼話，倒顯得我們太太苛待了妳和二爺。」孫嬤嬤坐下後，連茶碗都沒端起過，板著臉，口氣裡帶了不滿。

蘇婉微笑。「我怎敢說母親的不是，只是我福薄，又不懂禮數，怕衝撞了母親。」

孫嬤嬤更不高興了。「婉娘子這是不願意聽長輩教導了？我看婉娘子是待在這鄉野裡，染上了野氣。」

喬勐聽不下去了，猛地一拍桌子。「妳這是對誰說話呢？」

孫嬤嬤雖在心底鄙視喬勐，可見他發火的樣子，還是讓她心頭一跳。「二爺這是做什麼，我可有說錯之處？」

喬勐冷哼一聲，蘇婉緊接著拍了桌子。「放肆！妳既稱二爺一聲爺，怎敢自稱我？妳是母親的人，對我不敬也罷了，怎麼二爺也要受妳這刁奴的冒犯?!」

「我……」孫嬤嬤愣了下，她是黃氏身邊的人，向來頤指氣使慣了，一時沒反應過來。

「好啊，還敢稱我！若是傳出去，豈不是要讓人說是母親管教無方，竟讓一個下人敢不敬主子！」蘇婉撐著肚子站起來，滿臉慍色，一副被孫嬤嬤氣著的樣子。

「什麼主子？婉娘子和二爺已是分府別過，哪裡還是主子？」孫嬤嬤反駁。

「呵，那妳豈不是說母親多管閒事，咱們既已是兩府，她還要來充長輩？」喬勐銳利的眼，直直瞧著孫嬤嬤。

「你……你這是對大太太的大不敬！」孫嬤嬤也跟著站起來，指著喬勐叫道。

「來人，把這個不敬二爺、敗壞母親名聲的骯髒貨趕出去！」蘇婉被氣得晃晃悠悠，隨時要倒。

守在外間的九斤立即走進來，拽起孫嬤嬤，將她往外拎。孫嬤嬤哪裡受過這般罪，頓時謾罵起來。

蘇婉也未叫人堵她的嘴，任她罵。

到了門口，九斤一把將孫嬤嬤扔出門，也一併把跟著她來的丫鬟推出去。

隨後，姚氏出來，大聲喝斥孫嬤嬤一番，說她對喬勐的不敬及對黃氏的污衊。

一時間，有不少行人對著她們指指點點。

把人趕出去後，蘇婉沈下臉，嘆了口氣，對喬勐說道：「我必須趕在她前頭去臨江。」

「不行，妳不知道她這個人！」喬勐重重甩了下雲袖，不答應蘇婉這麼做。

「二爺，唯有我去了，才知道她到底想要做什麼。之前找了表舅，挑唆彭大姑娘與你作對，險些藉她的手嫁禍給羅四圖，將你害死。我不知道她還有多少手段，現在我們在明，她在暗，防不勝防。」

蘇婉摸著肚子，若是有選擇，她也不願讓肚裡的孩子跟她一起去那個虎狼之家，但是與其提心吊膽地防備，不如一探究竟。

「她就是個瘋子，我現在跟喬家有什麼關係了嗎？我得不到喬家任何東西了，她還想怎麼樣？」

此刻，喬勐恨死了黃氏，也恨他的父親，以及祖父，甚至整個喬家。

「你的存在，就是她的一根刺，我不知道是因為什麼，但其中必定有事。二爺，你先冷靜，咱們不能自暴自棄，任她玩弄，必須有應對之法。」

蘇婉走到喬勐身邊，抱住他。

「你不能一輩子生活在她的陰影裡，你已經長大了，能夠面對她了。不要怕，我會保護好自己，等著你去接我。我相信你，你一定能把我帶回家，帶回我們的家。」

喬勐紅了眼眶，將頭靠在蘇婉的肩膀上，沈默半晌，終於點了頭。

孫嬤嬤在指指點點中上了馬車，但沒有出城，而是去了城中的一座寺廟。

馬車停在寺廟後門好一會兒，門才打開。

孫嬤嬤下了車，獨自走進去。

「事情辦妥了？」門內是一個戴著帷帽、看不清面容的女子，壓低聲音問道。

孫嬤嬤垂著頭，不敢看對方的眼睛，低聲應了聲是。

「放心，只要妳們乖乖聽話，主子便不會對妳們怎麼樣。」女子漫不經心地說。

可孫嬤嬤還是很害怕，她不害怕黃氏的責罰，卻怕這位的手段。

「這是主子賞妳的。」女子從腕間取下一只玉鐲，套進孫嬤嬤的手腕裡。

「謝主子賞。」

第五十章

蘇婉要趕在孫嬤嬤前到喬家，只得輕裝上陣。

喬勐親自送她，又把白果從火鍋店裡叫回來，九斤和蠻子統統跟她去。本來還想帶上銀杏，但蘇婉沒答應，她要繡坊如期開業，離不得銀杏，倉促地同蓮香和銀杏交代一些事情後，便要上路。

「不用那麼急，我們坐船走。」喬勐幫蘇婉披上一件披風，扶著她上馬車。「我讓九斤他們去給那刁奴找點麻煩了，她們快不了。」

蘇婉拍拍喬勐的頭。「我們二爺真真聰明。」她也怕走陸路，多顛簸。

到了船上安頓好後，姚氏服侍蘇婉睡下，就被喬勐叫出來，白果也跟上。

「我到了喬家，定是待不了幾日，便要被大太太尋個由頭趕出來，到時候娘子就交給妳們了，妳們一定要保護好娘子。」喬勐鄭重說道。

姚氏和白果對視一眼。「二爺放心，我們定不會讓那邊的人欺負了娘子。」

喬勐搖頭。「不只是欺負，也不能讓她們傷害娘子。每日要嚴格查驗衣食，他們給的東西，一件都不要用，尤其是吃食，定不要假他人之手，即便是自己拿的，也要查一查。」

這些深宅內院裡的手段，哪是蘇婉見識過的，喬勐的心越發沈重，等會兒蘇婉醒了，他還是要囑咐她的。

姚氏和白果沒見識過後宅那些手段，此時聽著喬勐的話，不由從心底生出一絲寒氣。

一日後，暮色四合，臨江喬府的門房打開門，看向敲門的人，有些遲疑。

「二……二爺？」

喬勐從鼻孔裡輕哼了一聲，拽緊蘇婉的手。

「您怎麼回來了？」門房撓撓頭，有些為難，不知要放人進去還是不放。

「大太太讓我們來的，你只管去報，爺在這裡等著。」喬勐根本不想踏進喬家半步，口氣自然也好不到哪裡去。

如今已是深秋，此刻被裹得嚴嚴實實、只露出一雙眼睛的蘇婉拉拉喬勐的手，輕輕搖頭，示意他不要緊張。她感覺得出喬勐此刻的抗拒，還有緊張。

門房只得乾笑一聲，請他們稍候，進去稟報。

等了好一會兒，門房帶人來到側門口，來人一見到喬勐，立即客氣地行禮。

「二爺回來了，怎麼沒讓人提前報個信兒？」

喬勐認識他，正是喬家的大管家、祖父的心腹喬來。見到他，喬勐的臉色這才稍霽，喬家沒派個什麼不入流的人來接他和蘇婉。

「母親親自派人去平江接我家娘子，我以為家裡人都知道。」喬勐不鹹不淡地說著。喬來到底是他祖父身邊的人，面子還是要給的。
喬來心中生疑，面上不顯，又向喬勐身後瞧去，似是這會兒才發現蘇婉，連忙躬身。
「請婉娘子安，一路辛苦了，快裡面請，老爺和郎君們都在家裡呢。」說著做了個請的姿勢，又命人去幫著提行李。
一行人穿過長長的前院與迴廊，來到後院正廳。此時下人正在上菜，看來是要用晚膳。
喬來讓他們等一下，進去稟告一聲。
喬勐看著魚貫而出、衣著華麗的下人，怔了怔神。蘇婉心中也是極複雜，從精巧的家宅，到成群的奴僕，無一不表示，喬家乃是鐘鳴鼎食之家。
可身為喬家子的喬勐，過的又是什麼樣的日子呢？
原先蘇婉還想著，喬家或許是清流。可如今一看，再看喬勐處境，不無諷刺。
「二爺，婉娘子，裡面請，老爺在裡面等著了。」喬來出來，打斷蘇婉和喬勐的沈思。
蘇婉深吸一口氣，喬勐拉過她的手，輕扶著她，同她一起跨過門檻，進了正廳。
正廳中間擺了一張大的楠木圓桌，桌邊坐滿了人，上座是一名老人，面沈容厲，右手邊是一位面慈眼明的老太太，老人左邊是儒雅的中年男子。
想必，這三位便是喬家老太爺、老太君和大老爺了。
其他便是大太太，以及大房其他幾位郎君和娘子，還有兩個孩童，是喬勐哥哥的孩子。

蘇婉和喬勐一進門，這些人的目光一直跟隨著他們。

「不孝孫兒見過祖父、祖母。」喬勐在眾人不一的目光下，對著上首行了大禮。蘇婉剛要跟著行禮，上首的喬仁平出了聲。「妳身子重，不必了。」

喬勐鬆口氣，看來剛剛的稱呼取悅了他。

蘇婉面露動容之色，站著福身。「孫媳蘇氏，給祖父和祖母請安。」

不待上首反應，喬勐又朝喬大老爺喬知鶴與大太太黃氏行了禮。「給父親母親請安。」

蘇婉跟著福身。

「哎喲，好孩子，快來讓母親看看。這麼久了，也不回來看看我們，你父親常念叨你呢。」黃氏立即起身，走到蘇婉和喬勐身前，拉住蘇婉的手左看右看，像是極思念他們。

蘇婉忍住想抽回手的衝動，露出羞澀的笑容。「煩勞父親母親掛念了，我只與母親在大婚那時見過，孰料母親一直記掛著我們，我還以為……」說著，臉上浮起羞愧之意。

黃氏心口一跳。「這是說的什麼話，妳我一家人，我也當二郎如親子……」

這時，席上的喬老夫人打斷了黃氏的話。「好了，快讓哥兒和他媳婦坐下。你們想必還沒來得及用飯吧？」後面一句話，是對著喬勐和蘇婉說的。

「回祖母，還沒有用過。」喬勐噘嘴，娃娃臉頓時可愛起來。「母親派了孫嬤嬤去平江，說是要見婉兒，我們便立即起身，一刻也不敢耽擱。」

喬勐小時候，喬老夫人見他可憐，帶過他一陣子。若不是有這一段，他的日子大概要更加艱難。整個喬家，怕是只有喬老夫人對他是真心疼愛過。

喬勐的話一說完，廳裡安靜了片刻。

黃氏臉上連一絲惱色都不顯。「我也是擔心你娘子，有了身孕，身邊卻沒個長輩照應。你們年輕，不知生孩子對女子來說，是道生死關。」

喬老夫人點點頭。「你母親說得是，有了身孕，萬不可馬虎。」

喬勐扶著蘇婉入了末座，低著頭，看不出神色。

「是啊，母親您說，這兩個孩子也真是的，有了孕，竟然沒跟家裡說一聲。」黃氏慈愛地責怪一聲。

喬勐坐定。「我記得我離家守祖宅時，母親曾說過，我既已成婚，便是大人了，家裡看似花團錦簇，實則虛浮，養我多年已是不易，望我日後要自強些。我想著，娘子有孕，所需花銷更勝以往，實乃不敢叨擾家中。」

他話音一落，喬仁平將筷子一摔，席上所有人都靜了下來，連原本有些不安分的孩子都嚇得噤聲。

「說的是什麼胡話，你姓喬便是喬家兒郎，就算死，也得入我喬家墳！」

這話，若是很早以前，喬勐定是感動得落淚，可在他和黃氏幾次的爭鬥中，喬仁平不曾站在他這邊，讓他早已對喬家失望透頂。喬仁平不是看不穿黃氏，只是他不及黃氏罷了。

「愚婦！」喬知鶴也喝斥黃氏。「讓二郎去守祖宅，是因他頑劣，想要治治他的秉性，何時說要斷了他的花銷?!」
「老爺冤枉，我從未斷過二郎的月銀，家中的帳，母親也是知道的。我只是想用這般說詞，讓二郎斷了之前的奢靡之氣，也是為他好啊。」黃氏說著，眼淚含在眼眶裡，就是不落，恪守著她的大婦之風。
喬知鶴聞言，氣一下子消了，神色略尷尬地抬手輕拍她兩下，以示安撫。
蘇婉心生佩服，喬勐這位嫡母著實厲害。
「那母親可要查查帳了，我有數月沒收到家中月銀了。」喬勐輕聲道。
黃氏睜大眼睛，滿臉不可置信，隨後是氣憤，立即喚她的貼身嬤嬤進來，命人立即去查帳，儼然是信了喬勐的話。
喬勐在心中諷刺一笑，看喬仁平夫妻和喬知鶴一眼。黃氏這般不問青紅皂白，就信了他的樣子，看來是取悅了他們。
呵，他們不會覺得她心虛，只會覺得是在幫著他掩蓋。
「好了，先用飯。」喬老夫人再次打斷黃氏要召人來問責之舉，想替孫兒留些面子。
但是，喬勐不是來吃飯的，也不怕丟臉。
「祖母，還是查清楚的好，母親的人可是說，我和娘子所有的東西都是母親的呢。」喬勐說到這裡，挾了塊肉放進蘇婉碗裡。「當初要我離家時，家裡可是沒給我什麼東西，如今我現在這點家當，全靠我家娘子持家有道，一點一點攢下的，怎麼到了那刁奴嘴裡，都成了是母親的？」說得無辜又迷茫。

饒是鎮定如黃氏，聽到這話，心裡也吃了一驚。她又不是傻子，怎會讓人說出這種話。

「二郎這話，可是誅了我的心啊，我待你和大郎向來是一樣的。你出府，是因你父親和祖父望你成材，我雖不忍，卻也希望你能收收心，走回正途。」黃氏含在眼眶裡的淚終於落下，痛心疾首地看著喬勐。

喬勐微哂。「哦，那母親的身邊人怎麼會說出這種話？我還以為喬家是不是真的家底空了，以至於母親記掛上我那點薄產。」

黃氏悽然。「怎麼會？二郎定是誤會了，我身邊的人不可能會說這種話。」

蘇婉一直未出聲，知道定有一場硬仗要打，默默地埋頭吃飯。而喬家人，注定因為喬勐和蘇婉的到來，吃不下這場家宴。

「好了！」喬仁平的目光在在座的每個人臉上掃了一遍後，放下碗筷。「喬來！」喚了喬管家一聲。

自喬勐發難後，喬來帶了廳裡的下人，早早退了出去，守在門口。這會兒聽到喬仁平的叫喚，立即走進來。

「撤下去。」喬仁平指著桌上的席面道。

喬來領命，帶了人撤席，所有人都沒有出聲。

喬勐摸摸蘇婉的手，安撫她道：「等說完了，我給妳叫鴻望樓的席面。」

蘇婉點點頭，也回握他的手。

喬老夫人一直注意著他們小倆口，見兩人交頭接耳的恩愛模樣，不由鬆口氣，見喬勐身上的戾氣少了不少，一時欣慰。

「二郎，讓你媳婦下去休息吧，她畢竟是有身孕的人，受不得累。」

喬勐不想讓蘇婉離開他的眼前，可聽了喬老夫人的話，頓時有些猶豫。

蘇婉連忙起身。「孫媳不累，應該陪在祖母身邊伺候才是。」

這會兒，黃氏擦淨了臉，也跟著起身。「母親說得對，西徽院最是清靜，適合養胎，我去讓人收拾出來。二郎媳婦先到我院子裡歇息吧。」立即叫人去辦。

那個院子是清靜，卻也偏僻冷清，而且離喬老夫人住的慈安院遠。

「倒是讓母親勞累了。」蘇婉撐著喬勐站起身，慢慢走到黃氏跟前，輕聲細語道：「兒媳今日見了母親，才知母親對我和二爺的愛護，那位嬤嬤來家裡，對二爺甚是不敬，又出言不遜，我原是忐忑，以為母親不喜我和二爺。如今看來，定是刁奴背主。」

這時，乳娘們進門，將兩個孩子抱出去。

廳裡眾人皆因蘇婉的話怔住，安靜下來，目光落到她身上。蘇婉柔和的臉龐上隱含怒氣，似在為黃氏鳴不平。

「不敬？這是不是有什麼誤會？」黃氏凝眉，澀然說道。

孫嬤嬤的為人，她還是知道的，不是那般張揚之人，怎會對喬勐不敬，讓他抓到把柄？

「媳婦也不知，只是那嬤嬤同媳婦和二爺說話，一口一個我字，媳婦也就罷了，出身低微，可二爺到底是喬家的血脈，怎能如此作踐。」蘇婉從懷中拿出帕子，泫然欲泣。

喬勐騰地站了起來，走到蘇婉身邊，把她拉進自己懷裡，憤聲道：「妳我夫妻一體，出身低又怎樣？妳我的婚事是母親作的主，旁人能說什麼？」

這話又繞回黃氏身上，黃氏臉上浮起驚慌之色，看向喬知鶴，聲音微哽。「老爺，妾身疼愛二郎的心，您是知道的，若是嫌棄她，怎會……」

喬勐道：「孫嬤嬤一口一個出身不好，我娘子還懷著身孕，一路上，淚都要流乾了。」

黃氏捏著手裡的帕子，指甲掐進手心，咬牙暗想，喬勐這個小混蛋怎麼變得如此厲害？還學會了惺惺作態，若是以往，早叫囂起來了。

不，他是成婚後才脫離她的掌控，定是蘇氏從中作梗！

「去將孫嬤嬤叫進來，她一個下人竟敢對主子不敬，看我怎麼罰她！」黃氏憤然叫人。

「母親，我和二爺已是分府別過了，哪裡是她的主子。別人說起來，也要說媳婦不安分，沒個規矩。」蘇婉拉住黃氏袖口一角，害怕地說道。

喬勐施施然地在一邊添柴火。「就是，孫嬤嬤可是說了，我們不是她的主子，沒資格管教她。母親這些年既要打理中饋，又要伺候父親，近來更是要教導大哥的兩個孩子，是不是分身乏術啊，無暇管束底下的人，讓他們越發口齒伶俐了？」

喬仁平雙目微眯，聽著兩方打官司，卻一句話也沒有說，喬老夫人也紋絲不動。

「你怎麼對你母親說話的?!」喬知鶴聽出了喬劭的話中話，不悅地說道。

喬劭攬著蘇婉。「兒子不敢，兒子從小就是被不敬大的，只是不忍我家娘子還要跟著我受這般骯髒氣。」

蘇婉拿著帕子蓋住眼睛，暗暗施力揉紅眼睛，終於出了淚，嗚嗚哭了。

黃氏身子一僵，這個賤人居然比她先哭出來！

「太太，下面的人說孫嬤嬤去平江，還沒回來。」貼身嬤嬤在廳外回了黃氏。

黃氏訝然地看著喬劭和蘇婉。

喬劭表情無辜。「母親別看我，她在我和娘子之前啟程的。」

事情到了這裡，關鍵人物未到，連個能對質的人都沒有。而且孫嬤嬤只是個下人，在下人與喬劭之間，喬家還是會選擇喬劭。他再不是，也是喬家人。

但黃氏今日的臉，卻是實實在在地被打了。

第五十一章

氣氛陷入僵局時，喬老夫人出聲了。

「好了，都是一家人，鬧什麼鬧？等那刁奴回來，讓她去向二郎和他媳婦請罪。妳啊，若是太累，就讓大郎媳婦分擔，省得下面的人亂了規矩。」大郎媳婦是喬勐大哥的妻子。

黃氏咬緊嘴唇，喬老夫人這是在敲打她呢，她無病無痛的，為什麼要放權給兒媳？但她卻忘了，當初她進門一年後，喬老夫人便放手讓她主持中饋。

「是，兒媳定當好好約束下人，再不讓他們亂了規矩。」黃氏在心裡冷笑，把人留下才是真的，這點小虧算什麼。

「二郎媳婦，妳莫哭，妳是有身孕的人，哭壞了可怎麼好？母親定當替妳和二郎討個公道。孫孃孃說的話，妳切莫放在心上，如今妳和二郎有了家業，我高興還來不及呢。我啊，就盼二郎能回頭，以前每每聽到外面說他又怎麼欺凌百姓，心都痛極了。」

黃氏捶捶胸口，拉著蘇婉的手，一臉痛心。

「那個火鍋店是怎麼回事？怎麼放著自家人不用，反而跟外人合了夥？」喬知鶴聽到黃氏提起家業，皺眉問道。

蘇婉正和黃氏哭成一團呢，聽到這裡，心裡不由一嘆。兒子受了委屈，做父親的不管不問，竟然只惦記著兒子的家業。

喬勐狐疑。「火鍋店？父親從哪裡聽說的？」

喬知鶴哼了一聲。「外頭都在傳，你瞞著家裡在平江開了間火鍋店。怎麼？還怕家裡搶了你的生意不成？」

喬勐心想，還真是。

「唉……在平江時也有人來問這件事，我都說了是趙三的生意，怎麼還有人在傳是我開的？」喬勐當然不會承認，誰知道喬家人想打什麼主意，大概又是他這位嫡母嚼的舌根，就是為了傳到他父親和祖父耳裡。

他祖父有沒有什麼心思，他不知道，但父親定是有。

喬知鶴氣結。「哼，那個店裡的掌櫃，不是你大舅子？」

蘇婉聽了，又捂住眼，嚶嚶嚶哭起來，讓喬勐心疼極了。

「父親，您不要說二爺，是兒媳求二爺的。弟弟不喜讀書，總愛亂跑，惹得爹娘擔心，所以我便求二爺幫著尋個差事。」

喬知鶴張了張口，看著嬌柔如花的兒媳婦，說不出重話了。

黃氏哄了蘇婉片刻後，對喬知鶴笑了笑。「哎，老爺真是的，就算那生意是二郎的，跟咱們又有什麼相關？既然二郎都說了是趙三爺的，那定然是。他們哥兒倆，從小就要好，那菜園闢在二郎家旁邊，許是讓二郎照看些，跟他沒什麼關係。」

呵，原來陷阱在這裡等著他呢。喬勐閉了閉眼，心還是有點疼，原來他沒有習慣，還有感覺。

他到底在妄想什麼？妄想他的父親只是受黃氏矇騙，對他還是憐惜，就像祖父說的，他畢竟是他的骨血。

喬知鶴怒了。「他嘴裡有什麼實話？他何曾將我這個做父親的放在眼裡！」

這話一出，喬勐將來之前蘇婉勸他放低身段的話，統統忘了，站直了身子，回頭狠狠看著喬知鶴。

「那父親以為呢？對，菜園是我的，父親想要什麼？」

喬知鶴不滿地喝道：「你聽聽你說的是什麼話！什麼叫我想要什麼？你母親不敢說你的都是她的，可我是你老子，君父為上，你的一切難道不是我給的?!」

喬勐的心涼得透透的，寒聲道：「你除了生我，給過我什麼？」

「逆子！你的命都是老子給的，你成婚前的吃喝，哪樣不是我的？」喬知鶴怒不可遏，作勢要去打喬勐。

蘇婉見狀，顧不上哭了，趕緊去拉喬勐，怕兩個人真打起來。喬勐下手沒輕沒重，打傷喬知鶴就不好了。

黃氏也鬆開了蘇婉，轉身去抱喬知鶴，但她人嬌體軟，不知道是不是真的攔不住，喬知鶴輕易地推開她，她又輕易地倒在地上。

蘇婉則死死拉住喬勐，將他護在自己身後。

「父親，您這是要逼死二爺嗎？臨江這邊的月銀斷了好些日子，二爺沒從家裡帶走什麼東西，我也沒有陪嫁，趙三爺見我們可憐，又信任二爺，才讓我們接了這菜園。現在我有身孕，吃喝哪樣不要錢，我們總要有個傍身之本啊。父親，母親，求你們給條活路吧！」

喬知鶴被蘇婉的話氣得精修過的鬍子都在顫抖，指著蘇婉道：「休要胡說，你們那個什麼炸串，還有繡坊不賺錢？」

「炸串早不做了，錢也投到菜園裡了，現在繡坊還沒正式開業，我們哪裡賺了什麼錢？」蘇婉泣不成聲。原來自家的一舉一動，都在人家的監視之下。

「呵，繡坊？母親，黃家表舅做過什麼，難道您不知道嗎？」喬勐將黃淳夥同彭大姑娘陷害他的事說了出來。

還坐在地上沒起來的黃氏，演技依舊了得，大驚失色地極力否認。

這件事，喬家人是不知情的，一言不發的喬仁平抬起眼，看向黃氏。

黃氏優雅地起身，捂著臉道：「我沒有，我不知道這件事，連那人是誰，我都記不得了，其中定是有誤會。」

喬勐從蘇婉身後探出腦袋。「你們若是不信，可去平江查案卷。」

「好了，二郎媳婦該去歇息了，都是一家人，不要讓外人傷了自家人的和氣。」喬仁平出聲了，知道自己再不說話，事情便要不可收拾。

一個大家族裡，揭開了面子，裡面什麼齷齪事沒有。但是能揭開嗎？不能，只能捂著。

喬勐道：「為什麼不讓我們說！」

「他說的話可信嗎？他們交情好到能讓趙三將秘方全交給他？他從小就跟家裡離心，完全沒把家族放在心上，若是今天讓他糊弄過去，日後豈不是要聯合外人來欺喬家！」喬知鶴亦不肯放過喬勐。

這個兒子，他曾經是真心疼愛過的，可是越大越像他的母親，越來越離經叛道，今天必須治一治！

蘇婉覺得今晚並非是撕破臉的好時機，可喬勐和他父親好像並不想放過彼此。

她掐了喬勐一把，慢慢閉上眼睛，暈倒在喬勐懷裡。

蘇婉這一暈，來得突然，雖然掐喬勐一把當暗示，但喬勐嚇壞了，哪裡顧得上多想。

他緊緊抱住蘇婉，眼睛發紅，腦子裡嗡嗡響，無助又害怕，只知道喊：「找大夫！」

黃氏也有些慌亂，不過她畢竟是見過場面的宗婦，立即喊人去請大夫，隨後又轉身寬慰趕過來的喬老夫人。

「母親，您慢些。」

喬老夫人一把推開要過來扶她的黃氏，對慌了神的喬勐道：「二郎，你莫慌，先把你媳婦抱到我院子裡去，讓她平躺下來。她身子重，你這樣抱容易傷著她。」

喬家人其他人說的話，喬勐未必聽，但是喬老夫人的話，他還是聽的。聽說他這樣會對他家娘子不好，哪裡還敢這般做，立即聽喬老夫人的指揮。

蘇婉閉著眼，從喬勐過快的心跳和混亂的呼吸裡，察覺到喬勐恐怕沒接收到她的暗示，有點無奈，又微微心疼。

但這會兒她不敢再給暗示，怕他以為她醒了，那可就露餡了。

片刻後，喬勐抱著蘇婉，到了慈安院，喬老夫人讓喬勐把她安置在碧紗櫥裡。

安置好蘇婉，喬勐不敢離開她一步，握著她的手，蹲在榻邊。

喬知鶴看不過去，心底再次否定這個二兒子。

喬太守沒有進門，只在外間待著，臉上依舊是嚴肅之色，看不出其他。

喬老夫人穩坐在窗前椅上，目光定在遠處。

黃氏帶著人，給他們沏茶端水。

這會兒的一時一刻，對蘇婉和喬勐來說，有些煎熬。

「大夫來了！」喬老夫人的大丫鬟知琴領了個長鬚老者，疾步進門。

喬勐身子一震，趕緊挪出位置。

他的心跳得飛快，從前聽到這裡，一直在懊惱自責，恨自己怎麼就沒忍住，直接對上喬知鶴。他不敢想像，要是他家娘子有個萬一，他該如何是好？

老大夫趕緊上前，把了把脈，神色凝重地摸著鬍鬚，把在場幾人的心吊得高高的。

老大夫心裡疑惑，不過在路上聽聞了病人因何而暈，把不出什麼病症，想必是急火攻心，一時閉氣而暈厥。

「大夫，我娘子怎麼樣了？」喬勐喉嚨滾了滾，問得小心翼翼。

老大夫只道無礙，又說了些急火攻心、切莫讓孕婦傷神的話。

「那孩子會不會有事？」黃氏站在老大夫身後問了句。

「母親莫非是想咒我孩兒？」喬勐聽完老大夫的話後，鬆口氣，聽見黃氏問起孩子，火氣又上來了。

老大夫道：「自是無事。若是不放心，我再開個安胎的藥方。」

黃氏訕訕，喬老夫人瞪她一眼，吩咐知琴帶老大夫下去。

「阿彌陀佛，二郎也歇一下吧，今晚你和你媳婦就住我這兒，有什麼事，等你媳婦醒來再說。」喬老夫人又對喬勐說道。

喬勐的目光依舊黏在蘇婉身上，一刻不離。聽了喬老夫人的話，微微點頭，算是應下。

蘇婉想著，自己也該醒了，便學著電視劇裡那般，先是動動手指，然後又動了動眼皮。

一直注意著她的喬勐，呼吸一滯。

「二爺。」蘇婉緩緩睜開眼，觸目所及便是喬勐激動的臉，氣若游絲地開了口。

「娘子，妳醒了啊！」喬勐有點想哭。

「二爺，我沒事。」蘇婉伸手摸摸喬勐的臉。

喬老夫人起身走到兩人身邊。「二郎媳婦，感覺如何？」
「哎喲，真是老天爺保佑啊！」黃氏很是高興地嚷道。
蘇婉被她的聲音震了一下，眉頭不由微蹙。
她這一蹙，喬勐眼尖，立即發現，回頭去看黃氏。
「母親，我娘子剛醒，您小聲點。」
蘇婉對喬勐搖搖頭，回答喬老夫人。「謝祖母關心，孫媳沒事。」
喬老夫人點點頭，又安慰幾句，便帶黃氏走出碧紗櫥，留小倆口獨處了。

等喬老夫人她們出去，蘇婉便要起身，喬勐立即托著她。
「娘子別動，我來我來。」
蘇婉看看隔間的鏤空扇門，外間還有丫鬟、小廝守著，幾位主子已經不在了，才揪了下喬勐的耳朵。
喬勐捂著耳朵，滿臉委屈。「娘子，妳這是做什麼？」
蘇婉趕緊捂住他的嘴，小聲道：「傻瓜，我是裝的！」
喬勐呆住。
蘇婉摸摸他的腦袋。「傻子，我不是掐了你一下，給你暗示，怎麼還嚇成那樣？」她差點捨不得，想提前醒來了。

「我真的嚇壞了，以後妳不能這麼嚇我。」喬勐不知道該說什麼了，這會兒還心有餘悸，又不忍心責怪蘇婉。

蘇婉也是心疼他，這個時代孝為大，但她哪裡聽得喬知鶴對他口出惡言。

兩個人溫情脈脈了一會兒，蘇婉想起剛剛的爭吵，黃氏和喬知鶴的目的肯定不簡單。

「二爺，他們提起菜園，想必是知道我們菜園裡的秘密。」

菜園裡最大的秘密，就是番椒和在那邊製作的火鍋底料了。

喬勐氣結。「他們一直在監視著我們。」

蘇婉嘆口氣，喬家人真是個麻煩，她繡坊的一舉一動，可能也在人家眼中。

「娘子放心，我不會讓他們得逞的。」喬勐目光堅定，心中似有火燎，他真的恨，恨他為人子。

「無妨，他們就算知道了菜園的秘密又如何，方子可不是那麼好得到的，就算拿了番椒，不會做也是無用。而且，趙三爺也不是好惹的。」

喬勐低著頭。「我不是擔心菜園的秘密，是有些心寒。」

蘇婉伸出一隻手，放在喬勐與她交握著的手背上，拍了拍。「二爺，你現在有我，還有我們的孩子，我們是一家人。」

喬勐眼眶的紅一直未褪，這會兒更紅了。

這時，知琴在門外喚了聲。「二爺，婉娘子，藥熬好了。」

蘇婉立即躺好。「進來吧。」
喬勐深吸一口氣，恢復漠然神色，轉身去接知琴端進來的藥碗。

另一邊，喬知鶴走進臥室，脫下外衣問黃氏。
「妳說，那個火鍋店真不是那個逆子的，是趙三的？」
黃氏接過外衣拍了拍，掛到衣架上，笑得一派溫柔。「妾身也不知，不過二郎既然說是趙三的，那定是趙三的。」
喬知鶴哼了聲，看黃氏一眼。「現在他這般無法無天，就是妳慣的。」
黃氏道：「二郎也怪可憐的，有那麼個娘，走得又早。我不疼惜他，誰來疼惜他？」
喬知鶴聽黃氏提到喬勐的生母，臉上浮起一絲尷尬，接著就是一股憤怒。
「別提她！」
黃氏在心裡笑了一聲，乖乖地閉了嘴。
「這個逆子，現在越發跟喬家離心，像他那個娘一樣忘恩負義！當年若不是我……」喬知鶴說不下去，慢慢捂住臉，頹然坐在椅子上。
喬勐的生母，曾經是他最愛的女人。
「老爺。」黃氏走到喬知鶴身邊，順了順他的背，眼裡卻是滿滿的恨意。
「不提了。」喬知鶴抹了把臉，不再想過往，抬起臉看黃氏。「那火鍋店當真賺錢？」

在他抬頭的那刻，黃氏收起恨意，又是大方知禮的大太太了。

「下面的人是這樣說的。」

喬知鶴摸了摸手腕上的佛珠。「看那個逆子這般愛重蘇氏，想必她知曉番椒的秘方，妳看看能不能哄出來。」

「好。」

喬知鶴握住黃氏的手。「我在這個官位上待太久了，必須動一動。父親不幫我，我就自己來。」

雖說黃氏主持中饋，但喬家如今的主人還是他的父親喬仁平。

他用錢都要經過喬仁平的同意，不然也不至於去打自己兒子產業的主意。

兩人說完話，便歇下來，喬知鶴彷彿忘了黃淳陷害喬劭的事。

第五十二章

喬勐在喬府陪了蘇婉三日，便被喬知鶴尋個由頭，送出了府。

蘇婉獨自在喬家住下來，從喬老夫人的碧紗櫥搬到西徽院。

「娘子，這院子還真是清靜呢。」白果轉了一圈回來，不高興地對蘇婉說道。

蘇婉精神正好，拿著觀音像繡著，已是繡到尾處，用不了幾日，便可繡成。

「妳現在怎麼和銀杏一樣話多。」姚氏裡外檢查一番，出來聽見白果的話，說她一句。

蘇婉見狀，笑笑對白果道：「九斤和鑾子在外面守著，妳去叮嚀他們多穿些衣服，現在天涼了。」

白果點頭去了。

「沒看出什麼來，不過我總覺得這個黃氏沒安什麼好心。」姚氏走到蘇婉身前，幫她端了杯茶，又看看無人的庭院，低聲說道。

蘇婉坐在能曬到日光的榻上，手上未停，微微抬起下頷。「乳娘，妳且等著。」隨後又道：「把我要妳準備好的東西拿出來。」

姚氏憂心忡忡地去翻箱籠，很快就取來一只檀木方盒。

「咱們現在離慈安院這般遠，起先在那裡，怎麼不送呢？」盒子裡是她們來之前，蘇婉給喬老夫人備的禮。

「急什麼，就這點路我都不能走，我和二爺何時能翻身？」蘇婉白皙的臉上是冷靜之色，目光平和，讓人安定。

姚氏哪裡不懂，就是心疼她罷了。

這邊剛說完，外間傳來喧鬧聲。

「白果說清靜，這不，熱鬧來了。」蘇婉連頭都沒抬，低笑一聲。

姚氏透過花窗，朝外面看去，只見黃氏帶了人，款步向蘇婉所在的主屋走來。

「去吧。」蘇婉對姚氏說了一句，收起針線，放下手中的繡圖，用素布蓋起來。

姚氏便出去迎黃氏了。

一時，院子裡鶯鶯燕燕聲不斷，如群鳥進園，好不熱鬧。

「二郎媳婦，今日可好些了？」黃氏人還未進屋，蘇婉便在屋裡聽見她的聲音。

她緩緩起身，揚起笑臉，撩開門簾走出去。見到黃氏，便托著肚子，走到她跟前，作勢要向她請安。

黃氏撇嘴，心道動作可真夠慢的，面上卻是一派親切，連忙按住她。「妳身子重，這禮啊，就免了。」

「謝母親。」

「可還住得習慣？需要添置什麼，儘管與我說。」黃氏扶著蘇婉往屋裡走。

蘇婉沒動，看向黃氏身後的人，見不少是陌生面孔，但看衣著華麗，不像下人，還在後面瞧見了孫嬤嬤。

「母親還未與我介紹，這幾位是？」

黃氏似才想起來，拍了下腦袋道：「哎喲，我一見到妳就歡喜，又記掛著妳的身體，忘了介紹。這是妳父親的幾位姨娘，聽說妳來了，一直吵著要見妳呢。」

她一說，幾位姨娘便圍上來，嘰嘰喳喳地同蘇婉說話。

「二郎媳婦真是好顏色呢，還是太太心疼二郎，知曉他喜歡好顏色的女子，才這般費心幫著精挑細選。」這位說話的姨娘，一向以黃氏馬首是瞻，對蘇婉說話自然是陰陽怪氣。

「姊姊胡說什麼呢，平白讓二郎媳婦以為二郎是個好色之徒。」又一位姨娘出聲。

「我哪裡是這個意思，妳可別亂說！」

「哎呀，這有什麼，若不是她長了一副好容貌，不然怎麼能高攀到咱們家來。」

若是換了個氣量小的，聽了這些話都要被氣壞了。蘇婉倒沒被氣著，只是嫌她們吵，心裡暗罵自己，早知道就不多嘴問了。

她沒生氣，姚氏和白果倒是氣呼呼的，可這裡輪不到她們說話，不然她們家娘子又要被說管教下人無方。

「各位姨娘們好，大婚後我和二爺便去了平江，一直未能與各位見面。今日一見，父親和母親真是好福分，有這麼多姨娘服侍。」蘇婉說著，未同她們見禮，轉身引她們進內室。

黃氏聞言，這才喝斥了姨娘們一聲，說她們沒有規矩。

進了內室，蘇婉扶著黃氏坐下來，道：「母親心慈，與姨娘們姊妹情深，這才縱得她們這般活潑。」

黃氏嘴角抽了抽。「我也是怕妳一個人在這邊無聊，替妳尋些能說話的人。她們雖說口無遮攔，但到底是妳父親的人，算是妳的長輩。」

蘇婉也坐下來，白果立即拿了個靠枕，墊在她身後。

這個靠枕是從家裡帶來的，上面的繡紋迤邐，甚是好看，有眼尖之人立即發現了。

「二郎媳婦這個靠枕，可真是好看。」

蘇婉只道了聲謝謝，不將靠枕拿出來，也不問話。

說話的姨娘乾站著，一時無措。

黃氏抿嘴笑。「好啦，妳們自己找個位子坐下，二郎媳婦又不是別人家的，要是喜歡，同她直說便好。」

那位姨娘聽罷，立即同蘇婉道：「二郎媳婦，我很喜歡妳這個靠枕，可否給我？」

白果快氣死了，剛要說話，被姚氏按住了。

蘇婉紋絲不動，嘴角微彎，有點委屈。「這位姨娘，我來得急，只帶了一個靠枕。這是我家二爺平日在家用的，我拿著它，二爺不在身邊，也是個念想。」
姨娘臉色一僵，這是喬劭用的，她怎麼能要？就算她是半個長輩，可喬劭畢竟是男子。
「若妳實在喜愛，二郎媳婦不是有個繡坊，回頭讓妳去挑一個好了。」黃氏幫著說道。
「多謝太太！」
蘇婉嘴角微勾，轉頭看黃氏。「母親與姨娘的感情真好，難怪二爺說母親賢良，那我就替姨娘們謝謝母親。」
說到這裡，她話鋒一轉。「這個靠枕，用的是金絲楠線與五色羽線，採失傳已久的飛羽亂針法繡製，且是我坊裡繡技最好的蓮香師傅所繡，定價六兩六十六錢。我給母親一個面子，抹掉零頭，就算六兩銀子吧。」
蘇婉將靠枕從腰後拿出，讓白果抱著，走到每個姨娘面前，給她們看一眼。
「今日來的一共是四位姨娘，那就是二十四兩。兒媳多謝母親照顧我和二爺的生意，我傳信給繡坊，讓她們趕緊替姨娘們繡製。」
白果走了一圈，實在忍不住，趁著回頭，偷偷笑了笑。
黃氏沒想到蘇婉會這麼說，一時無語，臉色有些難看。
「二郎媳婦，這就是妳的不對了，哪有送長輩禮還收錢的？」以黃氏為首的姨娘說道。
「啊？原來母親是想讓我送啊？」蘇婉無辜地看黃氏。「我還以為母親是想照顧我和二爺的生意呢，畢竟我們很久沒收到家裡的月銀了。如今我又是雙身子，可能吃了，二爺都說快養不起我了，還要謝謝母親派人接我呢。」說得高高興興的。
黃氏抿緊唇，喝了一口茶，以免失態。
在座的姨娘們這下也知道了黃氏剋扣喬勐月銀的事。
「妳一個靠枕就要六兩多，繡坊還不賺錢啊？」黃氏笑咪咪地放下茶杯。
蘇婉睜大眼睛。「母親，繡坊還沒正式開業，光是請繡娘、買布料繡線、裝飾店鋪，就將我和二爺的底子掏空了，還欠著趙三爺好多好多錢呢。」說到這裡，她不好意思地笑了笑。「我聽著姨娘們和父親的話，母親定是極疼二爺的，能不能幫著還一些？」
黃氏聽了，重重放下茶碗。蘇婉一抖，捂著肚子，一副被嚇壞的模樣，眼看就要哭了。
黃氏暗暗嫌她小家子氣，道：「好了，你們還這麼年輕，應該多吃點苦。我是想幫二郎，可老爺一心想著讓二郎成材，可不能壞在我手上。」
黃氏說得義正詞嚴，隨後將蘇婉訓斥了一頓，讓她和喬勐不要驕奢淫逸，要做好身為娘子的本分，勸導丈夫上進，不可玩物喪志。
蘇婉像隻鵪鶉一般，任她教訓，低垂著眼皮，似是羞愧，實則快要睡著了。
等黃氏說完一堆廢話，白果輕推蘇婉一下，蘇婉這才清醒過來，滿臉無辜地看著黃氏。
黃氏說得口乾舌燥，見蘇婉一副迷糊的樣子，心裡有些惱火，真是低門小戶出來的，呆頭呆腦，就知道在銀錢上精明，斤斤計較。
「好了，妳們都回去吧。明兒起，每日過來陪著二郎媳婦說說話，不要讓她覺得家裡冷清。」黃氏朝幾位姨娘微抬手，讓她們先回去。

「是。」

鶯鶯燕燕們停止了嘰嘰喳喳，蘇婉的耳根子也清靜了不少。

等姨娘們走了後，黃氏叫一直等在門外的孫嬤嬤，孫嬤嬤立即躬身走進來。

黃氏見到孫嬤嬤，心裡很是惱火，本想著許是喬勐和蘇婉惡人先告狀，倒打一耙。孰料，問了跟去的人，那些話確實是孫嬤嬤說的。

孫嬤嬤是幫她在外走動的管事，頗受她倚重，才交付這麼重要的差事，結果竟辦砸了。問孫嬤嬤為何要說那些多餘的話，她竟說是看不慣那對小倆口，想給他們一個教訓，沒想到這喬勐如此狡詐。

「二郎媳婦，我幫妳把孫嬤嬤帶過來了。」黃氏瞟孫嬤嬤一眼，轉頭對蘇婉說道。

蘇婉對孫嬤嬤沒什麼興趣，不過作戲要作全套，立即紅著眼，瞪向孫嬤嬤。

「婉娘子，奴婢知錯了。是奴婢不對，奴婢被豬油蒙了心，才說那些胡話，您和二爺千萬別放在心上。」孫嬤嬤哭哭啼啼，頭重重磕在地上，一聲聲的，還挺響。

蘇婉皺起眉頭，她懷著孕，見血不太好，對姚氏使個眼色。

姚氏會意，對黃氏道：「大太太，我們娘子有身孕，見血不好。要不，您領回去罰？」

黃氏笑著說：「我已經罰過她了，畢竟她是衝撞了二爺和妳家娘子，我才把人帶來的。

我看，她也知錯了，二郎媳婦覺得呢？」又把話轉到蘇婉這裡。

蘇婉虛弱地按住額角。「母親作主便是。既然母親說她知錯了，便是知錯了。」又對孫嬤嬤說：「妳起來吧，吵得我頭都暈了。」

一邊磕頭、一邊哭喊的孫嬤嬤頓時無言。

黃氏催促她。「還不快謝過婉娘子。」

孫嬤嬤立即磕頭道謝。

黃氏又對蘇婉道：「我看妳身邊伺候的人少，就從我院子裡撥了幾個人，先帶來給妳認認臉，看看合不合心意。若是不喜歡，我再換。」拍拍手，將候在門外的兩個大丫鬟、兩個小廝叫進來。

蘇婉早有預料，沒有拒絕，也容不得她拒絕，還得感恩戴德地收下。

「媳婦覺得，都挺好的。」

「還有孫嬤嬤，這次讓她將功折過，好好服侍妳。妳儘管使喚她，要是她再有什麼不對，妳來找我，我定不饒她。」

黃氏笑吟吟，可說出的話，卻讓姚氏和白果噁心極了。

蘇婉看看現下低眉順眼跪在她面前的孫嬤嬤，轉頭對黃氏說：「那就謝過母親了，我一定好好待她。」說得咬牙切齒。

黃氏很滿意，她要的正是這樣，到時傳個蘇婉苛待下人的名聲出去，也怪不了她。

兩人又說了一會兒話，黃氏還有事要處理，便起身準備回自己的院子。臨走時，深深看了孫嬤嬤一眼。

黃氏走後，新來的四個下人也回去收拾東西，等會兒搬來西徽院。

院子又恢復了安靜，只是孫嬤嬤依舊未走，還跪在原地。

「起來吧。」白果白了她一眼，叫著她。

孫嬤嬤沒動，又對蘇婉磕兩個頭，聲音沙啞。「奴婢之前對婉娘子不敬，實有苦衷。」

「哦？妳有何苦衷？」

蘇婉微愣，心中升起一股怪異感覺。她也曾疑惑過，孫嬤嬤好歹是黃氏身邊的紅人，說話做事應當不會這般沒分寸。

「奴婢之所以對您和二爺口出惡語，實則是為您和二爺進府搶得先機。」孫嬤嬤的頭一直垂著，沒敢抬起來看蘇婉。

姚氏和白果對視一眼，滿臉疑惑，有些不敢相信。

蘇婉也不信，不動聲色地問：「那妳為何要幫我？」

孫嬤嬤的身子趴得更低了。「奴婢是受人所託。」

蘇婉更加疑惑。「是何人？」

「奴婢不知，與奴婢聯繫的是一名使女，稱她主子與二爺有故。」

「妳不知道對方是何人，就敢幫我？」蘇婉輕笑一聲。

孫嬤嬤忽然發抖，磕頭的地方有水跡滲出，不知是淚還是汗。

見她這般，蘇婉越發奇怪。

「求婉娘子救救奴婢一家吧！只要婉娘子在她們面前替我們美言幾句，放過奴婢一家，奴婢一家定當替婉娘子做牛做馬！」

孫嬤嬤又磕了幾個頭，看得蘇婉直抽冷氣，不由摸摸自己的額頭，感覺很疼。

「有話好好說，使什麼苦肉計，我告訴妳，沒用！」白果站在蘇婉身邊，嘶嘶了兩聲，心裡到底有些不忍，可她更在乎的是她家娘子，遂跨出兩步，擋在蘇婉身前，不讓蘇婉見著孫嬤嬤的樣子。

孫嬤嬤停止磕頭，向蘇婉說起那名使女和她帶來的人對他們家做的事。

原來，對方搜集了她家當家的這幾年在黃氏手底下中飽私囊的罪證，以及幫著黃氏和她娘家處理的陰私，其中包含了幾條人命。

最重要的是，他們抓走了她的獨子。她唯一兒子的命，握在對方手上。

看著孫嬤嬤涕淚交加的樣子，蘇婉內心無甚波動。那幾條人命，在孫嬤嬤口中，就是這樣輕飄飄地帶過。

她的心有點冷，這豪門大院不是福窩窩，而是個吃人地。說是就幾條人命，其實不知有多少呢。

路可退。

孫嬤嬤哭道：「婉娘子，奴婢不敢奢望，就是想見見我兒子，知曉他平安就好。」

「我知道了，妳莫要再哭。」蘇婉嫌她吵。「妳且與我說說，對方要妳做什麼？」

孫嬤嬤微微抬頭看蘇婉，心裡慌慌的，不知道蘇婉能不能成事。可事到如今，她已是無路可退。

「奴婢只見過傳信的使女，但沒見過她的臉。奴婢聯繫不了她，若奴婢有消息要傳，可去飛花樓門口逗留一刻。」孫嬤嬤把她知曉的統統告訴了蘇婉。

蘇婉刮著茶碗蓋，知道對方不怕她曉得這些事，是有意讓孫嬤嬤告訴她的。

喬家的水可真深真亂，現在她心累得只想把喬勐拎過來揍一揍，煩死了。

與喬勐有故，又與黃氏不合，這人到底是誰呢？

「對方可有帶話給我？」蘇婉想了想，問道。

孫嬤嬤回答。「有，問娘子可否能跟她見面。」

蘇婉指尖一頓，碗蓋傾斜，在桌面發出輕響。「何時見，何處見？」

「使女說，如果婉娘子願意相見，讓奴婢給她遞信，之後她會安排的。」

蘇婉點頭。「妳且起來，下去吧。」

孫嬤嬤不敢多說什麼，顫顫巍巍爬起來。還是白果看不下去，扶她一把，讓她出去了。

等孫嬤嬤一走，蘇婉立即垮了背。坐這麼久，累極了。

姚氏心疼，趕緊扶她進屋，上床躺著。

「讓九斤和蠻子找人盯緊孫嬤嬤，看看她說的是不是真的。」挨著床躺下後，蘇婉吁了口氣，不忘吩咐姚氏一句。

姚氏正想這麼做，幫蘇婉蓋上被子後，就出去找九斤他們了。

第五十三章

喬勐離開喬家後，並沒有離開臨江，而是避開人去找趙立文，同他說了黃氏與喬知鶴覬覦火鍋店的事。

「可憐的孩子。」趙立文聽完，憐愛地拍拍他的肩。

喬勐反手給了他一拳。「滾！你在這裡幸災樂禍，還不如讓你爹跟那人說道說道，沒事別老惦記別人家的東西。」

在他心裡，他和喬家早已是陌路，只有他和蘇婉的家，才是他的家。

「行。」趙立文挨了打，也不生氣，知道喬勐定是在喬家受了氣。

其實他的處境也只比喬勐好上一點。喬勐在喬家說火鍋店是他的，他則要在趙家說，產業是他娘子拿錢辦的，跟他無關，趙家才沒把手伸得那麼長。

現在他和喬勐都成要靠娘子的人了，真真是難兄難弟。

接著，兩人又談了臨江火鍋店的事。喬勐提議找羅四圖入股，防止他們兩家的人插手，趙立文沒意見。

夜談一宿，喬勐留下書信給羅四圖後，便啟程回平江去了。

臨江火鍋店後續的事，由趙立文和羅四圖談，他要把平江的事安頓好，好去稽郡，問一問他生母的事，然後救他家娘子出狼窩。

次日，蘇婉早早醒來，外間院子裡已有人聲走動。

姚氏聽見動靜，沈著臉走進來。「吵著娘子了？我讓她們小聲點，怎麼也說不動。」

蘇婉揉揉眼睛，摸了摸肚子，感受小傢伙在她肚子裡的活躍，笑了笑，沒說話。

「我看啊，她們就是故意的。」白果端了熱水，跟著進了內室。

她和姚氏說的她們，是黃氏昨日帶來的四個人，昨晚搬進西徽院。

昨晚倒也老實，沒做什麼，孰料今早便顯出原形，掃個院子、擦個屋子都要鬧一會兒。

明知道孕婦嗜睡，還發出聲響，她看這些人就是成心的，想害她家娘子。

「行了，別氣了，扶我起來洗漱吧。」蘇婉摸完寶寶後，見白果氣成河豚的小臉，不由伸手捏了一把，把白果急得跳腳。

「不再睡一會兒？」姚氏沈著的臉，因為蘇婉與白果的打鬧，也明亮起來。

蘇婉搖頭。「不了，我要去給祖母請安。乳娘，把那個盒子帶上。」

這是她早就想好的，到了喬家，便日日往喬老夫人身邊湊。

黃氏算是給她幫了個忙，兩邊住得遠，來回不方便，喬老夫人定會留她用午膳，就算是口頭上問問，她也會厚著臉皮應下來。

而且，昨日黃氏竟讓那些姨娘每天來陪她，她更要躲了。這些姨娘們比喬勐還吵，用不了幾日，她都要被吵瘋了。黃氏說是讓她回來養胎，實則沒安好心呢。
黃氏送來的兩個大丫鬟，一個叫若柳，一個叫弗香，見蘇婉出來，立即過來請安。
「婉娘子怎麼起得這般早？」弱柳先開口。「廚房還沒開始傳膳呢。」
蘇婉笑了笑，一臉天真。「被妳們吵醒了，原來還沒到時辰啊。我還以為我睡過頭，妳們不好意思喚我，才這樣吵鬧提醒我呢。」說完，也不看她們，直接越過她們往外走。
若柳傻住，弗香立即跟上，問道：「婉娘子這是要去哪裡？」
姚氏喝道：「主子要去哪裡，還要向妳稟報不成？」
弗香聽了，暗罵姚氏一聲，連忙稱不敢。
「好啦，母親心善，她們還小，是驕縱了些。母親管束下人是什麼樣子，妳還不知道嗎？」蘇婉安撫姚氏。
這話聽在若柳和弗香耳裡，很不舒坦。
蘇婉又道：「既然時辰尚早，母親想必還未起床，我就先不過去請安了。」說著，便往外走。
兩個丫鬟不明所以，立即跟上。
「白果，妳和若柳留在院子裡，我帶乳娘和弗香去就行了。」蘇婉走到院門，見守在門口的只有鑾子，想了下，吩咐白果和若柳。
白果這才想起，要是她們都走掉，這院子裡可沒有自己人了，她們的箱籠，豈不是任人翻揀？

「是，婉娘子。」若柳咬咬嘴唇，也應了下來。

蘇婉的肚子越發大了起來，走路越來越慢。她也不急，一路晃晃悠悠，往慈安院走去。起先見不著幾個人，後來人越來越多，丫鬟小廝人來人往，添了幾分煙火氣。

等蘇婉走到喬老夫人的院子裡時，已過了小半個時辰。

「老夫人，婉娘子來了。」知琴把蘇婉引進門，大聲向在裡間用膳的喬老夫人稟報。

喬老夫人詫異地往門口看去，蘇婉揚起如春陽的笑臉，托著腰，緩步走到她面前。

「孫媳來給祖母請安了。」

喬老夫人微訝。「嗯，妳怎麼這樣早就過來了？」讓蘇婉到自己跟前坐下。

蘇婉在喬老夫人的碧紗櫥住了兩晚，喬老夫人自然知曉她的作息，算算從西徽院走到她這院子的腳程，豈不是很早就要起來了？

蘇婉回答。「今兒喜鵲叫得早，我淺眠，便早早醒了。昨日母親說過，要讓父親的姨娘們每天上午過來陪我說話，到時就沒有工夫來看祖母了，索性早些來。」說這些話時，臉上沒有絲毫不滿，還帶了幾分自得，好似她很聰明呢。

喬老夫人嘆口氣，讓那些長舌的姨娘每日過去吵鬧一個身子重的孕婦，這算什麼？黃氏真是越活越回去了。

「妳身子重，不用每日來給我請安。還沒吃飯吧？」喬老夫人慈愛地問蘇婉。

蘇婉不好意思地摸摸肚子。「我起來時，若柳說廚房還沒傳膳，沒有吃的。」

喬老夫人眉頭一皺。「妳那院子裡有小廚房，大廚房沒傳膳，主子餓了，就不能先幫主子做些吃的？」

弗香嚇一跳，她本就越聽越不對，趕緊跪下。「老夫人息怒，大太太還不知曉婉娘子喜歡的口味，所以西徽院尚未安置廚娘和食材。」

「不知道口味？二郎媳婦在我這裡用了好幾頓飯，她不知道，不能來問知琴，難不成還要我這個老婆子去教她？」因著孫嬤嬤和黃淳的事，喬老夫人對黃氏越發不滿。

最近，黃氏還攛掇喬知鶴向她和喬仁平要錢，說是娘家有門路，可助喬知鶴更進一步。可這門路，一開口就要一萬兩銀子，還沒論後續打點。

弗香嚇得不敢起身。人人都說黃氏在喬家風光，實則喬家風光的還是喬老夫人，畢竟喬仁平還在。

蘇婉伸手拉喬老夫人的袖子，撒嬌道：「祖母，您別怪母親和弗香。母親打理中饋已是很辛苦，對待下人也多有體恤，丫鬟們雖是驕縱了些，不過服侍我還是用心的。」

喬老夫人冷眼看弗香，命知琴趕緊上早膳。

在她們說話時，知琴便吩咐下去，所以蘇婉沒等一會兒，早膳就來了。

蘇婉喝了一大口奶粥，滿足地瞇起眼。喬家富貴，吃食也是精緻可口。她現在這模樣，讓人見了就高興，喬老夫人也不例外，被她逗樂了。

「慢慢吃。」喬老夫人又讓知琴再盛一碗給蘇婉。

「祖母，您不會嫌棄我太能吃吧？」

「哪裡會，妳太瘦了，還要多吃點。」

兩人說說笑笑間，蘇婉用完早膳，待她淨面漱口後，桌上也被撤乾淨了。

喬老夫人起了身，叫蘇婉陪她去裡間軟榻上歇息。

蘇婉乖巧地跟過去，進了裡間，拿過姚氏手上的木盒，當著喬老夫人的面打開來。

「祖母，這是孫媳閒暇時在平江做的小玩意兒，前幾日身子不適，一直沒拿出來。」

她說著，從盒子裡取出兩條一素一花的抹額，還有一條方帕、一只福泰安康的香囊。

「我也不知道祖母喜歡什麼，就按著二爺說的繡了。」

喬老夫人接過這些小玩意兒，看著上面精妙的刺繡，很是喜歡。「不錯不錯，妳母親還說，妳開了個繡坊？這手藝真是好。」錯落的針線間，是趣味與美。

「孫媳也就會這點了。」蘇婉抿唇笑道。提起刺繡，她從不謙遜，因為這是她實實在在的技藝。

她不驕傲，但是自信。

「妳和哥兒只要腳踏實地，肯定會越過越好，我這心裡也就舒坦了。」喬老夫人拉住蘇婉的手，看了又看，似是對她喜歡得不得了。

但蘇婉的心卻是靜的，若是真的記掛喬勐，為何喬勐待在平江那麼久，也沒見著喬老夫人的隻字片語。

「讓祖母擔心了。二爺一直記掛著您，總講起小時候您照顧他的事。」

喬老夫人目光閃爍。「他也有心了，是個孝順的孩子。」

蘇婉點頭。「是啊，其實我們二爺很好的。」

「老夫人，大太太和大老爺的姨娘們來給您請安了。」知琴在外間傳話。

蘇婉一聽，像是被人抓了小辮子似的無措起身，巴巴地看著喬老夫人。

喬老夫人好笑地瞥她一眼。「怕什麼，有我在呢。」

「那您等會兒可要幫我在母親面前說好話啊。」蘇婉彎眼笑道。

喬老夫人搖搖頭，讓知琴請黃氏她們進來。

黃氏還未進內室，聲音便透過門簾傳了進來。

「給母親請安，昨夜母親睡得可好？」

蘇婉等黃氏進門，這才慢吞吞地站起來，待黃氏走到喬老夫人面前，才行禮。

「母親。」

黃氏瞟她一眼，露出訝異的表情，好似現在才知道她在喬老夫人這裡，神色轉瞬即逝，又轉頭面向喬老夫人。

「母親，看來二郎媳婦真喜歡您呢，一大早就來給您請安了。我還怕她昨日換了地方，不習慣，想讓她多睡一會兒，特地派人去傳話，要她不用來請安。」

向黃氏行禮後，蘇婉又坐了回去，這下屁股還沒坐定，又趕緊站起來，看看喬老夫人，低下頭，什麼話也沒說。

「還不是妳的人做的好事？」喬老夫人睨黃氏一眼，沈聲道。

接著，她便藉著蘇婉這件事，狠狠訓斥了黃氏一頓，說得黃氏無法辯駁，只能揪緊帕子，咬牙聽訓，心裡暗罵幾聲老不死的。

這個蘇氏……黃氏要是再感覺不出蘇婉有問題，就是個傻子了。

不過，這事未必是蘇婉挑起的，近日喬老夫人對她有諸多不滿，藉機發作倒是真的，蘇氏不過是正好送上的話頭。

「行了，妳是當婆母的人，我不多說妳什麼。妳身為喬家宗婦，須得謹言慎行，切莫行那小婦之事！」

「母親訓斥得是。」

「讓老大的那些姨娘回去，我也乏了，就不見她們了。」

喬老夫人說完，撐著額頭，對黃氏擺擺手。

黃氏見罷，便要退出去。

蘇婉也作勢起身，喬老夫人卻對她抬手，虛按了下。「二郎媳婦留下。」

蘇婉小心地看看黃氏，應了聲是。

黃氏若有所思地回看蘇婉，無聲離開。

那幫在蘇婉院子裡吵鬧的姨娘，在喬老夫人院子裡，像一隻隻鵪鶉，不敢說話。聽說喬老夫人不見她們，有些失望，更多的卻是鬆了口氣。

等黃氏一行人離開後，喬老夫人又拿出蘇婉送的物件把玩起來，突然問蘇婉。

「妳沒給妳母親他們準備禮物嗎？」

蘇婉歪了歪頭。「有啊，只是來得匆忙，沒帶全。過兩日二爺會使人送來。」

喬老夫人看蘇婉的眼裡，帶著一片慈愛。「哦？那妳和二郎對我這個老婆子有心了。」

蘇婉一笑。「那祖母可不能告訴母親啊，我怕她誤會二爺。如果母親生二爺的氣，下面的人就會對二爺不恭敬，到時候又要斷我們的月銀。我們不拿不要緊，就怕外人說母親苛待庶子。」

喬老夫人失笑。「妳小小年紀，懂得還真多。」點了點蘇婉的額頭。

蘇婉心裡忽然升起一股莫名的感覺，但不知道是什麼。

就在她想著的時候，喬老夫人又轉了話頭，吩咐知琴讓廚房給蘇婉備些小食。

姚氏聽聞，立即跟出去，對知琴道：「知琴姑娘，我們娘子對小食有些特殊的喜好，我過去說一聲，好讓廚娘少費些心。」
知琴自然說好，兩人便一起去廚房。
路上，姚氏狀似同知琴閒聊，問起喬勐生母的事，均被知琴以她當年年紀小，不清楚為由岔了過去。
知琴是家生子，就算年紀小，也應該清楚一二，可她含糊其辭，讓人總覺得不對勁。
不過，姚氏未再多追問，怕引起知琴的懷疑。
最後，蘇婉在喬老夫人院裡用了午膳，待到日落西山，方回西徽院。
蘇婉回到西徽院時，院子裡又多了幾個人，有廚娘、粗使婆子和雜役。
若柳更是跪在她面前，我見猶憐地請罪。
蘇婉玩味地看著她，沒說讓她起來，也沒說要罰，就讓她跪著。
獨自用過晚膳後，蘇婉拿出那幅觀音像，開始繡了起來。
姚氏幫著撥了撥燈芯，讓油燈更亮些，心疼道：「這麼晚，娘子怎麼還要做針線？」
「早些繡完，好早日送去給趙夫人。」觀音像只剩幾針便能完成，不用繡架，在繡繃上繡即可。
趙大太太生辰在即，她必須要趕緊繡出來，送到王氏手裡。
「唉，那娘子做一會兒就歇了吧，妳現在身子重，夜間做針線對眼睛不好。」姚氏不明白其中關竅，可她心疼蘇婉，又拗不過她，只能這般勸說。
蘇婉微笑。「乳娘，我省得。」
屬於她和喬勐的小生命已經有幾個月大，她能感覺到小傢伙的活潑好動。
「不知道二爺現在怎麼樣了？」
喬勐離開幾天，她想他了呢。
——未完，待續，請看文創風929《金牌虎妻》3（完）

筆上談心，紙裡存情／清棠

2021年2月出版

書中自有圓如玉

看著書上突然浮現的墨字，憑空出現，又慢慢消失，
雖說子不語怪力亂神，他仍是被這陡然出現的異相給驚住，
奇怪的是，除了他以外，旁人竟完全看不見，
日復一日，那歪七扭八的墨字就沒停過，簡直陰魂不散，
所以說，他這是碰上什麼妖魔鬼怪了嗎？

文創風 923 1

媽呀，她這是大白天的活見鬼了嗎？
好好地在自家書房抄縣誌，宣紙上卻突然浮現「你是何方妖孽」幾個字，
沒搞錯吧？她才想問問對方究竟是妖是鬼咧！
鼓起勇氣細問之下才知道，原來這人已經看她抄了半月有餘的縣誌，
倘若這話是真的，那這傢伙比她還慘啊，畢竟她每天從早抄到晚，字還醜！
問題來了，他們兩個普通「人」之間，為什麼會出現這種筆墨相通的狀況？
難道……是穿越大神特地贈送給她祝圓的金手指小禮物？
但所有的紙張、書本甚至連字畫上都能浮現字，她還怎麼讀書、練字啊？

文創風 924 2

祝圓此生的心願不大，只希望能當個米蟲，悠閒地過上滋潤的日子就好，
可她身為一名縣令的女兒，卻還要操心家裡銀錢不夠用是怎樣？
原來爹爹為官清廉，做不來搜刮民脂民膏的事，自然沒油水可撈，
雖然娘親跟她再三保證，他們不至於會挨餓受凍的，
因為京城主宅那邊會送些錢過來，再不濟她娘手上也還有嫁妝呢，
但她聽完只覺得震驚啊，她爹堂堂縣令竟還在啃老？甚至還可能要吃軟飯？
再者，她家手頭這麼緊了，卻還養著一批下人，光飯錢就是一大開銷，
這樣下去不成，既然無法節流，當務之急她得想辦法掙些錢貼補才行啊！

文創風 925 3

祝圓賺到了人生的第一桶金，成功讓爹娘對她的經商能力刮目相看，
與此同時，跟那個神祕筆友的交流也依然持續進行中，
雖然還是不知這人的來歷，但能肯定對方是個男的，並且家世相當不錯，
這還得從兩人聊到朝廷不給力、害得老百姓這麼窮苦一事說起，
正所謂「要致富，先修路」，但朝廷修的路，那能叫路嗎？
晴天是灰塵漫天，雨天又泥濘不堪，當然啥經濟也發展不起來啊！
於是她指點了水泥這條明路，結果他真弄出來築堤、造路，來頭還能小嗎？
話說，水泥是她提的主意，他應該不會這麼小氣，不讓她抽成吧？

文創風 926 4 完

來錢的事祝圓都不吝跟她親愛的筆友三皇子分享，畢竟她撐不起這麼大的攤子，
直接跟謝崢說多好，事成之後他還會分她錢呢，她這是無本生意，穩賺不賠啊！
既然兩人關係這麼好，那應該能託他調查一下家裡幫她相看的幾個對象吧？
模樣啥的都是其次，會不會喝花酒、有無侍妾、人品好不好才重要，
結果好了，他說這個愛喝花酒、那個有通房了，總之就沒一個配得上她的！
要不，請他幫忙介紹一個良配？他倒也爽快，一口就應了她，
可到了相親之日，說好的對象卻成了他自個兒！這是詐騙兼自肥吧？
再者，她想嫁的是家中人口簡單的，但他根本身處全天下最複雜的家庭啊！

風 文創
928

金牌虎妻 2

國家圖書館出版品預行編目資料

金牌虎妻 / 橘子汽水著. --
初版. -- 臺北市 : 狗屋出版社有限公司, 2021.02
冊 ; 公分. --（文創風）
ISBN 978-986-509-185-9（第2冊 : 平裝）. --

857.7 109021489

著作者	橘子汽水
編輯	安愉
校對	黃薇霓
發行所	狗屋出版社有限公司
地址	台北市104中山區龍江路71巷15號1樓
電話	02-2776-5889～0
發行字號	局版台業字845號
法律顧問	蕭雄淋律師
總經銷	知遠文化事業有限公司
電話	02-2664-8800
初版	2021年2月
國際書碼	ISBN-13　978-986-509-185-9

本著作物由北京晉江原創網絡科技有限公司授權出版

定價260元
狗屋劃撥帳號：19001626
網址：love.doghouse.com.tw　E-mail：love@doghouse.com.tw